KB081076

해신
2

열림원

해신 2

1판 1쇄 발행 2003년 1월 6일
1판 2쇄 발행 2003년 1월 15일

지은이 | 최인호
펴낸이 | 정중모
펴낸곳 | 도서출판 열림원
주간 | 이영희
책임편집 | 김주성
디자인 | 강희철 · 남철우
제작 | 하광석
등록 | 1980년 5월 19일(제1-124호)
주소 | 서울시 마포구 서교동 368-12
전화 | 337-0700
팩시밀리 | 337-0401
홈페이지 | www.yolimwon.com
이메일 | editor@yolimwon.com

* 책값은 뒤표지에 있습니다.

ISBN 89-7063-343-X 03810
ISBN 89-7063-341-3 (세트)

미친 바람과 성난 파도와 같은 난세의 폭풍이 사납게 몰아치기 직전의 폭풍전야였던 것이다.

혜신 2

장미전쟁薔薇戰爭

제 1 장

서장 序章

1

홍덕대왕 10년. 서력으로는 835년 2월.

무주 도독부의 김양에게 왕도 경주로부터 급한 전갈이 하나 날아들었다.

그것은 아찬 김균정이 상대등(上大等)이 되었다는 기별이었다.

이 기별을 받은 순간 김양은 자신의 무릎을 내리치면서 껄껄 소리내어 웃으며 말하였다.

"아아, 드디어 때가 왔구나."

아찬 김균정이 상대등이 되었다는 급보는 김양으로서는 상상치도 못하였던 낭보가 아닐 수 없었다.

왜냐하면 상대등의 직위는 국왕 바로 아래의 최고관직으로 일명

상신(上臣)으로 불리는 모든 신하 중의 으뜸이었던 것이다.

법흥왕 18년, 531년에 처음 설립된 이 관직은 진골 중에서 가장 문벌이 좋은 사람이 뽑혀 모든 귀족들을 통솔할 뿐 아니라 국왕과 더불어 권력과 권위를 서로 보완하는 자리였으며, 특히 상대등은 국왕의 즉위와 때를 같이하여 교체되는 것을 원칙으로 하였는데, 이는 왕위에 정당한 계승자가 없을 때에는 자동적으로 후계자로 추대되는 정치적 의미까지 갖고 있는 최고의 관직이었다.

지금까지 상대등은 흥덕대왕의 동생이었던 김충공이 도맡아 하고 있었다. 그러므로 왕비가 일찍 죽어 후사가 없는 대왕마마의 다음으로 김충공이 왕위에 오를 후계자로 떠오르고 있음은 당연한 일이었다.

그런데 갑자기 그 상대등이 김충공에서 김균정으로 바뀌어버린 것이다.

"돌아가셨다."

김양은 급보를 받은 즉시 상대등 김충공이 병명을 알 수 없는 급환으로 급사하였음을 꿰뚫어 보았다.

김양은 잘 알고 있었다.

김충공이 죽지 않고서는 13년 동안이나 상대등을 역임하고 있던 김충공의 자리가 이처럼 하루아침에 바뀌어질 리가 없었다. 김충공은 선왕이었던 헌덕왕 때부터 두각을 나타내었던 당대 제일의 세도가가 아니었던가. 헌덕왕 9년에는 집사부 시중이 되어 4년 간을 지내다가 마침내 822년부터 835년까지 13년 동안이나 상대등을 역임했던 상신이 아니었던가.

따라서 누구든 흥덕대왕의 후임으로 그의 친동생인 김충공이 즉위하게 될 것임을 믿어 의심치 않고 있었던 것이다. 그런 김충공이 갑자기 김균정으로 바뀌어버린 것이다.

"돌아가셨다. 분명히 김충공은 돌아가신 것이다."

김양은 무릎을 치면서 일어섰다. 김양으로 보면 낭보 중의 낭보가 아닐 수 없었다. 김균정이 김충공의 뒤를 이어 상대등이 된 이상 언젠가는 김균정이 대왕마마의 뒤를 이어 왕위에 오를 것이다. 더구나 흥덕대왕은 1백 50인의 도승을 허락할 만큼 병약함은 물론 올해로 60세의 노년에 접어들고 있지 아니한가.

따라서 김양은 김충공의 급사는 감히 생각하지 못하고 대왕마마께오서 가까운 시일 내에 붕어할 것은 충분히 예측하고 있었던 것이다. 그런데 김충공이 먼저 죽어버림으로써 뜻하지 않았던 희소식이 날아든 것이다.

김균정이 상대등이 되었다는 것은 대왕마마 다음으로 김균정이 대왕위에 합법적으로 오를 수 있는 것을 의미한다. 김균정이 왕위에 오를 수 있다면 김양은 순조롭게 입신양명(立身揚名)할 수 있을 것이다. 왜냐하면 김균정과 그의 아들 김우징은 김양이 선택한 귀한 보물, 즉 기화였기 때문이었다.

기화가거.

'귀한 보물에게 일단 투자를 해놓는 비책'인 '기화가거'처럼 김양은 김균정과 그의 아들 김우징을 귀한 보물로 선택하고, 두 부자에게 일단 투자를 해놓았던 것이었다.

그러나 경주로부터 날아온 급보는 낭보뿐만은 아니었다. 또 다른 비보(悲報)도 함께 날아왔다. 그것은 김충공의 아들 김명이 새로이 집사부 시중에 오른 것이다.

지금까지는 김충공이 상대등이었고, 집사부 시중은 김우징이 맡아 하고 있었는데, 아버지 김균정이 상대등에 오르자 김우징은 스스로 자리에서 물러나고, 그 자리를 죽은 김충공의 아들 김명이 대신 물려받게 되었다.

이에 대한 기록이 《삼국사기》에 다음과 같이 나와 있다.

> 흥덕대왕 10년 2월. 아찬 김균정을 상대등으로 삼으매 시중 김우징은 아버지 김균정의 입상(入相)을 이유로 상표하여 해직을 청원하니 대아찬 김명으로 대신 시중을 삼았다.

왕제 김충공의 아들 김명.

죽은 아버지 대신 새로이 관직 서열 제2위에 오른 김명. 김명의 입조 소식은 김균정이 상대등에 올랐다는 낭보를 또한 한꺼번에 뒤엎어버릴 흉보 중의 흉보가 아닐 수 없었다.

새로이 집사부 시중에 발탁된 김명.

그는 죽은 김충공의 외아들로 김양보다 여덟 살이나 어린 19세의 청년이었다.

흥덕대왕과는 달리 가족적으로 매우 번성하였던 김충공은 여러 명의 딸이 근친왕족들과 결혼해서 막강한 세력을 이루고 있었다.

김충공의 딸 중의 하나인 정교(貞嬌)는 선왕이었던 헌덕왕의 태자비가 되었고, 다른 딸은 훗날 희강왕(僖康王)이 된 제융(悌隆)과 혼인했으며, 또 다른 딸 조명(照明)은 김균정의 후처가 되었던 것이다.

그뿐 아니라《삼국유사》의 왕력(王曆)의 기록에 의하면 선왕이었던 헌덕왕의 부인인 귀승부인(貴勝夫人)이 충공각간(忠恭角干)의 딸로 되어 있으므로, 김충공의 또 다른 딸은 헌덕왕의 왕비였음에 틀림없었다.

이처럼 김충공은 자신의 딸들을 대왕뿐 아니라 가장 왕권에 가까운 근친왕족들과 정략적인 혼인을 시킴으로써 누가 보아도 국가 최고의 권력자였다.

그러한 김충공이 하루아침에 급사해버린 것이다.

그리고 그해 그의 외아들 김명이 19세의 나이로 권력서열 제2위인 집사부 시중에 발탁됐다.

김양은 김명의 소문을 익히 전해 듣고 있었다.

김명은 15세의 나이에 화랑이 되어 지리산에 들어가 수련을 하다가 맨주먹으로 나타난 호랑이를 때려잡았다는 소문이 나돌 만큼 용맹하고 힘이 센 장사였다. 실제로 김명이 잡은 호랑이의 가죽이 시중에 전시되어 수많은 사람들이 구경할 정도였다.

따라서 경주 백성들은 김명을 가리켜 '힘은 산이라도 빼어 던질 만하고, 기는 세상을 덮어버릴 만큼 웅대하다'고 하여서 '역발산기개세(力拔山氣蓋世)'의 '해동항우(海東項羽)'라고 별명을 붙여 부르곤 하였다.

그는 항우처럼 힘이 장사일 뿐 아니라 술과 여자를 함께 좋아하는 호방한 성격의 파락호이기도 했다.

낭도가 되어 전국을 순행하다가 비구니와 관계를 맺어 파계시켰다는 소문 역시 신라의 온 사회에 퍼져 있었는데, 당대 제일의 인격자이자 모든 정무를 총괄하는 김충공의 외아들로서 학문을 등한시하고, 오직 무예와 풍류에만 관심이 있는 김명의 추문은 멀리 무주의 변방에 나와 있는 김양의 귀에까지 들려올 정도로 파다했다.

아들의 이런 행위를 불식시키기 위해서 아버지 김충공은 서둘러 김명을 혼인시켰다. 그의 부인은 김충공의 친구였던 김영공(金永恭)의 딸 윤용(允容)이었다. 김영공은 김충공이 시중을 물러나 상대등이 될 무렵 자신의 후임으로 천거할 만큼 김충공과 막역한 사이였는데, 김명은 이처럼 명문귀족의 딸과 혼인을 하였으나 엽색노릇은 여전하였다.

여염집 여인들을 유혹하거나 심지어 천민으로 알려진 광대들과 무척들과도 놀아나고 있을 정도였다.

그런 팔난봉 김명이 하루아침에 집사부 시중에 올랐다.

그러므로 천하장사 김명이 자신의 아버지였던 선강태자, 김충공이 당연히 물려받았어야 할 왕위를 상대등 김균정이 대신 물려받아 흥덕대왕 다음으로 왕위에 오르는 것을 차마 눈뜨고 바라볼 수 없음은 명약관화한 사실인 것이다.

목불인견(目不忍見).

차마 눈뜨고 볼 수 없는 모습. 즉 흥덕대왕이 붕어한 후 상대등 김균정이 왕위에 오르는 모습을 천하장사 김명이 고분고분하게 보아 넘길 리가 만무였던 것이다.

그러므로 왕도 경주로부터 날아온 급보는 낭보 중의 낭보였고, 또한 흉보 중의 흉보였다.

드디어 때가 왔다.

김균정이 상대등이 되었다는 낭보를 듣는 순간 김양은 껄껄 웃으면서 무릎을 쳤으나 천하의 파락호 김명이 집사부 시중위에 올랐다는 비보를 듣는 순간 김양은 또다시 한숨을 쉬고 자신의 무릎을 치며 말했다.

"또다시 두꺼비와 개구리가 뱀을 잡아먹겠구나."

김양이 무릎을 치면서 '두꺼비와 개구리가 뱀을 잡아먹겠구나' 하고 탄식하였던 것은 26년 전에 있었던 궁정 쿠데타를 가리키고 있는 것이다.

흥덕대왕의 선왕이었던 헌덕왕은 궁궐에 들어가 반란을 일으켜 왕을 시해하고 왕위에 올랐는데, 이 무렵 갖가지 불길한 징조가 나타나고 있었다. 이때의 기록이 《삼국사기》에 다음과 같이 나와 있다.

> 애장왕 10년 1월.
>
> 달이 필성(畢星)을 범하였다.
>
> 6월에 서형산성(西兄山城)의 소금창고가 울되 소 우는 소리와 같았다.
>
> 벽사(碧寺)의 두꺼비와 개구리가 뱀을 잡아먹었다.

뱀이 두꺼비와 개구리를 잡아먹지 두꺼비와 개구리가 뱀을 잡아먹을 수는 없는 일. 또한 달이 서쪽의 다섯째 별자리 중의 하나인 필성을 침범할 수는 없는 일. 이는 모든 신하가 왕을 시해하여 반역하고 왕위를 빼앗는 하극상을 암시하는 불길한 징조였던 것이었다.

김양은 알고 있었다.

또다시 신라의 조정에 피비린내 나는 반정이 일어날 것임을.

태양이 어둠에 가려지고 달이 별들을 침범하며 두꺼비와 개구리가 뱀을 잡아먹는 피비린내 나는 골육상쟁의 참화가 일어날 것임을.

김양은 경주로부터 온 전갈을 받고 몇 날 며칠을 숙고하였다.

그런 후 한 가지 결론을 내렸다.

그것은 선즉제인(先則制人)이었다.

김양은 어쨌든 김균정의 후원으로 벼슬에 올랐으므로 죽으나 사나 김균정을 도와 그가 무사히 왕위에 오르게 해야 할 숙명을 가진 셈이었다. 그러기 위해서는 우선 김명을 제압하지 않으면 안 될 것이다.

신라제일의 명문가이자 세력가인 김명의 집안과 천하제일의 장사인 19세 김명을 제압하기 위해서는 무엇보다 선수를 써서 선제공격을 하지 않으면 안 되는 것이다.

항우는 일찍이 자신을 치러 온 은통(殷通)의 목을 쳐서 기선을 제압하지 않았던가.

거기서부터 '앞지르면 남을 누를 수 있고, 뒤지면 남에게 제압을 당한다(先則制人 後則爲人所制)' 란 말이 나오지 않았던가.

그렇다.

몇날 며칠을 숙고하던 김양은 마침내 결론을 내렸다.

김명을 제압하는 단 하나의 방법은 선즉제인, 즉 선제공격뿐이다. 만약에 시기를 놓쳐 김명으로부터 먼저 공격을 당한다면 그때는 반드시 멸망할 뿐이다.

김명을 선제공격할 수 있는 방법은 오직 단 하나밖에 없다.

그것은 항우가 번개같이 칼을 들어 은통의 목을 베었듯 칼로 김명의 목을 베는 것뿐이다.

그렇다면 무엇인가.

번개같이 김명의 목을 베려면 무엇이 필요할 것인가. 대규모의 군사인가, 날렵한 무사들인가. 아니다.

순간 김양은 번득이는 영감을 느꼈다.

영감이 떠오르는 순간 김양은 벌떡 자리에서 일어났다.

자객(刺客).

그렇다. 김명을 선수로 제압하는 방법은 오직 자객뿐인 것이다. 김명을 죽이기 위해서 군사를 동원하는 것은 어차피 현명한 일이 아니다. 일찍이 《사기》를 쓴 태사공(太史公)도 《자객열전(刺客列傳)》을 쓰면서 다음과 같이 자서(自序)하지 않았던가.

"조말(曹沫)의 비수(匕首)로 노나라는 잃었던 영토를 다시 찾고, 제나라는 맹약에 거짓이 없음을 밝혔다. 예양(豫讓)의 의로움은 두 마음을 품지 않았다. 그래서 《자객열전》을 쓰기 시작한다."

조말은 노나라의 장공이 고용하였던 자객. 노나라와 제나라의 싸움을 비수 하나로 제압하여 잃었던 영토를 회복하게 했던 자객이 아니었던가. 마찬가지로 김명을 제압하기 위해서 군사를 동원한다는 것은 노나라와 제나라가 서로 영토를 빼앗기 위해서 전면전을 벌이는 것과 같다. 그러므로 조말과 같은 자객의 날카로운 비수만 구할 수 있다면 손쉽게 원수를 제압할 수 있다.

구유밀 복유검(口有蜜 腹有劍).

옛말에 이르기를 '입속에는 꿀을 담고, 뱃속에는 칼을 지녔다' 고 하지 않았던가. 이 말이야말로 김명을 제압할 수 있는 단 하나의 방법인 것이다. 천하의 세도가이자 천하장사인 김명을 제압하기 위해서는 입속에는 꿀을 담아 술과 여자를 좋아하는 그의 입에 꿀을 넣어줄 것이요. 한편으로는 뱃속에 칼을 지녀 꿀에 탐닉하는 김명의 목을 단칼에 베어버리는 일인 것이다.

자객.

주군, 또는 주인의 원수를 대신 죽여주는 사람.

일찍이 중국에서는 주군으로부터 정신적 · 물질적 은혜를 입은 사람이 그 은혜에 보답하기 위해서, 또는 보수계약을 이행하기 위해서 그의 원수로 여겨지는 권력자를 죽이는 자를 자객이라 하였는데 때론 협객(俠客)이라고 불리기도 했다.

그 순간.

김양의 머릿속에 떠오르는 사건이 하나 있었다.

그것은 바로 2년 전에 있었던 악공인 염문 사건이었다. 악공인 염문이 실제로는 노예 상인의 해적이라는 죄명으로 청해진으로 압송될 때에도 김양은 이를 흔쾌히 허락할 수 있었다. 원칙적으로는 비록 염문이 국법을 어긴 해적이라 할지라도 그가 일단 무주에 살고 있는 한 도독부에 소속된 군병들이 나서서 체포해주도록 요청하는 것이 올바른 순서였고, 또한 사전에 도독부에 허락을 받지 않고 무장한 군사를 동원하여 직접 성민을 체포하는 것은 부당한 월권행위였던 것이다. 청해진 대사 장보고와의 친교를 위해 자신의 영토 내에서 월권행위를 했음에도 불구하고 흔쾌히 압송토록 허락하였던 김양이었지만 그는 보고서를 통해 염문의 죄상에 대해 소상히 알고 있었다.

또한 무엇보다 염문의 놀라운 검술에 감탄했었다. 장보고의 부하 이창진이 끌고 온 수십 명의 군사들이 단 한 사람의 해적 염문을 당해내지 못하여 마침내 투망질을 하여 그물로 염문을 생포하였다는 이야기에서부터 선 자리에서 공중으로 솟아올라 단칼에 목을 찔러 군사의 목숨을 빼앗았던 검술의 달인이라는 이야기까지 김양은 염문에 대한 죄상을 상세히 듣고 있었다.

사람을 죽인 살인자만이 또 다른 사람의 목숨을 쉽게 뺏을 수 있다. 염문은 이미 사람을 죽인 살인자일 뿐 아니라 잔인무도한 해적이었으며, 무고한 사람들을 노비로 팔아넘기는 인간백정이었을 뿐 아니라 또 한편으로는 피리를 들고 백제악을 연주하던 악공인이 아니었던가. 그런 의미에서 그는 잔인한 살인자와 예술가로서의 감수성, 거기에다 여우와 같은 교활함까지 갖춘 살인병기인 것이다.

사마천이 쓴 《자객열전》에서 예양은 자기를 인정해주었던 지백(智伯)을 위해 이렇게 탄식하고 있었다.

"아아, 선비는 자기를 알아주는 사람을 위해 죽고, 여자는 자기를 좋아하는 사람을 위해 화장을 한다."

마찬가지로 염문의 마음을 사로잡을 수 있다면 염문은 충분히 자기를 알아주는 사람을 위해 죽을 수 있을 것이다.

김양은 또한 소문을 듣고 있었다.

해적 염문이 장보고에 의해서 참형되지 아니하고 살아서 돌아왔다는 것을. 비록 살아서 돌아오긴 하였으나 그 얼굴에 자자형을 받아 살아도 산목숨이 아니고, 죽어도 죽은 목숨이 아닌 중음의 귀신이 되어 고향으로 돌아왔다는 사실을.

김양은 순간 이를 악물고 소리를 내어 중얼거려 말하였다.

그렇다.

염문이야말로 또 하나의 귀한 보물인 것이다. 일찍이 김균정과 그의 아들 김우징을 '아주 귀한 보물이니 투자할 만하다' 하고 기화가거하였던 것처럼 바로 이 순간 김양은 염문을 또 하나의 귀한 보물로 삼을 것을 결심했던 것이다.

생각이 여기까지 미치자 김양은 즉시 자신의 무장인 김양순(金良順)을 불러 다음과 같이 말하였다.

"그대는 오래전 무주에 살고 있던 악공인 하나가 해적 노릇을 하다가 장보고 대사 휘하의 군사에게 압송되었던 사실을 기억하고 있는가."

김양순은 대답하였다.

"알고 있나이다. 그 도적의 이름은 염문이라 하였나이다."

"그러하면 그 염문이란 자가 지금은 어디서 무엇을 하고 있는지 알고 있는가."

"소문에 듣자옵기로는 얼굴에 묵형을 받고 풀려났으나 숨어 살고 있다는 소문만 들었을 뿐 그 이상은 잘 모르고 있나이다."

"그러하면."

김양은 명령하였다.

"그 염문이란 자가 지금 어디서 살고 있으며, 무엇을 하고 있는가를 알아보도록 하여라."

"알겠나이다. 도독 나으리."

김양순은 즉시 명령을 받고 사라졌다.

김양순은 김양이 무주의 도독으로 내려온 뒤부터 거느리고 있던 뛰어난 무장이었다. 도독은 원래 총관(總管)이라 불리던 지방 장관 중의 하나였으나 원성왕 1년인 785년에 도독으로 그 명칭이 바뀐 뒤부터는 강력한 지방 세력자로 부상하여 군사적 활동을 수행하던 요직이었다. 따라서 무주에 뿌리를 내리고 있던 토호세력과 힘을 합칠 수밖에 없었는데, 김양순은 개인 소유의 군대까지 거느리고 있던 지방세력의 군장이었던 것이다.

도독 김양의 명령을 받고 염문의 동정을 살피고 돌아온 김양순은 김양에게 보고하여 말하였다.

"나으리, 그 염문이란 해적은 지금 성문 밖으로 물러나 용산현(龍山縣)에서 살고 있나이다."

용산현은 지금의 나주 북쪽으로 궁벽한 산촌이었다.

"그곳에서 무엇을 하고 있는가."

"백정 노릇을 하며 살아가고 있나이다."

그곳은 천민 중의 천민인 백정들이 집단부락을 이루고 살아가고 있던 동리였다. 백정들의 뿌리는 원래 양수척(揚水尺)이라고 불리던 말갈인들이었는데, 그들은 수렵생활에서 터득한, 짐승을 죽이던 기술을 살려 우마의 도살을 업으로 그들만의 집단을 형성하여 살아가고 있었던 것이다.

"하오나 나으리,그자는 화척(禾尺)의 무리에서도 따돌림을 받아 밖으로 나가면 백정들이 침을 뱉고, 심지어는 돌팔매질하여 쫓아내고 있을 정도이나이다. 다만 칼솜씨만은 좋아 도살할 때는 거골장(去骨匠) 대접을 받아 육축(六畜)을 잡아 죽일 시에는 여기저기 불려나가 재살(宰殺)에 종사하는 것으로 간신히 목구멍에 풀칠을 하고 살아가고 있다고 하나이다."

육축이라 하면 소, 말, 돼지, 양, 닭, 개를 통틀어 이르는 말로 예부터 귀족들은 자신들이 먹을 육류의 도살을 전문 화척을 불러다가 맡기곤 하였는데, 염문은 이렇게 부랑민 속에도 끼지 못하고 떠돌이 백정 노릇을 하고 있었던 것이다.

"그뿐인가."

김양이 묻자 김양순이 대답하였다.

"그뿐이 아니나이다, 나으리. 마침 소인이 찾아갔을 때에는 염문의 노모가 죽어 상중이었는데, 원래 죄수의 집안이라 하여서 매장도 하지 못하고 시신을 들판에 내다버려 들짐승이나 까마귀의 밥이 될 처지에 놓여 있었나이다."

염문과 같은 대역죄인은 연좌형이었으므로 죄인의 가족은 물론 처첩까지 처벌을 받게 되어 있었던 것이다.

김양순의 말을 들은 김양은 오랫동안 생각한 끝에 다음과 같이 말하였다.

"그대는 찾아가서 염문을 문상토록 하라. 죽은 시신을 함부로 들판에 버리지 않도록 하고, 제일 좋은 목관 하나를 마련하여 매장토록 하라. 정중하게 장례절차를 치르도록 하고, 흰 상복을 입을 수 있도록 허락하라. 원한다면 가까운 절에서 부도 하나를 청해다가 독송케 하라. 그 대신 이런 모든 일들을 엄중히 비밀에 부쳐 절대로 밖으로 새어나가지 않도록 하라."

김양이 취한 행동은 태사공이 쓴 《자객열전》에 나오는 한 부분을 그대로 따른 것이었다.

엄중자(嚴仲子)가 자객 섭정을 포섭하기 위해서 사용했던 방법 그대로였던 것이다.

자객 섭정도 사람을 죽이고 외딴곳으로 도망쳐 백정 노릇을 하면서 노모를 모시고 있었던 살인자였다. 섭정을 자객으로 맞아들이기 위해 엄중자가 제일 먼저 했던 행동은 주연을 베풀고, 황금 백일(百鎰)을 받들고, 술잔을 들어 섭정의 모친에게 축수하는 것이다. 먼 훗날 엄중자의 뜻을 받아들여 자객이 된 섭정은 이렇게 말하였다고 《사기》는 기록하고 있다.

> 나는 일개 시정잡배로서 칼을 휘둘러 개, 돼지 도살이나 하고 살아가는 보잘것없는 백정이다. 그런데 엄중자는 제후의 경상(卿相)신분으로 천리 길도 마다하지 않고 수레를 몰아 찾아와 나 같은 천민과도 사귀었다. 또한 백금을 들어 어머니의 장수까지 축원해주었다. 그런데도 나는 그를 위해 아무것도 한 일이 없지 않은가.

그리하여 섭정은 엄중자의 원수인 한나라의 제상 협루(俠累)를 찾아가 단칼에 척살해버렸던 것이다.

심지어 자신의 신분이 드러나면 엄중자의 정체가 발각될 것을 염려하여 섭정은 다음과 같이 행동하였다고 《사기》는 기록하고 있다.

……섭정은 그 혼란의 틈에서 칼로 이마를 그어 자신의 낯가죽을 벗겨버렸다. 두 눈까지 도려낸 뒤 삽시에 배를 갈라 창자를 끌어낸 뒤 죽어버렸다. 그러니 누구도 그의 정체를 알아낼 수 없었다.

마찬가지로.

김양은 꿰뚫어 보고 있었다.

살인죄를 짓고 풀려나 떠돌이 백정 노릇으로 간신히 연명하고 있는 염문을 위해 죽은 노모의 장례를 성대하게 치러준다면 반드시 염문은 자객 섭정처럼 적당한 시기에 김명을 척살하여 죽일 것이다.

옛말에도 있지 않은가.

차도살인(借刀殺人).

남의 힘을 빌려 사람을 죽인다는 뜻으로 염문의 칼을 빌려 김명을 먼저 제거할 수 있다면 이것이야말로 최선의 방법인 것이다.

며칠 뒤 김양순이 돌아와 김양에게 보고하였다.

"도독 나으리. 하명하신 대로 거행하고 돌아왔나이다. 성대하게 5일장을 치르도록 하고 입관하여 매장토록 하였나이다. 인근 사찰에서 부도를 불러 천도재까지 올려주었나이다."

"그랬더니 뭐라 하더냐."

김양이 묻자 김양순이 대답하였다.

"백골이 난망이라 하였나이다."

"그것뿐이더냐."

"도대체 누가 이처럼 큰 은덕을 베풀어 주셨나이까, 하고 울면서 소인에게 물었나이다."

"그래 뭐라고 하였느냐."

그러자 김양순이 대답하였다.

"나으리께오서 일체 모든 일들을 엄중히 비밀리에 부쳐 새어나가지 않도록 하라고 말씀하시지 않으셨나이까. 그래서 다만 이렇게 말하였을 뿐이나이다. 차차 알게 될 것이라고 말하였나이다."

"잘했다."

김양은 미소를 지으며 고개를 끄덕였다. 자신의 정체는 늦게 알려지면 알려질수록 좋은 것이다.

그때였다. 김양순이 따로 가져온 물건을 두 손으로 받쳐 올리면서 말하였다.

"도독 나으리, 떠나올 무렵 염문이 소인에게 이 물건을 내어주면서 이렇게 말하였나이다. '소인은 이제 아무것도 가진 것이 없나이다. 한때 악공 일을 할 때 쓰던 악기인데, 소인에게는 목숨보다 소중한 것이나이다. 누구신지는 모르겠사오나 큰 은덕을 베풀어주신 어르신께 이것을 신표로 받쳐 올리겠나이다' 하면서 이 물건을 전해주도록 신신당부하였나이다."

그것은 필률이었다. 복숭아나무 껍질로 만든 세피리였는데, 당대 최고의 명인이 사용하던 악기답게 손때가 묻어 반들반들 윤택이 흐르고 있었다. 염문의 말은 절대 과장이 아닐 것이다. 염문에게 있어 그 피리는 목숨 이상으로 애지중지하던 보물이었을 것이다.

그러나 내가 원하는 것은 한갓 피리가 아니다.

회심의 미소를 보이며 김양이 중얼거려 말하였다.

내가 원하는 것은 너의 칼이다. 그리고 너의 목숨인 것이다.

그로부터 며칠 뒤 김양은 군장 김양순을 대동하고 직접 염문의 집으로 순행하였다. 무주 제일의 실력자인 도독 김양이 찾아온다는 말을 들은 염문은 무릎을 꿇고 맞이하였다.

"어인 일로 도독 나으리께서 이처럼 누추한 곳까지 행차하셨나이까."

염문은 차마 자신의 얼굴을 드러내지 못하고 방상시의 탈을 쓰고 있었다.

"그대가 그 유명한 피리의 명인 악공인가."

김양이 묻자 염문이 대답하였다.

"한때는 피리를 불어 백제악을 연주하던 악공인이었으나 지금은 육축을 잡아 도살하는 화척일 뿐이나이다."

"그대의 이름이 염문인가."

"마찬가지로 한때 소인의 이름은 염문이었사오나 이제는 다만 염가로만 불리고 있사옵나이다. 악공인 염문은 죽고 백정 염가만 살아남았나이다."

방상시의 탈을 쓴 염문은 자조적으로 한바탕 웃고는 말을 이었다.

"그런데 어인 일로 이처럼 백정 염가를 도독 나으리께서 찾아오셨나이까. 잔치에 쓸 가축을 도륙하기 위해서 몸소 찾아오셨나이까."

"내가 그대를 찾아온 것은."

김양이 김양순에게 전해 받은 필률을 다시 내어주며 말하였다.

"이 피리를 그대에게 돌려주기 위함이다."

염문은 김양의 손에 들린 자신의 피리를 본 순간 몸을 떨었다. 그제서야 자신의 노모가 죽었을 때 사람을 시켜 문상을 하고, 성대하게 5일장을 치러주었던 숨은 사람의 정체가 드러났기 때문이었다.

"받아라. 이 피리는 원래 그대의 것이 아니더냐. 그대가 목숨보다 소중하게 여기던 악기가 아니더냐."

김양이 말을 하자 염문이 몸을 심히 떨며 말을 받았다.

"아니나이다. 도독 나으리. 그 피리는 이미 소인의 것이 아니나이다. 큰 덕을 베풀어주신 어르신께 이미 신표로 바쳐올린 물건이나이다."

"천하의 만파식적이라 한들 그것을 불지 못하는 사람에게는 한갓 대나무가 아닐 것이냐."

만파식적(萬波息笛).

이는 신라에서 내려오는 전설적인 피리의 이름이었다. 《삼국유사》에 이르기를 만파식적은 신라 제31대 임금인 신문왕(神文王) 2년(682)에 바다의 용으로부터 신령스런 대나무를 얻어만든 피리의 이름이었다. 해룡이 된 문무대왕과 천신이 된 김유신이 합심하여 용을 시켜 보내준 대나무로 만든 피리를 월성 천존고(天尊庫)에 두고 보관하고 있었는데, 이 피리에 대해서 《삼국유사》는 이렇게 기록하고 있다.

> …… 이 피리를 불면 적병이 물러가고, 병이 나으며, 비가 오고, 비가 올 때는 개며, 바람이 가라앉고, 성난 물결도 평온해졌다. 그래서 이 피리를 이름하여 만파식적이라 하고, 국보로 지정하였다.

김양은 아무리 신성한 만파식적이라 할지라도 그 피리를 불지 못하는 사람에게는 한갓 대나무에 불과하다는 말을 함으로써 자신의 속마음을 넌지시 드러내 보인 것이다. 그러자 교활한 염문이 이를 눈치 챈 듯 입을 열어 말하였다.

"하오면 도독 나으리께서 신표로 받고 싶으신 것이 무엇이나이까."

"그대가 준 이 피리가 만파식적이 아니라 만만파파식적이라 할지라도 내가 그대로부터 받고 싶은 신표는 아닌 것이다."

김양은 분명히 대답하였다.

만만파파식적(萬萬波波息笛).

《삼국유사》에 의하면 효소왕(孝昭王) 무렵 천존고에 보관해두었던 가야금과 피리의 두 국보가 없어진 후 몇 가지 이적(異蹟)과 더불어 다시 찾게 된 신적(神笛)을 '만만파파식적'이라고 고쳐 부르게 되었다는 것이다.

"그러하면 무엇이나이까."

염문이 물어 말하였다.

"도독 나으리께서 소인으로부터 받고 싶은 신표는 무엇이나이까."

그러자 김양이 크게 웃으며 말하였다.

"그것을 그대가 정녕 알고 싶단 말이냐."

"알고 싶나이다."

"그것은 그대의 목숨이니라."

김양이 분명히 말하였음에도 염문은 조금도 동요하지 않았다. 마치 기다리고 있었다는 듯 염문은 대답하여 말하였다.

"이미 소인의 목숨은 도독 나으리의 것이나이다."

"하면."

김양이 날카롭게 물었다.

"그대는 이제 내가 가는 곳이 그 어디라 할지라도 나를 따라나설 수 있겠는가."

"여부가 있겠나이까."

염문은 단숨에 대답하였다. 그러고 나서 말을 덧붙였다.

"하오나 소인이 그러할 수 없음을 나으리께오서는 잘 알고 계시지 않으시나이까."

"그것이 무엇이냐."

"도독 나으리."

염문이 떨리는 목소리로 말하였다.

"소인은 대역죄인이었나이다. 사람을 죽인 살인범이었고, 또한 국법을 어겨 노비를 매매하였던 강상죄인이었나이다."

"내가 그대의 죄를 면천(免賤)시켜줄 것이다. 그러므로 앞으로 그대는 더 이상 죄인이 아니라 평민의 몸이 되었음이다."

지방장관이었던 도독은 그 관할 내에 살고 있는 모든 사람을 살리고 죽이는 생사 여탈권을 가지고 있었다. 따라서 도독이었던 김양은 얼마든지 죄인의 신분을 면하고 자유로운 평민으로 복권시켜줄 수 있는 권한을 갖고 있었던 것이다.

"하오나."

당연히 기뻐해야 할 염문이 머뭇거리며 말을 이었다.

"도독 나으리께오서 소인을 면천시켜 이 몸이 죄수의 몸에서 자유롭게 풀려났다 하더라도 벗어날 수 없는 굴레가 따로 또 남아 있나이다."

"그 굴레가 무엇이냐."

"그것은 도독 나으리, 소인의 얼굴에 받은 묵형이나이다. 소인은 자자형을 받아 얼굴 중앙에 글씨를 새겨 넣었나이다. 이 글자는 그 무엇으로도 지워질 수 없나이다. 따라서 도독 나으리께오서 소인을 면천시켜 주신다 하더라도 신은 그 속박에서 완전히 벗어날 수 없나이다."

"그대가 내 앞에서 방상시의 탈을 쓰고 있음은 얼굴에 새겨 넣은 묵형 때문이냐."

김양이 묻자 염문이 대답하였다.

"바로 그러하나이다."

"벗어라."

김양이 단호하게 명령하였다.

"그 방상시의 탈을 벗어버려라."

추상과 같은 김양의 명령에 잠시 멈칫거렸지만 염문은 그냥 그 자리에 꿇어앉아 있을 뿐이었다.

"벗으라고 명하시지 않았더냐."

옆에서 지켜보던 김양순이 재차 권하였다. 그러자 염문이 흐느끼며 말하였다.

"도독 나으리께오서 이미 죽어 관 속에 누운 시신의 얼굴을 굳이 보실 까닭이 있으시나이까. 귀신의 얼굴을 굳이 보시려 할 까닭이 없지 않으시나이까."

"벗어라."

다시 김양이 명하였다.

어쩔 수 없이 염문이 탈을 벗기 시작하였다. 탈을 벗자 염문의 맨

얼굴이 드러났다. 차마 남에게 얼굴을 드러낼 수 없어 낮이고 밤이고 탈을 쓰고 있어서인지 염문의 얼굴은 마치 나병에 걸린 사람의 얼굴처럼 문드러지고 무너져 있었고, 묵형을 지우기 위해서 갖은 수단을 썼던 상처들이 곪고 썩어 심한 악취를 내뿜고 있었다.

"이것이 소인의 얼굴이나이다."

울면서 염문이 말하였다. 김양은 물끄러미 염문의 얼굴 중앙 이마의 한가운데 새겨진 글자를 바라보았다.

'盜賊'

또렷이 새겨진 그 글자는 염문의 탄식대로 벗어날 수 없는 굴레처럼 각인되어 있었다. 그 두 글자가 각인되어 있는 한 김양이 법적으로 면천시켜 준다고 하더라도 염문은 영원히 자유의 몸이 될 수 없음이었다.

"나으리."

두 손으로 자신의 얼굴을 가리면서 염문이 부르짖었다.

"다시 탈을 쓰도록 허락하여 주시옵소서."

순간 김양이 소리쳤다.

"그 탈을 태워버려라."

도독의 명을 받은 김양순은 탈을 집어 들었다.

"다시는 그 탈을 쓰지 않도록 하라. 내가 그대를 그렇게 만들어줄 것이다. 그 대신."

김양은 준엄한 목소리로 물어 말하였다.

"그대는 내가 무엇을 한다 할지라도 이를 참아낼 수 있겠는가."

이미 자신의 맨얼굴을 보임으로써 참모습을 드러낸 염문이었으므로 더 이상 물러날 데가 없음이었다. 염문은 울면서 대답하였다.

"물론이나이다. 나으리."

"내가 그대의 얼굴에서 묵형의 자국을 지워주겠다. 옛날 자객 섭정은 자신의 정체를 숨기기 위해서 칼로 이마를 그어 자신의 낯가죽을 벗겨버렸다. 그러하니 그대가 참을 수만 있다면 칼로 그대의 낯가죽을 벗겨버릴 것이다. 그렇게만 할 수 있다면 두 글자는 지워질 수 있을 것이다. 비록 상처의 자국으로 얼굴이 흉측하게 변해질 수밖에 없겠지만 그 두 글자는 지워질 것이 아니더냐."

"나으리. 그 글자는 소인이 함부로 지울 수 없는 문자이나이다."

염문의 말은 사실이었다. 염문의 얼굴에 새겨진 '도적'이란 두 글자는 국법으로 내려진 일종의 판결문이었던 것이다. 그 글자를 새겨 넣을 때도 지워지지 않도록 형리로부터 봉인이 되어 있던 조문(條文)이 아니었던가.

"그것은 더 이상 상관하지 않아도 된다. 다만 그대가 참을 수 있겠는가. 날카로운 칼로 낯가죽을 벗겨낼 것이니 이를 견뎌낼 자신이 있겠는가."

"…… 물론이나이다. 나으리."

"상처 자국으로 얼굴이 흉측하게 변한다 할지라도 이 또한 참아낼 자신이 있겠느냐."

"물론이나이다. 그 두 글자만 지워질 수 있다면 얼굴이 일그러진다 할지라도 상관하지 않겠나이다."

"그러하면 좋다."

김양은 김양순을 돌아보며 말하였다.

"저 자의 얼굴에 새겨진 두 글자를 화형으로 태워버리도록 하라."

화형이라 하면 사람을 불태워 죽이는 분형(焚刑)이었는데, 김양이 말한 화형은 불에 담근 인두와 같은 쇠꼬챙이로 순식간에 염문의 얼굴에 새겨진 글자를 지져버림으로써 큰 화상자국은 남기지만 글자는 태워버릴 수 있는 방법을 말하고 있었던 것이다. 그 고통은 날카로운 비수로 낯가죽을 벗기는 것보다 순식간에 벌어지는 일이었으므로 훨씬 가벼운 방법이었던 것이다.

"도독 나으리."

김양순이 풀무질을 하며 쇠꼬챙이를 달구는 동안 염문이 정적을 깨며 말하였다.

"무엇이냐."

"소인, 청이 하나 있나이다."

"그것이 무엇이냐."

"독한 술 한 잔을 내려주시옵소서."

김양이 이를 허락하고 술 한 잔을 내리자 염문은 단숨에 이를 들이켰다. 염문의 얼굴이 금세 대추 빛으로 물들었다. 이윽고 화로에 꽂은 창칼이 벌겋게 달아오르기 시작하였다. 김양순이 창의 자루를 빼어들고 칼날이 충분히 달아올랐는가를 이리저리 살펴보았다.

"저자의 몸을 꽁꽁 묶어라."

김양이 군사들에게 명령하였다. 그러자 염문이 웃으면서 말하였다.

"소인이 고통으로 요동칠까 두려워서 그리 명령하시나이까."

"자칫 몸을 움직이다가는 두 눈마저 태워버릴지도 모른다."

도적의 두 글자가 새겨진 것은 이마의 정중앙. 자칫 고통과 충격으로 몸을 비틀거나 요동을 칠 시에는 달아오른 창칼이 두 눈을 태워 삽시간에 장님이 되어버릴지도 모르는 위험한 일이었던 것이다. 그러자 염문은 껄껄 소리 내어 웃으며 말하였다.

"도독 나으리. 소인은 이미 죽은 목숨이나이다. 이미 죽어 썩어빠진 목숨에 무슨 고통이 따로 있고, 무슨 두려움이 남아 있겠나이까."

염문은 꿇어앉은 자세에서 몸을 일으켜 똑바르게 정좌하여 앉았다. 이미 마음의 준비가 되어 있는 듯 태연하게 보였다.

"각오는 되었겠지."

벌겋게 달아오른 창칼을 허공으로 치켜세우면서 김양순이 물어 말하였다.

"여부가 있겠습니까."

염문은 두 눈을 감았다.

김양순은 천천히 창칼을 염문의 얼굴로 가져갔다. 뜨거운 칼날이 얼굴 가까이 다가와도 염문은 전혀 미동도 하지 않고 있었다. 마침내 시뻘겋게 달아오른 칼날이 염문의 얼굴과 마주 닿았다. 순간적으로 염문의 얼굴에서 푸른 연기가 솟아올랐고, 부지직 하는 소리와 함께 살 타는 냄새가 사방으로 번져나갔다. 거의 동시에 염문은 앉은 자세에서 뒤로 넘어져 쓰러졌다. 그대로 혼절하여 정신을 잃은 모양이었다.

"어찌되었는가."

김양이 조심스럽게 물었다.

"잠시 정신을 잃어버린 모양입니다."

이마에 밴 땀을 손등으로 씻어 내리며 김양순이 대답하였다.

"얼굴에 새겨진 자문(刺文)은 깨끗하게 지워졌겠지."

김양이 묻자 김양순이 다가가 정신을 잃은 염문의 얼굴을 자세히 살펴보았다. 한순간에 화상을 입어 염문의 얼굴은 보기 흉할 정도로 부풀어 있었으나 이마 정중앙에 새겨져 있던 도적이란 두 글자의 자문은 깨끗하게 소진(燒盡)되어버린 것이 분명하였다.

"깨끗하게 지워졌나이다."

"그럼 됐다."

김양이 명령하였다.

"얼굴에 찬물을 끼얹어 정신을 차리도록 하여라."

군사들이 쓰러져 있는 염문의 몸에 물을 끼얹었다. 정신이 돌아온 염문이 자세를 일으켜 바로 앉았다.

"이로써 그대의 죄명은 모두 깨끗하게 소멸되고 말았다. 차후로 아무도 그대를 죄수라고 부르지 않을 것이다. 또한 그대는 면천되었으므로 죄수의 몸에서 양민으로 복원되었다. 그러므로 다시는 방상시의 탈을 써서 얼굴을 가릴 필요가 없으며, 다시는 화척의 무리 속에 섞여 살면서 자신의 정체를 숨길 필요가 없을 것이다."

"나으리"

염문이 통곡하여 울면서 소리쳐 말하였다.

"이 몸이 죽어 백골이 진토가 된다 하더라도 나으리께 입은 성은은 절대로 난망할 것이나이다."

"앞으로 그대를 내 부장으로 삼을 것이다. 그러니 그대는 나를 도와 충성토록 하여라."

김양의 입에서 흘러나온 말은 파격적인 내용이었다. 무주 도독으로서 김양의 군사를 통솔하는 군장, 즉 주장(主將)은 바로 김양순이었던 것이다. 그 김양순을 보좌하는 부장(副將)으로 염문을 임명하는 것은 실로 뜻밖의 인사였던 것이다. 왜냐하면 부장은 부수(副帥)라는 이름으로 불리는 군사조직의 제2인자로 한때 대역죄를 범하였던 죄수이자 또한 해적이었던 염문을 정규군을 통솔하는 부장으로 임명된다는 것은 어불성설이었기 때문이었다.

"도독 나으리."

김양순이 이해가 가지 않는 얼굴로 감히 물어 말하였다.

"염문을 신의 부장으로 삼으라 하셨나이까."

"내가 이미 그렇게 이르지 않았더냐."

"하오나 나으리."

김양의 눈치를 살피며 김양순이 간하였다.

"염문이란 자는 한때 해적 노릇을 하던 대역죄인으로 그자를 면천시켜 양민을 만드는 것은 차치하더라도 염문을 소인의 부장으로 임명하는 것은 도리가 아니라고 생각되나이다."

김양순이 간하자 김양이 대답하였다.

"그대의 말은 심히 옳다. 그러나 그대가 아는 염문은 이미 죽어버렸으며, 이곳에 앉아 있는 자는 염문이 아니다. 앞으로 나는 이자의 이름을 새로이 염장(閻長)이라고 부를 것이다."

김양은 즉석에서 염문의 새로운 이름을 작명하였다.

"내가 이제 이곳에 앉아 있는 그대의 이름을 새로 지어줄 것이다. 앞으로 그대의 이름은 염장이다. 염문의 이름을 가진 인물은 이미 죽어 땅에 묻혔고, 다시 태어난 그대의 이름은 염장이다."

염문은 무릎을 꿇고 김양이 지어준 이름을 명명받았다.

"앞으로 사람들은 그대를 염장이라고 부를 것이다. 내가 그대 이름을 그렇게 지은 것은 그대가 새 이름으로 용맹한 힘을 오래도록 떨치고, 또한 새 이름으로 오래도록 목숨을 누리라고 그리 한 것이다."

염장.

대역죄인이자 해적의 염문에서 새로이 다시 태어난 이름 염장. 김양의 설명대로 길장(長)자가 의미하듯 새로운 이름으로 오래도록 용맹과 목숨을 누리라고 붙인 이름 염장. 그러나 그의 이름이 《속일본기》에는 염장(閻丈)으로 다르게 표기되어 있다.

"그러하니 병부에 이름을 올릴 시에는 이자의 이름을 염장이라고 기록토록 하고 앞으로 그대가 부장으로 삼도록 하라."

김양은 김양순에게 단호하게 명령하였다.

이로써 장보고에 의해서 마지막 해적과 노비매매의 인간백정으로 낙인찍혀 자자형을 받았던 죄수 염문은 무주 도독 김양에 의해서 새 이름 염장으로 역사의 수면 위로 떠올라 김양순의 부장으로 재탄생하게 되는 것이다.

차객보구(借客報仇).

고사에 이르기를 '남을 도와 원수를 대신 갚아주는 행위', 즉 김양에 의해서 미구에 밀어닥칠 재난에 대비한 자객으로 차객(借客)되지 아니하였더라면 염문은 영원히 역사의 뒤안길로 사라져버렸을 것이다.

만약 장보고가 책사 어려계의 말을 받아들여 쓸데없는 인정을 베풀지 아니하고, 염문을 능지처참하였더라면 역사는 어떻게 변하였을 것인가.

"염문을 죽이지 아니하고 살려주는 것은 절대로 불가하나이다.

그자는 반드시 먼 훗날에 화근이 될 것이나이다. 하오니 염문을 능지처참하시어 화근의 뿌리를 미리 제거해두시옵소서."

책사 어려계는 재삼재사 장보고에게 극간하지 아니하였던가. 그럼에도 불구하고 장보고가 마침내 염문과 그의 부하 이소정을 풀어주자 어려계는 땅을 치며 다음과 같이 한탄하였다고 역사는 기록하지 않았던가.

"아아, 호랑이새끼에게 마침내 날개를 달아주었구나."

어쨌든 이로써 염문은 아니 염장은 무주 도독 김양의 정규군에 편입되어 부장으로 임명됐다. 그뿐 아니라 염장의 부하였던 이소정도 면천되어 정규군이 되었다 이소정의 팔꿈치에 새겨졌던 죄명 역시 날카로운 칼로 살 껍질을 벗겨냄으로써 지워졌으며 이로써 염장은 '용맹(勇猛)한 장사(壯士)'로 부활하게 되는 것이다.

이때가 흥덕대왕 10년. 서력으로 835년 6월로 김충공의 아들 김명이 시중위에 오른 지 4개월이 지났을 때의 일인 것이다.

그로부터 불과 8여 년 후.

염장은 《삼국사기》에 다음과 같은 기록으로 화려하게 각광을 받으며 등장하고 있다.

"무주사람 염장이란 자는 용맹한 장사로 세상에 널리 저문(著聞)되어 있었다."

비열한 해적과 잔인무도한 노예상인이었던 염문에서 '널리 소문이 난 용맹한 장사였던 무주사람(武州人 閻長者 以勇壯 聞於時)'으로 뚜렷하게 《삼국사기》에 기록된 염장. 염장은 어려계가 우려하였던 것처럼 날개를 단 호랑이가 되어 장보고에게 복수를 함으로써

면 훗날에 큰 화근이 되었으니, 그렇게 보면 우리들의 인생이란 일찍이 최치원이 노래하였던 '황금빛의 가면을 쓴 사람들이 구슬채찍을 들고 귀신을 부르는 희극' 처럼 탈을 쓴 인간들이 벌이는 한바탕의 광대놀이 같은 것인지도 모른다.

2

홍덕대왕 11년. 서력으로 836년 7월.

하늘의 태백성(太白星)이 갑자기 달을 범하였다.

태백성은 저녁 무렵 서쪽 하늘에 나타나는 '금성(金星)' 을 이르는 말로, 따라서 장경성이라고 부르는 가장 빛나는 별 중의 하나였던 것이다.

신라에서는 예부터 하늘의 별을 관찰하기 위해서 높은 대를 쌓았는데, 이를 첨성대(瞻星臺)라 하였다.

별을 보는 데는 두 가지의 목적이 있었다. 하나는 국가의 길흉을 관찰하기 위한 것이고, 또 하나는 역법(曆法)을 만들거나 그 오차를 보정하기 위하여 별이나 일월오성(日月五星)의 운행을 관측하기 위함이었던 것이었다.

따라서 《삼국유사》에서는 첨성대를 점성대(占星臺)라고도 하였다고 기록하고 있는 것을 보면 별의 모양이나 밝기, 또는 별자리 등을 보아서 나라의 안위와 백성의 길흉 및 천재지이 따위를 점치는 점성술(占星術)이 발달하였음을 미뤄 짐작할 수 있다.

첨성대에는 일관(日官)이라는 관리가 고정적으로 파견되어 천문 관측과 점성을 담당하고 있었다. 그들은 일식, 월식, 유성, 혜성들의 천별과 우뢰, 지진 등의 지이현상이 백성들에게 직접적인 영향을 주는 것이라고 믿고, 그때그때의 상황을 조정에 보고하는 한편, 점성술에 의해서 길흉을 점치는 역할까지 담당하고 있었다.

그런데 바로 그 첨성대에서 뜻하지 않은 천문 하나가 상대등 김균정에게 보고돼 올라온 것이었다.

이때의 기록이 《삼국사기》에 다음과 같이 나와 있다.

> 흥덕대왕 11년. 7월에 태백성이 달을 범하였다.

원래 하늘의 별이 달을 범할 수는 없는 일. 지구의 그림자가 달을 가리는 일종의 월식(月蝕)을 가리키는 이 현상은 예부터 국가의 불길한 징조로 나타나고 있었던 것이었다. 이 보고를 받은 상대등 김균정은 몹시 마음이 불길해졌다.

그렇지 않아도 그해 초 하늘의 태양이 사라져버리는 일식(日蝕) 현상이 일어났었던 것이었다.

이때의 기록도 《삼국사기》에 다음과 같이 나와 있다.

> 흥덕대왕 11년.
> 정월 초하루. 신축(辛丑)에 일식이 있었다.

김균정은 잘 알고 있었다.

선왕이었던 헌덕왕은 궁중으로 들어가 어린 조카였던 청명을 죽이는, 궁정 쿠데타를 일으켜 왕위에 올랐던 것이었다. 이때도 하늘의 태양이 사라지는 일식이 일어났으며, 밤하늘은 달이 필성을 범하는 지이현상이 일어났던 것이었다.

이 현상이 일어나자 일찍이 신라의 조정에서는 찾아볼 수 없었던 궁정비극의 참화가 벌어졌었던 것이었다. 이때를 《삼국사기》는 다음과 같이 기록하고 있다.

> 애장왕 9년. 7월 초하루에 일식이 있었다.
> 10년, 정월에 달이 필성을 범하였다.
> 6월에 두꺼비와 개구리가 뱀을 잡아먹었다.
> (중략)
> 왕의 숙부 언승이 그 아우였던 아찬 제옹과 더불어 군대를 이끌고 대내로 들어와 난을 일으킬 때 왕을 시해하고 왕제 체명도 왕을 사위하다가 해를 입었다. 왕을 추시하여 애장이라 하였다.

그것이 불과 27년 전의 일.

김균정은 그 참화를 몸소 겪었으므로 정월 초하루부터 일어났던 일식과 태백성이 달을 침범하는 지이현상을 보고받은 순간 이를 심상치 않게 여길 수밖에 없었던 것이었다.

"즉시 일관을 불러라."

김균정은 신하를 시켜 첨성대에서 근무하는 관원을 불러올리도록 명령하였다.

이중에는 품여(品如)라는 일관이 있었는데, 그는 당대 제일의 점성가였다.

점성이 뛰어난 일관 품여가 오자 김균정이 물어 말하였다.

"그대들의 보고는 잘 받았다. 그런데 도대체 태백성이 어떤 별이냐."

그러자 품여가 대답하였다.

"태백성이라 하면 하늘에서 해와 달 다음 세 번째로 밝은 별이옵니다. 저녁 때 서쪽 하늘에서 반짝일 때는 개밥바라기 또는 장경성이라고 하며, 새벽에 동쪽 하늘에서 반짝일 때에는 샛별 또는 명성(明星), 또는 계명성(啓明星)이라고 부르고 있는 별이나이다."

"그러하면."

김균정이 다시 물었다.

"태백성이 달을 범하였다는 말은 무슨 뜻이냐."

김균정이 물었으나 품여는 감히 입을 열어 아뢰지 못하였다.

"내가 묻지 않았느냐. 어찌하여 대답하지 못하느냐."

원래 일관은 하늘의 별을 관측하는 천문보다는 점성술에 의해 국가의 길흉을 점치는 복자 노릇까지 겸하고 있었다. 따라서 일관을 일자(日者)라고 낮춰 부르고 있었던 것이었다.

"…… 아뢰옵기 황공하오나 하늘에선 해가 제일 밝으며, 그 다음에는 달, 그 다음에 태백성이 세 번째로 밝다고 말씀드리지 않았나이까. 그러므로 태백성이 달을 범할 수는 없나이다."

"하나, 그대는 태백성이 달을 범하였다고 기록하지 않았던가."

"그것은, 그것은."

품여가 몸을 떨면서 말을 잇지 못하고 있었다.

"어째서 말을 잇지 못하고 있느냐."

"상대등 나으리."

재삼재사 재촉을 받자 품여가 대답하였다.

"나으리. 예부터 천기(天氣)는 천기(天機)라 하였나이다. 즉 하늘의 천문에 나타나는 징조는 천지조화의 비밀이라 하였나이다. 따라서 천기를 누설할 시에는 성명(性命)을 보전하지 못한다고 하였나이다."

"하지만 그대는 일관이 아니더냐. 일관은 마땅히 별을 통해 나라의 안위와 길흉을 점지해줄 의무가 있음이 아닐 것이냐. 말하라. 말해보거라."

그러자 품여가 주위를 살피면서 입을 열었다.

"상대등 나으리. 그러하시면 주위를 물리쳐주시옵소서."

주위라 해봤자 몇 명의 근신들뿐이었다. 그러나 김균정은 이들을 물리치고 단 둘이만 남게 되자 간신히 품여가 입을 열어 말하였다.

"나으리께오서 소인의 성명을 보존해주시겠나이까. 먼 훗날에도 소인의 혓바닥을 잘라 벙어리를 만들지 않으시고, 소인의 눈동자를 찔러 소경을 만들지 않으시겠나이까."

"여부가 있겠느냐. 걱정하지 말고 이실직고하거라."

그제서야 품여가 낮은 목소리로 말을 이었다.

"나으리께오서도 잘 아시다시피 정월 초하루에는 일식이 있었나이다. 뿐 아니라 지난달에는 패성이 동쪽에 나타났었나이다."

품여의 말은 사실이었다. 《삼국사기》에는 다음과 같은 현상이 기록돼 있다.

홍덕대왕 11년 6월.
'요사스런 별(妖星)' 인 패성이 동쪽 하늘에 나타났다.

패성은 하늘에 고정적으로 나타나는 붙박이별이 아니라 느닷없이 나타나는 혜성(彗星)으로 흔히 살별이라 불렸는데, 다른 이름으로는 긴 꼬리를 끌고 나타난다 하여 꼬리별, 혹은 미성(尾星)이라고 불리는 별이었던 것이었다.

"상대등 나으리."

품여는 바짝 김균정 앞으로 다가서면서 말하였다.

"예부터 살별이 나타났다 함은 국가에 큰 난이 일어나는 징조라 하였나이다."

"…… 큰 난이라면."

김균정이 자주 뜸을 들이는 품여의 느린 말을 재촉하여 물어 말했다.

"도대체 무슨 난이란 말이냐."

"나으리, 옛말에 이르기를 '벽에도 귀가 있다' 고 하였나이다."

"그리하여 내가 주위를 물리치지 아니하였더냐."

"소인에게 귀를 빌려 주시겠습니까."

품여가 주위를 꺼리며 속삭였다. 김균정이 못마땅하였으나 이를 허락하여 말하였다.

"그리하도록 하여라."

그러자 품여가 바짝 다가와 김균정의 귓가에서 속삭여 말하였다.

"아뢰옵기 황공하오나 살별이 동쪽에 나타남은 대왕마마께오서……."

그러나 품여는 차마 말을 잇지 못하였다.

"참으로 답답하구나. 어서 말을 잇지 못하겠느냐."

"대왕마마께오서 붕어하신다는 말씀이시나이다."

붕어(崩御).

대왕의 죽음을 뜻하는 말.

물론 대왕마마의 최측근인 김균정은 잘 알고 있었다. 흥덕대왕의 병세가 더 이상 병을 다스리기 힘들 정도로 골수에까지 스며들어 병입고황(病入膏肓)임을. 그리하여 가까운 시기에 돌아가시게 될 것임을 어느 정도 짐작은 하고 있었던 것이었다. 더구나 대왕마마는 올해로 60세의 노년이었던 것이었다. 그러나, 그것을 짐작하고 있었으나 천문에 이미 꼬리별이 나타나 대왕마마의 승하를 암시하고 있다는 천기에 김균정 역시 모골이 송연하였다.

"하면."

애써 침착하게 김균정이 다시 물어 말하였다.

"태백성이 달을 범하였다는 현상은 도대체 무엇을 말하고 있음이냐."

"상대등 나으리."

여전히 몸을 떨면서 품여가 대답하였다.

"그것만은 감히 아뢸 수가 없나이다."

"어째서냐."

"그것이야말로 천기 중의 천기이기 때문이나이다. 소인은 그것을 누설하면 절대로 성명을 보전할 수가 없나이다."

"네 이놈."

김균정이 호통을 쳐 말하였다.

"네놈은 마땅히 천기를 살펴 그 점성을 판단할 일관이 아니더냐."

"하오나 나으리."

품여가 여전히 몸을 떨며 말하였다.

"이는 이 세상의 그 누구도 소인의 목숨을 보전해줄 수 없기 때문이나이다. 이 천기를 누설할 시에는 소인은 하늘로부터 벌을 받게 되어 있나이다. 소인뿐 아니라 이 천기를 들은 나으리의 신상에도 반드시, 반드시."

품여는 다시 말을 멈추었다.

"반드시. 반드시 무엇이란 말이냐. 말하라. 말하지 않으면 네놈의 혓바닥을 잘라버릴 것이다."

"…… 나으리께오서도 반드시 큰 해를 입게 될 것이나이다. 그래도 소인의 입을 통해 천기를 들으려 하시겠습니까."

천기(天機).

하늘의 비밀. 천지조화의 비밀은 오직 하늘의 섭리일 뿐. 인간이 감히 알려고 할 때에는 성명을 보전하지 못하는 법인 것이다.

"…… 물론이다."

단호하게 김균정은 말하였다.대왕마마를 보좌하는 제2인자로서 상대등 김균정으로서는 하늘의 비밀일지라도 마땅히 알아둬야 할 책무가 있다고 생각했던 것이다.

"좋습니다. 그럼 말씀드리겠나이다."

결론적인 말이지만 일관 품여의 예언은 적중된다. 품여로부터 천기를 누설케 하고, 하늘의 비밀을 알게 된 김균정은 그로부터 불과 몇 개월 뒤 큰 화를 입게 되어 목숨까지 잃게 되는 것이다.

일관 품여는 더 이상 물러설 수가 없었으므로 입을 열어 말하였다.

"태백성은 하늘에서 해와 달 다음 세 번째로 밝은 별이라고 소인은 이미 말씀드렸나이다. 하늘에는 해가 둘이 없고 오직 하나가 떠 있을 뿐으로 자고로 하늘에 뜬 해는 대왕마마를 가리키고 있음인 것이나이다."

품여의 말은 사실이었다.

태양은 예부터 나라의 임금을 가리키는 말로 '일거월제(日居月諸)'라 함은 임금과 신하를 가리키는 낱말이었던 것이었다.

"하오나 상대등 나으리."

품여는 몸을 떨면서 말하였다.

"정월 초하루에 일식이 있어 태양이 사라지고 어둠이 하늘을 가렸나이다. 이는 하늘에서 태양이 사라졌음을 뜻하며, 또한 패성이 동쪽에 나타남으로써 아뢰옵기 황공하오나 대왕마마께오서 붕어하심을 뜻하며 이는 하늘에서 가장 밝은 해는 사라질 것임을 나타내고 있나이다. 하오면 상대등 나으리, 해가 사라진 하늘에서 그다음 가장 밝은 것이 무엇이겠나이까."

"그것은"

김균정이 대답하였다.

"마땅히 달(月)이 아닐 것이냐."

김균정이 대답하자 품여가 말을 받았다.

"그렇사옵나이다. 상대등 나으리. 하늘에서 가장 밝은 해가 사라졌다면 마땅히 다음으로 달이 가장 밝을 것이나이다. 하오면 달은 자고로 대왕마마의 후비(后妃)를 가리키고 있사옵는데, 잘 아시다시피 대왕마마께오서는 왕비를 맞아들이지 않으시어 후비도 후사도 없으시나이다. 따라서 하늘의 태양인 천자(天子)가 사라진 다음에는 가장 밝은 것은 당연히 월경이 아니겠습니까."

월경(月卿).

일관 품여가 가리키고 있는 월경은 삼위(三位) 이상의 공경(公卿)을 이르는 말로 가장 벼슬이 높은 신하를 의미하는 단어였던 것이다. 그렇다면 그것은 자연 상대등인 김균정을 가리키고 있음이 아닐 것인가.

상대등은 상신(上臣)이라 불리던 최고의 관직이었으며, 또한 왕위의 정당한 계승자가 없을 때에는 자동적으로 그 후계자로 추대되는 제일의 실권자였던 것이었다.

만약 품여의 점성대로 대왕마마가 붕어하실 때에는 자연적으로 월경인 상대등 김균정이 왕위에 오르는 일은 당연한 일이었던 것이다. 그런데 그것으로 끝이 나는 것이 아니라 세 번째로 밝은 별인 태백성이 달을 침범한다는 것이 품여의 천문이 아니었던가.

"그런데 그대는 태백성이 달을 범하고 있다고 말하지 않았던가."

"그렇사옵나이다."

품여는 여전히 몸을 떨며 대답하였다.

"해가 사라진 하늘에 마땅히 달이 빛나고 있어야 하온데, 태백성이 다시 달을 가리어 어둠이 천하를 가리고 있나이다. 이는 반드시 대내에서 무서운 변란이, 변란이……"

품여는 성술(星術)을 하다 말고 차마 말을 잇지 못하였다.

"어서 말을 하지 못하겠느냐."

김균정이 호통을 치자 품여가 간신히 말을 이었다.

"무서운 변란이 일어날 징조이나이다. 이는 하늘과 땅이 무너지고, 양과 음이 뒤바뀌고, 꼬리가 머리를 잡아먹는 불길한 징조이나이다. 상대등 나으리. 상과 하가 반드시 바뀔 것이나이다."

품여가 말하였던 '태백성이 달을 범하였다'는 천체현상은 이처럼 상과 하가 뒤바뀌는 변란을 가리키고 있었던 것이다. 계급이나 신분이 아래인 사람이 부당한 방법으로 윗사람을 꺾어 누르거나 죽이는 변란. 이는 하극상(下剋上)을 의미하는 천기였던 것이었다.

이는 품여의 말처럼 천기의 누설이었던 것이었다.

상대등 김균정은 품여를 보내주면서 다짐하였다.

"가거라. 하지만 어디 가서 입을 열어 벙긋할 시에는 네놈은 혓바닥뿐 아니라 모가지가 베어져 반드시 참하여질 것이다. 알겠느냐."

"여부가 있겠습니까. 나으리."

일관 품여가 사라진 후 김균정은 홀로 침전에 틀어박혀서 심사숙고하였다.

대왕마마께옵서 가까운 시일 내에 붕어하실 것이라는 일관의 예언은 거스를 수 없는 대세인 것이다. 그러나 태백성이 달을 범하여 하극상이 일어날 것이라는 품여의 말도 하늘의 도리가 아닐 것인가.

김균정은 잘 알고 있었다.

대왕마마가 돌아가시면 마땅히 최고의 관직인 상대등에 올라 있는 자신이야말로 해의 뒤를 물려받을 월경임을. 그러나 일관 품여는 세 번째로 밝은 별인 태백성이 그 달을 범하여 하극상의 반란이 일어난다고 점괘를 내리지 않았던가.

세 번째로 밝은 별.

그 별은 바로 집사부 시중인 김명을 가리키는 은어가 아닐 것인가. 집사부 시중은 상대등 바로 밑 제2의 실력자인 것이다. 그렇다면 품여의 점괘는 월경인 상대등 자신을 세 번째 태백성인 김명이 침범하여 하극상을 일으킨다는 뜻을 담고 있음인 것이다.

그렇지 않아도 시중 김명은 올해로 갓 스무살의 천하장사, 천하의 세도가였던 대왕마마의 친동생 김충공의 아들인 것이다. 아버지가 죽지 않았더라면 마땅히 아버지가 대왕마마의 뒤를 이어 왕위에 오를 것이었다라는 억울함으로 사사건건 김균정을 바라보는 김명의 눈동자에는 백안(白眼)이 엿보이고 있었던 것이다.

미리 대비하지 않으면 반드시 큰 참화가 올지 모른다.

김균정은 곰곰이 생각한 끝에 결론을 내렸다.

그 순간.

김균정의 머릿속에 떠오른 한 사람의 얼굴이 있었다. 바로 김양의 얼굴이었다.

5년 전 김균정은 아들 김우징을 시켜 김양을 무주의 도독으로 전임시켰었다. 그때 반적의 후손이었던 김양은 한밤중에 남의 눈을 피해 김균정 부자를 찾아와 이렇게 말하지 않았던가.

"나으리. 어느 날 갑자기 대왕마마께오서 붕어하신다면 그때는 어찌하겠습니까. 만일의 사태를 미리 대비해두는 것이 현명한 일이 아니겠나이까. 신의 목을 벤다고 하신다 하더라도 반드시 천지는 개벽될 것이나이다."

천지개벽. 김양의 말대로 천지가 뒤집혀져 개벽이 된다 하더라도 만일의 사태를 미리 대비해둘 수 있다면 어떻게든 난국을 헤쳐나갈 수 있을 것이 아니겠는가.

그렇다.

김균정은 무릎을 치면서 탄식을 하였다.

이 난국을 헤쳐나갈 사람은 오직 김양뿐이다. 이때를 대비해서 김균정은 아들 김우징을 설득하여 김양을 무주의 도독으로 전임시키지 아니하였던가.

"…… 나는 이만하면 살 만큼 살았고, 누릴 만큼 누렸다. 그러나 너는 아직도 충분히 젊고, 젊음의 한때가 아닐 것이냐. 그러니 만일의 사태를 반드시 대비해둘 것이 아닐 것이냐. 그러니 김양을 무주의 도독으로 전임시키거라. 김양은 영특하고, 걸출한 아이다. 언젠가는 너를 도와 반드시 결초보은할 것이다."

그로부터 며칠 뒤.

상대등 김균정은 법령을 내려 무주 도독 김양을 파직하였다. 그리고 김양을 신라의 왕경 경주로 급히 불러들였다.

법령을 받은 김양은 껄껄껄 세 번 소리 내어 웃으며 이렇게 말하였다고 역사는 기록하고 있다.

"드디어 때가 왔구나."

이때가 흥덕대왕 11년, 서력으로 836년 8월이었다.

이른바 질풍노도(疾風怒濤). 미친 바람과 성난 파도와 같은 난세의 폭풍이 사납게 몰아치기 직전의 폭풍전야였던 것이다.

제 2 장

결의 형제 結義兄弟

흥덕대왕 11년 8월, 그러니까 서력으로 836년.

《삼국사기》에 기록된 대로 6월에 요사스런 별 패성이 동쪽에 나타났고, 7월에 태백성이 달을 범하는 이상한 현상이 벌어진 그해 여름. 천체의 이변을 입증이라도 하듯 엄청난 재해가 닥쳐왔다.

무시무시한 태풍이 몰아닥친 것이었다.

산더미 같은 파도가 해안을 강타하고, 나무를 뿌리째 뽑아버릴 정도로 강풍이 몰아치고 있었다.

청해진의 진영에도 왕바람이 강타하고 있었다. 책사 어려계가 간하였으나 장보고는 주위를 물리치고 군막이 있는 장도(將島)에 홀로 앉아서 사납게 몰아치는 비바람소리를 듣고 있었다. 바닷가에서 자라나 줄곧 바다 안에서 성장해온 장보고였으므로 싹쓸바람으로 인해 미친바람의 질풍이 몰아치고, 성난 파도가 집채만큼 부풀어

올라 강타하는 태풍을 오히려 사랑하고 있었다.

무시무시한 태풍에도 청해진영은 끄떡없었다. 흥덕대왕의 명에 의해서 청해에 진을 설진한 지 올해로 벌써 8년. 그 짧은 세월에도 청해진은 당나라와 신라, 그리고 일본을 잇는 삼각해로의 중심기지로 떠오르고 있었다. 청해진은 세 나라를 잇는 물목의 요충지대였고, 그 어떤 배도 청해진을 거치지 않고는 당나라로 갈 수 없었으며, 그 어떤 상선도 청해진을 거치지 않고는 일본으로 갈 수 없는 관문이었던 것이다.

"청해진이야말로."

어려계가 홀로 군막에 앉아 있는 장보고 대사에게 웃으며 말하였다.

"고복격양이나이다."

고복격양(鼓腹擊壤).

배를 두드리고, 발을 구르며, 흥겨워한다는 뜻으로 태평성대를 일컫는 말이다. 일찍이 성천자(聖天子)로 이름난 요(堯)임금이 민중을 살피기 위해서 대궐 밖으로 나가 어느 마을에 이르렀을 때 머리가 하얗게 센 노인이 배를 두드리고, 땅을 구르며, 즐겁게 노래부르고 있었다.

"해가 뜨면 일어나 일하고, 해가 지면 쉰다네.

밭을 갈아먹고, 우물 파서 물마시니,

임금의 힘이라는 게 내게 무슨 소용이 있나."

이후 이 노래는 '땅을 구르며 부르는 노래', 즉 '격양가(擊壤歌)'라고 불렸는데, 이 무렵 청해진이야말로 태평성대의 무릉도원이었던 것이다.

신라의 조정은 어지럽고, 권력을 쟁취하려는 암투로 정치는 문란하여 백성은 도탄에 빠져 있었으나 청해진만은 유토피아의 이상향이었던 것이다.

장보고가 거느린 1만 명의 막강한 군사들은 염문의 체포 이후 더 이상 바다에서는 그 어떤 해적도, 노예상인도 용납하지 않았으므로 바다는 완전히 평화를 되찾았으며 장보고 선단이 이끄는 상업은 눈부신 번영을 이루고 있었다.

일찍이 유명한 학자이자 주일미 대사였던 라이샤워(1920~1991)는 그가 쓴 〈당나라에서의 엔닌여행기〉라는 논문에서 장보고를 '상업제국(commercial empire)'을 건설하였던 위대한 '무역왕(merchant prince)'이라고 평가하였던 것처럼 이 무렵 장보고의 청해진은 상업제국의 본영이었으며, 장보고는 위대한 제국을 건설하였던 해상왕이었던 것이었다.

흥덕대왕이 다만 신라의 국정을 다스리는 임금이었다면 장보고는 당나라와 신라, 그리고 일본을 잇는 해상제국을 다스리는 제왕이었던 것이었다. 그런 의미에서 장보고는 일찍이 우리나라 역사상 그 유례를 찾아볼 수 없는 국제인이며, 국가와 민족을 초월하여 온 인류를 하나의 백성으로 보는 세계주의자, 즉 코스모폴리탄이었던 것이다.

"어딜 가십니까, 대사 나으리."

텅 빈 군막에서 홀로 앉아 있던 장보고가 갑자기 몸을 일으켜 밖으로 나가려 하자 어려계가 만류하여 말하였다.

"나가시면 안 되십니다. 밖은 사나운 비바람이 몰아치고 있나이다. 위험하시나이다."

그러나 장보고는 말을 듣지 않았다. 그는 질풍노도가 몰아치고 있는 군막 밖으로 나가 태풍 속에 홀로 섰다.

군막 밖은 어려계의 걱정대로 사나운 비바람이 몰아치고 있었다.

기록에 의하면 청해진 일대의 연평균 강수량은 1천 7백밀리미터, 우기는 6월에서 9월까지이며, 이 기간에는 동남계절풍의 영향 아래 놓이게 된다고 한다.

동남계절풍은 해마다 북태평양 남서부에서 발생하여 동북아시아 대륙으로 불어닥치는 태풍을 낳고, 완도는 그 태풍을 정면으로 맞는 해안가에 자리잡고 있었으므로 이 바닷가에서 태어나고, 이 바닷가에서 자라난 장보고에게 오히려 폭풍우는 두려운 존재가 아니라 정답고 반가운 친구였던 것이다.

무시무시한 파도는 장도를 집어삼킬 듯이 물보라를 날리면서 몰아치고 있었고, 바람은 당장에라도 장보고를 날려버릴 듯 거칠게 불어닥치고 있었다. 비바람을 맞으면서 장보고는 눈을 부릅뜨고 흰 포말을 뿌리고 있는 파도를 노려보았다.

으르렁 으르렁.

성난 기세로 한껏 부풀어 올랐다가 섬의 암벽을 때리는 파도의 고함소리를 듣는 순간 장보고는 온몸으로 해일이 스며드는 것 같은 환희를 느꼈다.

올해 그의 나이는 마흔하고도 여덟 살. 마흔의 나이에 흥덕대왕으로부터 청해진 대사를 제수받고 고향으로 내려와 불과 8년 만에 꿈에 그리던 해상제국을 건설하였던 것이다. 라이샤워의 표현대로 장보고는 위대한 상업제국을 건설하여 무역의 제왕이 되었던 것이다.

역사의 그 어떤 기록에도 장보고의 출생연도는 보이지 않으나 앞뒤의 정황을 살펴보건대 장보고가 태어난 것은 대충 어림잡아 790년대 후반으로 보이며, 그는 20세가 넘을 때까지 바로 이곳 완도, 즉 청해진 일대에서 성장하고 있었던 것이다.

조음도(助音島).

지금은 장보고 장군의 본영이 위치한다고 해서 장도라고도 불려지지만 장보고가 어렸을 때까지만 해도 조음도라고 불리던 이 섬은 장보고가 청년으로 자라날 때까지 뛰어놀던 놀이터였으며, 물질을 하던 살림의 터전이었던 것이다.

장보고는 무시무시한 폭풍우 속에 홀로 서서 눈을 부릅뜨고 파도를 노려보면서 중얼거려 말하였다.

"내가 당나라로 건너간 것은 거의 30년 전의 일이었다."

그러자 당나라로 건너갔을 때의 일들이 꿈결처럼 장보고의 뇌리에 스쳐가기 시작하였다.

그후 10여 년 동안 장보고는 갖은 고생 끝에 당나라의 군대에 입대하여 뛰어난 무공을 세우고, 군중 소장이라는 지위에까지 오를 수 있었던 것이다.

역사에 기록되기를 고구려 유민이었던 이정기(李正己)가 세운 평로치청(平盧淄靑)의 번진과 사투를 벌인 무령군의 군중 소장이었던 장보고가 무공을 세울 때의 나이는 30세. 그러니까 출세를 꿈꾸며 무조건 중국으로 건너가 전쟁터로 뛰어들었던 장보고는 불과 10여 년만에 입신양명할 수 있었던 것이었다. 그로부터 우여곡절 끝에 군문에서 물러난 장보고는 여전히 당나라에 머물면서 신라인들을 결속하는 한편 신라인들을 점조직하여 후일에 있을 상업을 위해 만반의 터를 닦아놓았던 것이다. 그것이 5,6년.

그러니까 장보고가 당나라에 체류하고 있었던 기간은 20년에 가까운 긴 세월이었던 것이다. 그 긴 세월 동안 얼마나 고향을 그리워하였던가.

장보고는 눈을 부릅뜨고 자신을 삼킬 듯이 덤벼드는 파도를 노려보면서 생각하였다.

그 20년의 세월 동안 단 하루도 고향을 잊은 적이 없었다.

초근목피(草根木皮).

장보고가 고향을 떠나 당나라로 건너갈 때에는 모든 백성들이 곡식이 없어 풀뿌리와 나무껍질을 벗겨먹으며 겨우 연명할 시기였다. 이때가 헌덕왕 8년 무렵으로 《삼국사기》에는 다음과 같은 기록이 나오고 있을 정도인 것이다.

> 헌덕왕 7년 8월. 서변의 주에서 큰 기근이 있어 도적들이 벌떼처럼 일어나서 군사를 내어 토벌하였다.
>
> 헌덕왕 8년 정월. 흉년과 기근으로 당의 절동(浙東) 지방으로 건너가 식량을 구하는 자가 1백 70명이나 되었다.

《삼국사기》의 "흉년과 기근으로 당의 절동 지방으로 건너가 식량을 구하는 자가 1백 70명이나 되었다"는 내용대로 그 무렵 중국은 꿈의 대륙이었던 것이다.

일찍이 최치원도 "유자이건 불자이건 할 것 없이 많은 사람들이 앞을 다퉈 입당을 하였다"고 기록하였던 것처럼 철저한 골품제도의 귀족사회였던 신라에서 한계를 느낀 젊은이들이 보다 개방되고 부강한 당나라에서 입신출세를 하기 위해 바다를 건너 도당하고 있었던 것이다.

장보고도 이 무렵 야망을 갖고 당나라로 건너가던 젊은이들 중의 한 사람이었다.

장보고가 선택할 수 있었던 유일한 길은 용병(傭兵)이었다.

일찍이 고구려 유민이었던 이정기가 세웠던 번진은 산동 지방을 지배하던 독립된 왕국이었다.

이정기의 번진은 '평로치청'이라는 이름 아래 막강한 군사력을 가지고 무려 55년 간이나 산동성 전역을 통솔하고 있었던 것이다.

장보고가 중국으로 건너갔을 무렵에는 이정기의 후예인 이사도(李師道)가 번수직을 세습하고 있었는데, 그는 장안에 자객을 보내어 재상 무원형(武元衡)을 암살할 만큼 골칫덩어리였던 것이다.

이에 당나라의 황제 헌종(憲宗)은 협상론을 무시하고, 평로치청군의 토벌을 선언하였다.

이때가 815년 12월. 당나라의 군사들과 평로치청군의 교전은 818년 7월에 이르기까지 3년 간 계속되었는데, 이때 당나라 기병군의 최선봉군이 바로 무령군이었다.

따라서 무령군에서는 뛰어난 무술을 지닌 병사를 필요로 했으며, 뛰어난 병사들이라면 그 병사가 이국인이건 죄인이건 심지어 해적이라도 상관하지 않았던 것이다.

이에 무예가 뛰어난 장보고는 곧 용병으로 당나라의 군사에 입대하였던 것이다.

우르릉 쾅.

쏟아지는 폭우 속에 뇌성이 일면서 번개가 번득였다가 순식간에 인근 가까운 해안가에 벼락이라도 떨어졌는지 온 지축이 흔들리면서 갑자기 불길이 솟아올랐다.

장보고는 하늘을 찢는 천둥소리 속에서 익숙한 고함소리 하나가 벽력처럼 그의 귓가에 내리꽂히는 것을 느꼈다.

"형님."

장보고는 순간 주위를 돌아보았다. 분명히 자신을 부르는 익숙한 목소리였다.

"누구냐."

장보고는 주위를 살펴보았다. 그러나 주위는 칠흑 같은 어둠과 사나운 폭풍우뿐이었다.

"누구냐고 내가 묻지 않더냐."

장보고는 소리를 질렀다. 그러나 곧 장보고는 그것이 사람의 목소리가 아니라 하늘을 찢는 우레의 소리임을 깨달았다. 그러나 장보고에게 있어서는 분명히 익숙한 사람의 소리였다. 그렇다. 그 목소리는 정년(鄭年)의 목소리였다.

정년은 장보고와 신의를 맺었던 결의형제(結義兄弟)였다.

장보고와 정년은 똑같이 이곳 완도 출신이었다.

당나라의 시인 두목이 지은 《번천문집》에는 정년이 장보고보다 "10세 연하여서 장보고를 형으로 대우하였다"고 기록하고 있는데, 정확하게 10세 연하라는 것은 불명이고 장보고보다 어쨌든 연하여서 장보고를 형이라고 불렀다는 것은 사실로 여겨진다.

두 사람은 어렸을 때부터 자연 이곳 조음도에서 물질하면서 자랐다. 두 사람은 태어난 곳은 각각 다르나 죽는 곳은 한날한시에 함께 죽기로 약속하였으며, 그들이 의형제를 맺은 곳이 바로 이 성안에서였다.

따라서 두 사람이 야망을 꿈꾸며 당나라로 건너간 것도 한날한시였는데, 이 두 사람의 관계에 대해 시인 두목은 《번천문집》 제6권에 다음과 같이 기록하고 있는 것이다.

> …… 신라사람인 장보고와 정년은 신라로부터 당의 서주에 와서 군중 소장이 되었다. 장보고는 30세이며, 정년은 그보다 10세 연하여서 장보고를 형으로 대우하였다. 두 사람은 싸움을 잘하여 말을 타고 창을 휘두르며 그들의 본국에서는 물론 서주에서도 당할 사람이 없었다. 정년은 바닷속 50리를 헤엄쳐 들어가도 조금도 숨이 가쁘지 않았고, 무예도 뛰어나 장보고도 그에 미치지 못하였다. 나이로는 장보고가 연상이었으나 무예는 정년이 위여서 항상 사이가 좋지 못하고, 서로 지려고 하지 않았다.

주로 당나라 시인 두목이 쓴 《번천문집》에 나오는 찬사(讚辭)를 인용한 김부식이지만 그 역시 《삼국사기》에서 장보고와 정년의 관계를 다음과 같이 기록하고 있다.

> 장보고와 정년은 모두 신라사람이나 그들의 고향과 부조(父祖)는

알 수 없다. 두 사람은 모두 싸움을 잘하였는데, 정년은 바다 밑으로 들어가 50리를 걸어가면서도 물을 내뿜지 아니하였다. 그 용맹과 씩씩함을 비교해보면 장보고가 정년에 좀 미치지 못하였으나 정년이 장보고를 형으로 불렀다. 장보고는 연령으로, 정년은 기예로 항상 맞서 서로 지지 아니하였다. 두 사람이 모두 당에 가서 무령군 소장이 되어 말을 타고 창을 쓰는 데 감히 대적할 사람이 없었다.

장보고와 정년의 사이를 당나라의 시인 두목은 "항상 사이가 좋지 못하고 서로 지려고 하지 않았다"라고 말하고 김부식 역시 "장보고는 연령으로, 정년은 기예로 항상 맞서 서로 지지 아니하였다"라고 기록함으로써 마치 라이벌의 관계처럼 두 사람의 우정을 표현하고 있지만 이는 앞뒤 정황으로 보아 틀린 말이다.

장보고와 정년은 같은 고향에서 자라나 함께 중국으로 들어간 친밀한 관계임에 틀림이 없는 것이다.

장보고가 정년보다 나이가 많아 정년이 장보고를 '형님' 이라고 불렀던 것은 분명하지만 '무예는 정년이 위여서 항상 사이가 좋지 못하였다' 는 기록 역시 불확실한 것이다.

왜냐하면 장보고의 원 이름은 궁복(弓福)으로 표기되어 있는데, 이를 보아서 알 수 있듯이 장보고는 궁(弓), 즉 활에 능한 무인이었기 때문이었다.

활은 예부터 동이족, 즉 신라인들의 무기였고, 창이나 칼은 중국의 무기였으므로 아마도 중국의 무령군에서는 활을 잘 쏘는 장보고보다 말을 타고 창을 잘 쓰는 기병술에 능한 정년이 훨씬 돋보였을지도 모르는 일일 것이다.

따라서 두 사람이 서로 '사이가 나빠서 지려 하지 않았다'는 두목의 표현은 다정한 형과 아우였던 장보고와 정년 사이에 있을 수 있는 애증(愛憎)관계를 과장한 표현일 뿐인 것이다.

장보고와 정년은 평생 동안 함께 파란만장한 생애를 보냈던 결의형제였다. 장보고가 있는 곳에 항상 정년이 있었으며, 정년이 있는 곳에 항상 장보고가 있었다. 그런 의미에서 두 사람은 의형제가 아니라 일심동체의 한 몸이었던 것이다.

장보고가 이처럼 성공하여 라이샤워의 표현대로 '거대한 상업제국의 제왕'이 될 수 있었던 것도 결국 아우 정년의 도움 때문이며, 정년 역시 어린 나이에 무령군 군중 소장으로 출세할 수 있었던 것도 형 장보고의 도움이 있었기 때문인 것이다.

오히려 두 사람의 신의에 대해 김부식은《삼국사기》에서 다음과 같이 찬하고 있다.

> ……그것은 다름이 아니라 인의(仁義)의 마음이 잡정(雜情)과 함께 심어져 있어 잡정이 승하면 인의가 멸하고, 인의가 승하면 잡정이 사라지는 것이다. 저 두 사람은 인의의 마음이 이미 승하였고, 여기에 다시 명견(明見)이 바탕하였기 때문에 성공한 것이다.

그뿐인가.

그로부터 2년 뒤.

아우 정년을 맞아들여 서슴없이 인재로 등용하였던 장보고의 인의에 대해 당나라의 시인 두목은 다음과 같이 찬사를 보내고 있는 것이 아닌가.

……옛말에 이르기를 '나라에 한 사람의 인물이라도 있으면 그 나라는 망하지 않는다' 고 하였다. 대저 나라를 망치는 것은 사람이 없어서가 아니라 그 망할 때를 당하여 어진 사람을 쓰지 않기 때문이다. 진실로 능히 어진 사람을 쓴다면 반드시 한 사람만으로도 족할 것이다.

이 말은 오늘을 사는 어리석기 짝이 없는 정치가들에게 외치는 역사의 사자후인 것이다. 마땅히 교훈 삼아 명심할 일이다.

나라가 어지러운 것은 어진 사람을 쓰지 않기 때문이며, 어진 사람이 없다고 한탄하는 것은 어진 사람을 발견할 수 없는 밝은 눈(明見)이 없기 때문인 것이다. 김부식은 분명히 기록하고 있는 것이다.

"진실로 능히 어진 사람을 쓴다면 반드시 한 사람만으로도 족할 것이다(苟能用之 一人足矣)."

정년(鄭年).

《삼국사기》에는 다른 이름 정연(鄭連)으로 표기돼 있는 장보고의 분신. 태어난 시기는 서로 달랐지만 죽을 때는 한날한시에 죽기로 맹세하였던 의형제 정년.

우르릉 쾅.

다시 번개가 번득이더니 곧이어 하늘을 찢는 천둥소리가 이어졌다. 잠시 밝아졌던 짧은 섬광 속에 지난 8년 동안 장보고가 일으키고 건설하였던 청해진의 모습이 일순 드러났다 다시 어둠 속으로 스러졌다.

아아.

장보고는 비를 맞으면서 탄식하였다.

"지금 내 곁에 정년이만 있다면, 지금 내 곁에 아우 정년이만 있다면. 정년이야말로 나의 고굉(股肱)인 것이다. 내 팔과 다리인 것이다."

그렇다면 어디 있을까.

장보고는 엄청난 폭풍에 말갈기처럼 일어선 파도가 암벽을 강타하여 쏟아지는 물보라를 맞으며 생각하였다.

지금 아우 정년은 어디서 무엇을 하고 있을까.

"형님, 형님은 형님의 길을 가시오. 나는 나의 길을 가겠소."

언제였던가. 정년을 마지막으로 만났던 것이 벌써 10년도 훨씬 전의 일이었다. 장보고는 군중 소장을 끝으로 제대하여 평민으로 당나라에 사는 신라인들을 결속시켜 한창 장사에 열을 올리고 있을 무렵이었다. 그때 헤어지면서 정년은 이렇게 말하지 않았던가.

"예부터 장사는 미천한 천민들이나 하는 것이오. 나는 장사가 생리에 맞지가 않소이다. 나는 바닷가에서 태어났지만 죽을 때는 말 위에서 죽고 싶소이다. 또한 나는 바다에서 태어났지만 그물을 쳐서 고기를 잡는 것보다 칼과 창을 들고 전쟁에 나아가 싸우는 것이 더욱 더 마음에 맞소이다. 그러니 형님은 형님의 길을 가시오. 나는 나대로의 길을 가겠소."

정년이 선택한 길.

그것은 여전히 군문의 길이었다. 그러나 이미 당나라의 조정에서는 평로치청의 번군을 완전히 소탕함으로써 더 이상 관군이 필요치 않았다. 오히려 지나치게 비대화된 군벌로 인해 골치를 앓고 있었던 것이었다.

"옛말에 이르기를."

그때 장보고는 마지막으로 정년을 설득하여 말하였다.

"토끼가 잡히고 나면 사냥개는 삶아지게 되고, 높이 날던 새가 없어지면 좋은 활도 쓸모없어지며, 고기가 잡히면 통발은 버려지게 된다고 하였다. 너와 나는 오직 난적을 정벌하기 위해서 고용했던 사냥개이자, 활이며, 통발이 아니겠느냐. 이제 토끼는 잡혔고, 새도 사라졌으며, 고기도 잡혀 더 이상 전쟁도 없고, 따라서 우리는 쓸모가 없게 되었다. 마땅히 전쟁이 없을 때에는 창과 칼을 녹여서 보습을 만들어 땅을 갈아 씨를 뿌려야 하지 않겠느냐."

그러자 정년은 눈을 부릅뜨고 말하였다.

"옛말에 이르기를 또한 다음과 같이 하였소. 무신불석사(武臣不惜死), 즉 무인은 죽음을 아끼지 않는다고 말이오. 형님의 말씀대로 무인이라면 갖고 있던 창과 칼을 녹여서 보습을 만들 것이 아니라 굶어 죽는 한이 있더라도 창과 칼이 녹이 슬지 않도록 갈고 닦아놓아 언젠가 있을 전쟁을 대비해두는 것이 마땅한 무인의 길이라고 할 수 있을 것이오."

두 사람이 마지막으로 만났던 것은 산동에 있는 적산촌(赤山村).

그곳에선 이미 장보고가 세운 법화원(法花院)이란 절이 있었는데, 이는 군문에서 제대한 장보고가 당나라에 살고 있는 신라인들을 하나로 묶기 위한 구심점으로 설립한 신라사찰이었던 것이다.

엔닌(圓仁)이 기록한 것처럼 '장보고가 처음으로 지은 절'이었던 적산 법화원에서는 겨울과 여름에 두 번 강회가 열리고 있었다.

이 강회는 모두 신라의 말과 신라의 양식에 따라서 거행되었는데, 겨울철에 있었던 강회에 대해 엔닌은 그의 일기에서 다음과 같이 기록하고 있다.

> 개성 4년(839) 11월 16일.
>
> 적산 법화원은 이날부터 시작하여 법화경을 강의한다. 내년 정월 15일을 한정으로 하여 그 기간으로 삼는다. 여러 곳에서 온 많은 스님들과 인연 있는 시주들도 모두 와서 서로 만난다. 그 가운데서 성림(聖琳)화상은 이 강회의 법주(法主)이다.
>
> 그 밖에 논의(論義) 두 사람이 있었는데 이는 승 돈증(頓證)과 승 상적(常寂)이다. 남녀 승속 할 것 없이 같이 사원에 모여 낮에는 강의를 듣고, 밤에는 예불참회하고, 경청하며, 차례차례로 이어간다. 승속 등 그 수는 40여 명이다.
>
> 그 강경과 예참 방법은 모두 신라의 방식에 의해서 행하였다. 다만 저녁과 이른 아침 두 차례의 예참은 또한 당식에 의해서 행하였지만 그 나머지는 모두 신라의 말과 노래로 행하였다. 그 집회에 참석한 스님, 속인, 노인, 젊은이, 존귀한 사람, 비천한 사람 할 것 없이 모두 신라사람뿐이었다…….

엔닌의 일기처럼 신라사람들만에 의해서 1년에 두 번씩 여름과 겨울 두 차례에 걸쳐 이루어지는 강회에서 장보고는 마지막으로 아우 정년을 만났던 것이었다.

그때가 825년으로 장보고가 귀국하기 3년 전 일이었다.

이 무렵 장보고가 세운 절 적산 법화원에서는 여름강회가 열리고 있었다. 여름강회는 주로 《금광명경(金光明經)》을 강회하곤 했는데, 그 무렵에는 특별한 신라고승 한 사람이 초빙되어 신라사람들을 상대로 강설을 열고 있었다.

초빙된 법주의 이름은 낭혜화상으로, 3년 전인 헌덕왕 14년(822) 중국의 사신으로 가던 김흔의 도움으로 입당에 성공하였던 바로 그 사람이었다.

장보고 역시 젊지만 신라 최고의 대덕이라는 낭혜의 소문은 익히 전해 듣고 있었던 것이다. 따라서 장보고는 직접 자신이 건립한 적산 법화원에서 열리는 여름강회에 참석하여 시방불(十方佛)에 예배하고, 죄과를 참회하는 예참(禮懺)을 올리는 한편 낭혜화상의 강설을 경청하였던 것이었다.

이 무렵 낭혜화상은 3년 동안 중국의 각지를 돌아다니면서 구족계를 받는 것으로 시작하여 고승 대덕을 만나 수행하고 있었는데, 이때의 행적을 최치원은 낭혜화상의 '백월보광탑비'에서 다음과 같이 표현하고 있다.

> 장경(長慶, 821~824) 초에 이르러 조정사(朝正使) 왕자 김흔이 당은포에 배를 대거늘 함께 타고 가기를 청하여 이를 허락받았다. 이어 대흥성(大興城) 남산의 지상사(至相寺)에 이르러서는 화엄을 이야기하는 사람을 만나게 되었는데, 부석사에서 배운 것과 다를 바가 없었다.
>
> 그때 얼굴이 검은 노인이 그에게 '멀리 자신 밖의 사물에서 도를 구하려 하기보다 자신이 곧 부처임을 아는 것이 낫지 않겠는가' 하였다.

대사는 이 말을 듣자마자 크게 깨닫고서 이때부터 여기저기 돌아다니다가 불광사(佛光寺)에서 여만(如滿)에게 도를 물었다. 여만은 강서의 마조(馬祖)에게서 심인을 얻었고, 향산의 백상서(白尙書) 낙천(樂天)과는 문학을 얘기하는 사이였지만 대사의 질문에 대답하면서 매우 부끄러워하며 다음과 같이 말하였다.

'내가 여러 사람을 겪어보았지만 이 신라인 같은 사람은 처음 보았다. 후일 중국에서 선이 사라진다면 곧 동이(東夷)에 가서 물어보아야 할 것이다'.

최치원이 쓴 '비문'에서처럼 중국에 도착한 낭혜가 처음 찾아간 곳은 지상사(至相寺). 이는 섬서성(陝西省) 장안의 종남산(終南山)에 있는 화엄종 사찰로 화엄종 2조인 지엄(智嚴, 577~654)이 주석하던 곳이었다.

낭혜가 처음으로 지상사를 찾아간 것은 자신이 의상대사가 창건하였던 부석사에서 공부하였으며, 바로 의상이 지엄의 수제자였기 때문이었다. 따라서 부석사의 사상적인 계통은 지엄과 밀접한 관계가 있었던 것이었다.

그러나 바로 이 지상사에서 검은 노인을 만난 뒤에는 '마음이 곧 부처'라는 마조의 '즉심즉불(卽心卽佛)' 사상을 크게 깨닫고 곧바로 선종 사상 가장 뛰어난 선사였던 마조의 제자인 여만을 찾아간 것이었다.

마조선사.

중국의 선종 사상 가장 뛰어나 천하의 모든 사람을 짓밟아 죽였던 마조도일 선사(馬祖道一, 709~788).

일찍이 부처가 되기 위해서 좌선을 하고 있던 마조를 깨우치기 위해서 스승 회양(懷讓)은 앉아 있는 마조 곁에서 기왓장을 하나 주워 갈아대기 시작한다. 이에 마조가 스승에게 묻는다.

"기왓장을 갈아서 무엇을 하실 것입니까."

스승 회양이 대답하였다.

"기왓장을 갈아서 거울을 만들까 하네."

"그런다고 기왓장이 거울이 될 수 있겠습니까."

이 말이 떨어지자마자 스승이 일갈하여 소리쳤다.

"기왓장이 거울이 될 수 없듯이 좌선만으로는 부처가 될 수 없다. 소가 수레를 끌고 가는데, 만약 수레가 앞으로 나아가지 않는다면 그대는 수레를 다그쳐야 하겠는가, 아니면 소를 다그쳐야 하겠는가."

스승의 이 말에 '마음 밖에서 부처를 구할 것이 아니라 바로 마음이 곧 부처' 임을 깨달았던 마조는 평생 동안 '평상심이야말로 도(平常心是道)' 라고 가르쳤는데, 당시 장안에는 마조의 제자 가운데 한 사람인 여만이 살아 있었던 것이었다.

여만을 통해 교종에서 선종으로 눈을 돌린 낭혜는 다시 마조의 제자였던 마곡보철(麻谷寶徹)화상을 찾아가는데, 이때의 행적을 역시 최치원은 다음과 같이 기록하고 있다.

> …… 그곳을 떠나 마곡보철화상을 찾아가 모시면서 힘든 일을 가리지 않고 남들이 어려워하는 것을 쉽게 해내었다. 이에 여러 사람들이 그를 가리켜 '선문에 있어서 유검루(庾黔婁)와 같은 남다른 행실을 하는 자' 라고 칭송하였다.

유검루는 《양서(梁書)》에 나오는 효성으로 유명한 인물로 아버지의 병을 고치기 위해서 여러 가지 힘든 일을 한 효자였는데, 마곡보철의 문도들은 스승을 극진히 모시며 수행에 전념하였던 낭혜를 유검루에 빗대어 칭찬하였던 것이다. 그러나 스승이 죽자 다시 낭혜는 유랑을 떠난다. 이 때의 행적 역시 최치원은 다음과 같이 기록하고 있다.

> …… 그곳에 머무른 지 얼마 안 되어 보철화상이 세상을 떠나자 검은 수건을 머리에 두르고 이내 '큰 배가 떠나버렸는데 작은 배가 어디에 묶여 있을 것인가' 라고 말하고 이때부터 각지를 유랑하였는데, 바람처럼 하여 그 기세를 막을 수 없었고 뜻을 빼앗을 수 없었다. 강을 지나고 산을 오르기까지 오래된 불교의 자취는 반드시 찾아가고 참된 고승은 반드시 만나보았다. 머무르는 곳은 인가를 멀리하였는데 그것은 위태로운 마음을 편히 여기고, 고생을 달게 여기며, 몸은 종처럼 부리되 마음은 임금처럼 받들기 위해서였다. 이런 가운데에서도 오로지 병든 사람을 돌보고 고아와 자식이 없는 늙은이들을 도와주는 것을 자신의 임무처럼 여겼다. 지독한 추위와 더위가 닥쳐 열이 나고, 가슴이 답답하거나 손이 트고, 얼음이 박히더라도 전혀 게으른 모습을 보이지 않았으니, 그 이름을 듣는 사람은 멀리서도 자기도 모르는 사이에 예를 표하여 동방의 대보살(大菩薩)이라고 크게 떠받들었다.

그러니까 낭혜가 장보고가 세운 신라인들의 사찰인 적산 법화원으로 온 것은 스승 보철이 입적하자 여러 곳을 돌아다니며 보시행(普施行)을 펼치던 바로 그 무렵이었던 것이다.

이때 낭혜는 스승이 돌아가신 후부터 머리에 검은 수건을 두르고 있어 일반 신도들은 그를 다만 흑건(黑巾)스님이라고만 부르고 있었다.

원래 적산 법화원에서는 '여름에는 《금광명경》을 강의한다'고 엔닌은 기록하고 있지만 낭혜화상은 적산 법화원에 주석하고 있는 동안 《금광명경》에 대해서는 한마디도 강설하지 않았다.

원래 《금광명경》은 부처님의 수명이 한량없음을 찬탄하는 게송으로 예부터 나라를 수호하는 경전으로 존숭되어 왔는데, 장보고를 비롯하여 수십 명의 신라인들이 강회를 청하고 교리경문에 대해서 묻고 답하는 논의(論義)가 질문을 해도 다만 침묵으로 묵묵부답일 뿐이었다.

다만 낭혜화상은 모인 신도를 함께 데리고 나가서 풀을 베거나 장마로 무너진 다리를 새로 놓거나 하는 여러 사람들이 힘을 합쳐서 일을 하는 울력을 하게 함으로써 자신의 강설을 대신하곤 하였다.

물론 적산 법화원에서는 스님은 물론 전 신도들이 함께 절 살림에 힘을 보태는 풍속이 있었다. 엔닌도 그의 일기에서 이런 풍속에 대해 다음과 같이 기록하고 있다.

> 9월 28일.
>
> 적산 법화원에서 무청과 무를 거두어들이기 시작하였다. 원의 상주들도 모두 다 나가 잎을 골랐다. 만일 곳간에 땔감이 없을 때에는 원중의 스님들은 물론 늙은이, 젊은이 할 것 없이 모두 땔감을 구하러 나간다.

적산 법화원에서의 중요한 법회는 초청된 화상의 강설을 듣고, 참회하는 예불의식이었는데 낭혜화상은 자신의 죄과를 참회하기 위해서 시방불에 예배하기보다는 무너진 다리를 복원하는 것이 훨씬 더 중요하다고 직접 나서 무거운 돌을 나르는 한편 신도들에게는 다만 이렇게 말을 할 뿐이었다.

"몸은 종처럼 부리되 마음만은 임금처럼 받드시오."

하루에 한 끼만 먹어 바짝 마른 체구였지만 눈은 섬광 같은 빛을 뿜고 있어 형형하였다. 비록 나이는 장보고보다 열 살 넘어 아래였지만 그에게는 감히 범접할 수 없는 신령한 기운이 충만하였다.

바로 그 무렵 정년이가 적산 법화원으로 장보고를 찾아온 것이었다. 헤어진 지 3, 4년 만의 일이었다. 장보고는 이미 무령군에서 제대하여 장사에 열중하고 있었다.

제대한 지 3, 4년의 짧은 기간이었지만 장보고는 이미 신라인들을 조직하여 큰 선단을 거느린 대상인으로 성장하여 있었고, 정년은 아직도 군문에 몸을 담고 있던 군인이었다.

함께 장사를 하자 권유하여도 정년은 장사는 천민들이나 하는 것이고 자신에게는 무인의 길이 맞는다 하여서 이를 받아들이지 않았던 것이었다.

우르릉 쾅. 다시 번개가 번득이더니 천고(天鼓)가 울었다.

장보고는 품속에서 작은 물건 하나를 꺼내들었다. 연이어 번득이는 번개 속에서 장보고는 그 물건을 물끄러미 바라보았다.

그것은 작은 불상이었다.

선정인(禪定印)의 수인을 하고 앉아 있는 신라불상이었는데, 그것은 바로 낭혜화상으로부터 받은 선물이었다. 그러나 그 불상은 건네받을 때부터 정상적인 상태는 아니었다. 왜냐하면 목이 부러져 몸체와 불두(佛頭)가 따로 떨어져 있었기 때문이었다.

장보고는 떨어져나간 불두를 헤어질 무렵 정년에게 내주면서 이렇게 말하였다.

"이것을 소중히 보관하고 있어라."

장보고가 불상의 머리부분을 내주자 정년은 이를 받으며 말하였다.

"이것이 무엇입니까, 형님."

"이것은 불상의 머리다."

장보고가 불상의 머리를 가리키며 말하였다.

"하오면 형님, 아우가 이 불두를 가져가면 이 불상은 두 동강이가 되어 온전한 몸이 아니라 불구가 아니겠나이까."

"마찬가지가 아니더냐. 아우인 네가 내 곁을 떠나 군인의 길을 가겠다니, 이 형도 온전한 몸이 아닌 불구의 몸인 것이다. 그러니 언젠가는 내게 돌아오너라. 돌아와서 함께 힘을 합치자꾸나. 네가 없는 나는 머리가 없는 불상과 마찬가지니 나는 언제까지나 너를 기다리고 있을 것이다."

정년은 형 장보고가 떨어져나간 불상의 머리를 자신에게 건네주는 그 의미를 잘 알고 있었다.

부절(符節).

예부터 주로 사신들의 신표(信標)로 사용되었던 이 부절은 때론 피치 못할 사정으로 헤어지는 아버지와 아들, 형제지간, 혹은 부부간에 서로 부신(符信)으로도 사용되었던 물건이었다.

면 훗날 만나서 서로 지니고 있던 신표를 맞춰 하나의 완형을 이룸으로써 서로의 신의를 확인할 수 있는 이 부절은 주로 돌이나 대나무쪽을 잘라서 만들었으나 장보고나 정년의 경우처럼 사사로운 물건을 사용하기도 했던 것이다.

"알겠습니다, 형님."

선선히 불상의 머리를 품속에 간직하면서 아우 정년은 이렇게 맹세하며 말하였다.

"다시 만날 그때까지 아우는 이 불두를 신표로 소중히 간직하고 있겠나이다."

장보고는 쏟아지는 폭우 속에서 그 불상을 물끄러미 바라보았다. 신표의 표시로 떨어져나간 불상의 머리부분은 아우 정년에게 주었으므로 장보고가 갖고 있는 불상은 머리는 없고 몸체만 남아 있는 불완전한 불구의 몸이었다.

소중히 품속에 간직하고 다니던 불상의 모습을 바라본 순간 장보고는 문득 그 불상을 선물로 주었던 낭혜의 목소리를 떠올렸다. 낭혜가 했던 이 말은 그가 적산 법화원에 머물면서 신도들에게 했던 유일한 강설이었던 것이다.

그리고 장보고에게 목이 부러져 몸체와 머리가 따로 떨어져나간 불상을 선물로 주면서 낭혜는 다음과 같이 말하지 않았던가.

"몸은 버려도 좋으나 머리만은 소중히 보관하십시오."

낭혜화상의 그 말은 '마음이 곧 부처'이니 몸은 종처럼 부리더라도 마음은 임금처럼 소중히 여기라는 말의 또 다른 표현으로 생각되며, 따라서 몸은 버려도 좋으니 머리만은 소중히 간직하라는 뜻으로 받아들인 장보고는 그러나 그 불상의 머리를 아우 정년에게 서슴없이 신의의 표시로 주어버린 것이었다.

장보고에게 불상을 선물로 준 낭혜는 홀연히 역사 속에서 사라져 버린다.

낭혜가 다시 역사 속에 등장한 것은 그로부터 20여 년 뒤인 당나라 무종(武宗)의 유명한 '회창(會昌)의 폐불(廢佛)' 정책으로 당나라에서 신라로 귀국하였을 때였던 것이다.

도교(道敎)를 믿어 불교는 물론 모든 종교를 탄압하였던 이 정책은 사찰 4천 6백 개를 헐고, 26만여 명의 승려와 여승을 환속시키는 미증유의 법난이었는데, 낭혜는 845년 귀국할 때까지 최치원이 기록한 비문의 내용처럼 '오로지 병든 사람을 돌보고, 고아와 자식이 없는 늙은이들을 도와주는 보시'로 철저하게 두타(頭陀)의 수행을 펼치고 있었다.

그가 신라로 귀국한 지 50여 년 후, 산동반도의 등주(登州)에 있는 곤륜산(崑崙山)에 무염원(無染院)이 중수되었다는 기록이 남아 있는 것을 보면 그 무렵 산동반도에 사는 신라인들은 낭혜무염선사를 신앙의 대상으로 숭상하고 있었음을 미뤄 짐작할 수 있는 것이다.

따라서 최치원이 기록한 중국에서의 다음과 같은 행적은 정확한 사실인 것이다.

…… 그 이름을 듣는 사람은 멀리서도 자기도 모르는 사이에 예를 표하여 동방의 대보살이라고 크게 떠받들었다. 중국에서의 30여 년 간의 행적은 이와 같았다.

우르릉 쾅. —

다시 하늘을 찢는 우레소리가 천지를 뒤흔들었다. 장보고는 꼼짝도 않고 손에 들린 목 없는 불상을 물끄러미 바라보면서 소리쳐 말하였다.

"어디 있느냐. 어디서 무엇을 하고 있단 말이냐."

순간 장보고의 귓가에 선선히 불상의 머리를 품속에 간직하면서 맹세하였던 정년의 목소리가 들려오고 있었다.

"…… 알겠습니다, 형님. 다시 만날 때까지 아우는 이 불두를 신표로 소중히 간직하고 있겠나이다."

'다시 만날 때까지' 라고 아우 정년은 말하였다. 그렇다면 언젠가는 반드시 내 곁으로 돌아올 것이라고 스스로 맹세한 것이 아닐 것인가.

돌아올 것이다. 아우 정년은 반드시 내 곁으로 돌아올 것이다.

그때였다.

군막 안에서부터 누군가 황급히 달려 나오고 있었다. 어려계였다. 그는 장보고가 폭풍우 속에 홀로 서 있음을 알고 자신의 몸으로 장보고를 감싸며 말하였다.

"대사 나으리. 여기서 무엇을 하고 계시나이까. 자칫하면 몸을 상하게 되실 것을 모르시나이까. 어서 안으로 드시옵소서."

그러자 장보고는 껄껄 웃으면서 이렇게 말하였다.

"누가 날 찾아올 것 같아 밖에 나와 기다리고 있었네."

"이 폭풍우가 몰아치는 한밤중에 도대체 누가 찾아온다는 말씀이시나이까."

"폭풍우가 몰아치고, 하늘이 무너지고, 땅이 갈라져도 그는 반드시 내 곁으로 찾아올 것이네."

"그 사람이 누굽니까."

어려계가 묻자 장보고는 껄껄 소리 내어 웃으며 이렇게 말하였다.

"가까운 시일 안에 반드시 그 사람을 만나게 될 것일세."

'가까운 시일 안에 반드시 그 사람을 만나게 될 것' 이라는 장보고의 확신은 그대로 적중된다. 그로부터 2년 뒤 정년은 장보고를 실제로 찾아오게 되는 것이다.

이때의 상황을 당나라의 시인 두목은 《번천문집》에서 다음과 같이 표현하고 있다.

……장보고가 이미 신라에서 귀하게 되었는데, 정년은 뒤엉켜서 관직에서 떨어져 굶주림과 추위에 시달리며 사수(泗水)의 연수현(漣水縣)에서 살고 있었다.

어느 날 연수현의 수장 풍원규(馮元規)에게 말하기를 '나는 동으로 돌아가서 장보고에게 걸식(乞食)하려 한다' 하니 풍원규가 다음과 같이 말하였다.

"그대와 장보고의 사이가 어떠한가. 어찌하여 가서 그 손에 죽으려 하는가."

정년이 말하기를 "추위와 굶주림으로 죽는 것은 전쟁에서 깨끗하게 죽느니만 못하다. 하물며 고향에 가서 죽는 것에 비하랴" 하고 정년은 드디어 떠나가서 장보고를 찾아뵈니 장보고는 술을 대접하여 극진히 환대하였다…….

이렇듯 장보고와 아우 정년은 극적으로 또다시 만나게 되는 것이다. 그렇다면 이렇게 섬세하게 장보고와 정년의 인물전을 기록한 두목은 도대체 누구인가. 당나라 말기인 만당(晩唐) 최고의 시인 두목. 일찍이 당나라의 시성이었던 두보(杜甫)와 비교되어 소두(小杜)라고 불리던 두목.

그가 만약《번천문집》에서 '장보고와 정년'의 열전(列傳)을 기록하지 않았더라면 장보고는 역사의 뒤안길로 실종되어 영원히 사라져 버렸을 것이다.

《삼국사기》를 편찬한 김부식은 '김유신(金庾信)'의 열전을 상중하로 나누어 제일 먼저 기록하고 나서 그 마지막 부분에 다음과 같은 의미심장한 결론을 내리고 있는 것이다.

> …… 그러므로 유신은 그 뜻한 바를 행할 수 있게 되어 중국과 협동 모의해서 삼국을 합쳐 한집을 만들었고, 능히 공명으로서 평생을 마치게 되었던 것이다. 비록 을지문덕(乙支文德)의 지략과 장보고의 의용(義勇)이 있어도 중국의 서적(書籍)이 아니었던들 민멸(泯滅)하여 전문(傳聞)할 수 없었을 것이다.

물론 김부식은 '장보고와 정년'에 대해서도 열전을 기록하고 있다. 그러나 김부식의 표현대로 김부식이 기록한 '장보고와 정년'의 열전은 두목이 쓴《번천문집》, 즉 중국서적을 그대로 인용한 것에 지나지 않은 것이다.

만약 두목이 이처럼 '장보고와 정년'에 대한 기록을 남기지 않았더라면 장보고는 역사 속에서 민멸되어 행적을 찾아볼 수 없게 되었을 것이다.

그뿐만이 아니다.

송나라의 사가 송기(宋祁)는 《신당서(新唐書)》를 편찬하면서 두목이 쓴 '장보고와 정년'의 열전을 인용한 후 이렇게까지 극찬하고 있는 것이다.

"아마 원망과 해독으로서 서로 끼치지 않고 나라의 우환을 먼저 생각한 것은 진(晉)에 기해(祁奚)가 있었고, 당나라에 분양(汾陽)과 장보고가 있었다. 누가 동이(東夷)에 사람이 없다고 할 것인가."

두목이 장보고에 대해서 기록하지 않았더라면 송기는 《신당서》에서 장보고에 대해 "누가 동이에 사람이 없다고 할 것인가" 하고 극찬할 수 없었을 것이며 또한 김부식은 《삼국사기》에 장보고를 기록하지 못함으로써 장보고와 그의 아우 정년은 역사 속에서 실종되었을 것이다.

그러면 두목은 어째서 신라사람 장보고와 그의 아우 정년에 대해 깊은 관심을 갖게 된 것일까. 두목은 그냥 전해오는 풍문에 의해서 장보고와 정년의 평전을 기록한 것이 아니라 자신이 직접 탐문하고, 때로는 직접 현장의 인물들을 찾아가 증언을 들음으로써 자칫하면 역사 속으로 민멸될 뻔하였던 장보고를 생생하게 부활시켜놓은 것이다.

그렇다면 두목, 그는 누구인가.

그는 어떻게 해서 장보고를 만나게 되었는가. 장보고의 무엇이 당나라 최고의 시인 두목의 마음을 매료시켜 장보고를 백대의 스승인

주공(周公)과 비교하고, 장보고를 당나라 최고의 공신이었던 곽분양(郭汾陽)보다 더 뛰어난 인의의 성현(聖賢)으로 찬양하고 있는 것일까.

제3장

양주몽기 揚州夢記

1

만당(晩唐) 최고의 시인으로 당나라의 시성 두보와 비교되어 소두라고 일컬어지던 천재시인 두목이 장보고의 이름을 처음으로 들은 것은 그가 회남절도사(淮南節度使)의 관인으로 양주에 부임한 이후부터였다.

그때가 대화(大和) 8년으로 서력으로는 834년이었다.

그 무렵 양주는 기록에 의하면 7만 4천여 호수, 인구는 47만에 육박하고 있던 당나라 최고의 상업도시였다.

원래 양주는 강소성(江蘇省)에 있던 도시로 옛 이름은 강두(江頭)라고 불려왔는데, 양자강(揚子江) 북방 대운하의 서쪽 기슭에 있는 이 도시가 발전하기 시작했던 것은 수(隋)나라 때였던 589년, 이곳을 중심지로 삼은 이래 양주라고 고쳐 부르기 시작한 이후부터였다.

당대에는 강남의 물자를 운하로 북송하고 있는 그 요충지에 자리 잡고 있었으므로 최고의 상업도시로 번영을 누리고 있었던 것이다.

특히 오늘날의 페르시아인 파사국(波斯國), 인도차이나인 점파국(占婆國), 아랍제국인 대식국(大食國) 등 서양의 상인들이 몰려들어 요즘의 홍콩과 같은 국제무역항이 들어선 이후로 이곳에는 외국 상인들의 집단거주지인 파사장(波斯莊)과 신라상인들이 모여 사는 신라방 등이 형성되어 훗날 북송의 사마광(司馬光)이 편찬한 《자치통감(資治通鑑)》에는 다음과 같은 기록이 나오고 있을 정도인 것이다.

> 양주의 부유함은 천하 제일로서 사람들은 흔히 이를 양주가 제일이요, 익주(益州)는 두 번째라 하여서 다음과 같이 부르고 있다.
>
> '양일익이(楊一益二)'

따라서 양주는 그 무렵 정치 · 경제 · 사회 · 문화의 중심지인 대무역도시로 마침내 626년에는 이곳에 대도독부를 두어 황제의 동생인 친황이 부임하였고, 756년에는 회남절도사가 설치되어 11개 주를 관장하는 국제통상의 심장부로 발전하여 당나라 최고의 부유한 도시로 발전하고 있었던 것이다.

두목은 바로 이 회남절도사의 서기(書記)로 부임하였던 것이다. 이때 두목의 나이는 한창 혈기가 왕성한 32세였다. 두목은 26세의 나이 때 동도(東都)였던 낙양에서 실시하는 과거시험에 응시하여 다섯 명 중의 한 사람으로 급제하였다. 이때의 과거시험은 매우 예외적이었다.

당대에는 보통 왕경인 장안에서 과거시험이 열리곤 했지만 이해만은 이례적으로 낙양에서 과거시험이 열렸던 것이다. 두목은 원래 왕경이었던 장안, 즉 경조부 만년현(京兆府 萬年縣) 출신이었지만 이 무렵 낙양의 강가인 번천(樊川)에 머무르고 있었다.

훗날 두목이 자신의 호를 번천으로 하였던 것을 보면 두목이 자신이 태어난 고향보다 낙양을 보다 더 사랑하고 있었음을 미루어 짐작할 수 있는 것이다.

두목은 주로 낙양의 강가에 머무르면서 광범위한 독서를 하며 20세 전후의 청년시절을 보냈다. 기록에 의하면 두목은 이미 20세 때 《상서(尙書)》, 《모시(毛詩)》, 《좌전(左傳)》, 《13대 사서(史書)》 등을 비롯하여 각종 병학(兵學)에도 몰두하고, 특히 공자(孔子)를 '만세의 스승(萬世之師)' 으로 존경하여 '이인위본(以仁爲本)' 을 사상의 근본으로 삼고 있었다.

따라서 두목은 이 무렵 관직에 대한 관심보다 주로 나날이 쇠약해 가는 당나라 조정에 대해 걱정하는 우국(憂國)에 더 많은 관심을 기울이고 있었다.

그런 의미에서 두목의 청년시절은 벼슬에 뜻을 두고 있었던 권력에 대한 야망보다 쇠퇴해가는 당나라의 조정에 대해 질타를 가하는 우국청년으로서의 열정이 더 강렬했던 저항의 계절이었던 것이다.

이처럼 두목이 장보고에 대해서 깊은 인상을 받게 된 그 근본원인에는 바로 당나라의 장래를 걱정하는 충정의 마음과 밀접한 상관관계가 있음인 것이다.

그 무렵 당나라는 안녹산(安祿山)과 사사명(史思明)이 일으킨 '안사의 난'과 평로절도사였던 이사도가 일으킨 '번진의 난', 두 개의 대란으로 쇠퇴일로에 있었다.

청년 두목은 이 어지러운 당나라의 정세를 팔장을 끼고 수수방관할 수만은 없었다. 그가 당시 황제였던 경종(敬宗)의 사치한 궁궐을 비판하여 〈아방궁(阿房宮)의 부(賦)〉란 장시를 지은 것도 바로 이 무렵 두목의 나이 23세 때의 일이다.

아방궁은 시황제가 세운 궁전으로 항우가 진나라를 멸하고 불태웠을 때 3개월이나 꺼지지 않고 계속 탔다는 대궁궐이었는데, 두목이 이 아방궁을 빗대어 황제의 고대광실을 풍자했던 것은 정신 차리지 않고 계속 사치와 허영에 탐닉하면 진나라처럼 망할 수 있다는 사실을 성토하기 위함이었던 것이다.

두목의 경종은 그대로 적중되었다.

이듬해 황제 경종은 환관에 의해서 피살되었으며, 그 뒤를 이어 문종(文宗)이 제14대 황위에 올랐던 것이다. 그러자 두목은 그동안 소홀히 여겼던 관직에 관심을 보이기 시작하였다. 재야에 있으면서 조정의 부패와 무능을 성토하기보다는 직접 관직에 진출하여 현실에 참여함으로써 개혁하려는 열정에 사로잡혔던 것이다.

그도 그럴 것이 두목의 집안은 대대로 벼슬을 했던 '사환(仕宦) 명문가'였다. 두목의 조상으로는 '춘추좌전집해(春秋左傳集解)'로 유명한 두예(杜預)가 있으며, 그의 할아버지는 두우(杜佑)로 당대 최고의 명저인 《박문강학(博聞强學)》을 저술했던 대학자였다.

다행히 매년 왕경이었던 장안에서 열리던 과거시험이 두목이 머무르고 있던 낙양에서 이례적으로 열린 것은 행운이었다. 26세가 되던 봄 정월에 열린 지방시에 급제한 두목은 그해 윤3월 장안에서 열린 과거에서 정식으로 등과(登科)하여 관리가 되었다.

이후 두목은 홍주(洪州), 선주(宣州)의 자사를 역임하다가 마침내 32세 되던 해 꿈에도 그리던 양주의 자사로 부임되어 온 것이었다.

당나라 말기 최고의 시인이었던 두목은 두 번에 걸쳐 이 양주에 머무르게 되었는데, 뛰어난 열정과 감수성을 가졌던 천재시인 두목에게 있어서 당나라 최고의 상업도시 양주는 그야말로 신선들이 살고 있던 꿈의 도원경이었으며, 시상을 떠올릴 수 있는 창작의 산실이었다.

먼 훗날 두목이 양주에 있었던 지난 일들을 회상하면서 꿈과 같이 아름다웠던 《양주몽기(揚州夢記)》란 문집을 남기고 있는 것을 보더라도 두목이 얼마나 양주를 사랑하고 있었던가를 미뤄 짐작할 수 있는 것이다.

두목은 《양주몽기》에서 양주의 아름다움을 다음과 같이 묘사하고 있다.

> 양주는 도시 전체가 뛰어난 경승지로 되어 있다.
>
> 중성(重城)에 저녁 어둠이 내리면 창루(娼樓) 위에는 항상 청홍색의 홍등 수만 개가 공중에 휘황찬란하게 번득이며 줄지어 있다. 구리 삼십보의 긴 거리에는 진주와 비취보석이 꽉 들어차 있어 그 모습은 가히 선경(仙境)을 이루고 있는 것이다.

두목이 표현하고 있는 중성은 양주를 감싸고 있는 두 개의 성을 말하는 것으로 자성(子城)은 주로 관리들이 살고 있는 내성을 가리키는 것이며, 나성(羅城)은 세계 각지에서 몰려든 상인들이 살고 있는 외성을 가리키고 있는 것이다.

또한 '구리삼십보'의 길거리는 양주에 있었던 유명한 '십리장가(十里長街)'를 가리키며 바로 이 번화가에는 부유한 상인들을 상대로 하는 창루, 즉 술과 노래와 웃음을 파는 창기(娼妓)들이 내건 붉은 홍등이 수양버들 늘어진 운하를 따라 두목의 표현처럼 휘황찬란하게 밤거리에서 번쩍이고 있었던 것이었다.

바로 그 꿈의 거리 양주에서 두목은 장보고에 관한 소문을 처음으로 접하게 되었던 것이었다.

물론 두목은 생전에 장보고의 실물을 한 번도 만난 적은 없었다. 두 사람은 동시대 사람이었으나 그 지리적인 여건 때문에 서로 만나지는 못하였지만 우국지사이자 당나라 최고의 시인이었던 두목은 살아 있는 사람으로서는 유일하게 장보고를 최고의 의인으로 존경하고 있었으며, 따라서 살아 있는 장보고의 열전을 자신이 직접 저술까지 하게 된 것이었다.

그렇다면 두목은 꿈의 도시 양주에서 어떻게 장보고를 만나게 된 것일까.

그에 앞서 32세의 우국청년 두목이 양주로 왔을 무렵 그는 날로 쇠퇴해가는 나라를 걱정하는 마음으로 오히려 술과 여색을 즐기는 방탕한 세월로 나날을 보내고 있었다. 그가 나이 들어 양주에서의 추억을 기록한 《양주몽기》를 쓴 것도 결국 그가 젊은 시절 양주에서 그 아름다운 기녀들과 보냈던 술과 장미의 나날들을 기록해놓은 회상기에 지나지 않은 것이다.

두목은 자신이 쓴 〈양주삼수(揚州三首)〉라는 시 속에서 양주를 다음과 같이 묘사하고 있다.

"가로에 늘어선 천릿길의 버드나무 두 개의 성에 어린 붉은 저녁 노을".

두목은 천릿길의 버드나무, 즉 버드나무로 상징되는 술과 여인들을 탐닉하는 방탕세월로 한바탕의 청춘기를 보내고 있었던 것이다.

이때에 쓴 유명한 시 한 수가 오늘날까지 남아 전해오고 있다. 양주는 양자강에서 내륙으로 들어가는 대운하가 시작되는 곳이었는데, 이곳 표수현(漂水縣)에서 양자강으로 이어가는 운하에는 진회(秦淮)라는 유명한 유람지가 있었다.

이 진회에서 술을 마시며 두목은 하룻밤을 지냈는데, 이때 느낀 시흥을 두목은 〈진회야박(秦淮夜泊)〉이란 제목의 시로 노래하였다. 이 시는 두목의 대표작 중의 하나로 그 내용은 다음과 같다.

안개는 차가운 물을 감싸고
달빛이 모래를 덮는 밤
진회에 밤배를 대니
술집이 가까웠네.
술집 아가씨들 나라 잃은 서러움을 알지 못하고
강 건너 사이를 두고
오히려 후정화(後庭花)를 부르고 있구나.

'후정화' 는 육조시대 때 진나라의 후주가 귀족 미희들과 잔치를 할 때 부르던 노래로 그 당시에 뛰어난 미인이었던 장귀비와 공귀빈(孔貴嬪)의 미모를 찬미하는 노래였지만 결국 이러한 방탕으로 진나라는 망하게 됨으로써 '후정화' 는 '망국지음(亡國之音)' 으로 널리 알려지게 되었던 것이었다.

두목의 대표적인 이 시는 양주의 운하 진회의 강가에서 당시 유행하던 가곡을 노래하는 기녀들의 노랫소리를 들으며 날로 쇠퇴해가는 당나라의 국운을 걱정하는 우국청년으로서의 면모를 엿보게 하는 것이다.

이 무렵 두목이 얼마나 방탕한 생활을 했던가는 송나라의 호자(胡仔)가 쓴 문집에 다음과 같은 일화가 나오고 있을 정도인 것이다.

일찍이 우기장(牛奇章)이 양주에 장수가 되었을 때 '목지(牧之 : 두목의 자)' 가 막중(幕中)에 있었는데, 평상복 차림으로 놀러다님이 많았다. 우기장이 이 말을 듣고 거리에 몇 사람으로 하여금 몰래 목지를 따라다니며 불의의 사고를 예방하게 하였다. 훗날 목지가 다른 곳으로 발령을 받아 떠나게 됨에 우기장이 목지를 불러 종일(縱逸)을 경책하였다.

목지가 이를 감추고 부인하자 우기장이 한 상자를 가져오게 명하니 이는 모두가 거리에서 평상복을 입고 노닐던 목지의 행동을 낱낱이 보고한 문서였는데, 그 기록은 공평하고 정확하였던 것이다. 이 기록을 보고 비로소 목지는 크게 감복하였다…….

관복을 벗고 평상복의 변복을 하고 자신의 정체를 숨긴 채 양주에서 벌인 두목의 무분별한 행동을 경책한 호자의 기록을 통해 두목이 얼마나 방탕한 생활을 양주에서 하였는가를 엿볼 수 있는 것이다. 난잡한 생활을 기록한 문서가 한 상자가 될 정도로 양주에 있어서의 두목의 생활은 가히 팔난봉이었던 것이다.

송나라의 호자가 쓴 《초계어은 총화후집(苕溪漁隱總話後集)》에 의하면 대대로 뛰어난 문장가였던 '서향세가(書香世家)' 출신의 두목이 밤마다 평상복으로 갈아입고 파락호 생활을 하는 것을 못마땅하게 여겼던 장수 우기장이 두목이 감찰어사로 장안으로 떠나게 되자 그동안 사람들을 시켜 미행하였던 기록들을 보여주면서 다음과 같이 충고하였다고 전하고 있다.

"그대의 원조는 원개(元凱)선생이 아니신가. 또한 그대의 증조께서는 군경(君卿)선생이 아니신가. 그러한 명문가의 자제인 그대는 어찌하여 밤마다 거리에 나아가 상녀(常女)들과 어울리고 있는가."

우기장이 말하였던 '상녀'란 술과 노래와 웃음을 파는 창기를 말하는 것으로 그도 그럴 것이 두목의 원조는 원개, 즉 두예(杜預, 224~284)로 진대(晋代)의 학자이자 정치가였다.

오(吳)나라를 평정한 공으로 당양현후(當陽懸侯)에 봉하여졌으나 말년에는 《춘추(春秋)》의 '경문(經文)'과 《좌씨전(左氏傳)》을 한 책으로 정리하여 《춘추좌씨경전집해》를 편찬하였으며, 두목의 할아버지였던 군경, 즉 두우 역시 한(漢)의 사마천 이래로 제일의 역사가로 존경받던, 역사서 《통전(通典)》의 작가였던 것이다.

우기장의 충고에 두목은 크게 뉘우치고 자책하였다고 전하여진다. 이때 쓴 시가 한 수 남아 전하는데, 이 역시 두목의 대표작 중의 하나이다. '회포를 풀다'는 뜻을 지닌 〈견회(遣懷)〉라는 시의 내용은 다음과 같다.

뜻 잃고 강호(江湖)에
술 싣고 다닐 때에
이곳의 아가씨들
허리는 가늘고 몸은 가벼워 손 위에서 노닐더라.
10년의 오랜 세월 한번 깨니
한갓 양주의 꿈이었을 뿐
청루(青樓)에 박정(薄情)한 사람이란
이름만 남겼구나.

《후한서(後漢書)》의 '마료전(馬廖傳)'에는 "초왕이 가는 허리를 가진 여자를 좋아하여 궁중에는 굶어죽는 여자가 많았다"라고 하였다. 또한 영현(伶玄)의 《조비연외전(趙飛燕外傳)》에는 "조비연의 몸이 섬세하고도 가벼워 능히 손바닥 위에서 춤을 춘다"고 하였다.

따라서 두목이 쓴 "이곳의 아가씨들 허리는 가늘고 몸은 가벼워 손 위에서 노닐더라(楚腰纖細掌中輕)"란 문구는 뛰어난 미인을 가리키는 말로 실제로 두목은 양주에 있을 무렵 가는 허리에 몸이 가벼운 기녀와 깊은 로맨스를 맺고 있었던 것이다.

두목이 노래하였던 '가는 허리에 손바닥 위에서 춤을 출 수 있을 만큼 몸이 가벼웠던 여인'의 이름은 오늘날 남아 전하지 않고 있으나 두목은 그녀를 '두구화'라고 부르고 있었다.

두구화는 열대지방에서 피는 꽃으로 먼저 줄기가 나오고 대나무

껍질 같은 것이 꽃을 감싸는 열대화인데 따라서 두목이 사랑했던 여인은 동남아시아 쪽에서 흘러 들어온 이방인이었을 가능성도 큰 것이다. 나이는 열서너 살의 어린 소녀로 양주에서 두목의 영혼을 사로잡았던 '두구화'와 헤어지면서 우기장의 충고를 받아들인 두목은 과감히 '술과 장미의 나날'에 대한 과거를 청산하고 또다시 명문가의 후예로서 우국충정의 길로 나아가게 되는 것이다.

사랑하는 '두구화'와 헤어질 때 두목은 '떠나면서 드린다'는 〈증별(贈別)〉이란 시를 두 수 남기고 있다.

그 첫 번째 시는 다음과 같다.

아름답고 예쁘고 연약한
열서너 살의 아가씨.
2월 초 갓 줄기 나온
두구화 같구나.
봄바람은
십리양주길에 불고 있는데
주렴(珠簾)을 올리고 기녀들 빠짐없이 보아도
모두가 그녀만 못하구나.

천재시인 두목은 두구화의 매력을 '빙빙뇨뇨(娉娉嫋嫋)'라고 표현하고 있는데, 이는 아름다운 여인의 부드러움을 찬양하는 표현의 극치인 것이다.

두목이 사랑했던 여인 두구화가 있던 청루는 양주에 있던 24개의 다리 중 그 네 번째에 해당하는 구곡교(九曲橋) 근처에 있던 유곽이었다.

양주의 시내를 관통하는 운하에는 모두 24개의 다리가 있었는데 그 각각의 다리를 따라 청루가 형성되어 있었고, 그 길이는 두목이 기록한 대로 '구리삼십보', 즉 '십리장가'를 이룰 만큼 광대하였던 것이었다.

당대의 문헌에도 24개의 다리에 관한 기록이 나와 있는데 '다원교(茶園橋)', '대명교(大明橋)'를 시작으로 북벽 근처에 있는 '하마교(下馬橋)', '세마교(洗馬橋)' 등 24개의 다리가 있었다는 기록이 나와 있고, 실제로 1987년 2월 지금의 양주시 서부의 석탑사(石塔寺) 근교에서 폭 7미터, 길이 30미터 정도의 목교가 발견된 것으로 보면 이 무렵 운하를 따라 24개의 다리들이 밀집되어 있었고, 운하를 따라 늘어선 청루에서 흘러나온 여인들의 노랫소리와 외국 상인들이 풍기는 이그조틱한 분위기가 어우러져 독특한 이국적 정취를 풍기고 있음을 상상할 수 있을 것이다.

실제로 두목은 이 24개의 다리에 대해서 노래하였던 적이 있었다. 양주에 있을 무렵 한작(韓綽)이란 판관(判官)에게 준 기증시(寄贈詩) 중에 〈기양주한작판관(寄揚州韓綽判官)〉이란 시가 있는데 그 시의 내용은 다음과 같다.

청산은 희미하고
물은 멀리 흘러가네.
가을이 다 가도

강남에는 풀이 아직 시들지 않는다.
24개의 다리 위엔
밝은 달이 비치는데
그대는 어느 곳에서
퉁소를 가르치고 있을 것인가.

어쨌든 두목이 사랑했던 여인, 두구화가 있던 청루는 양주의 24개의 다리 중 그 네 번째의 구곡교 근처에 있던 유곽, 일명 홍약교(紅藥橋)라고도 불리던 다리 근처에서 청년 두목은 술과 장미에 취해 비몽사몽의 세월을 보내고 있었던 것이었다.

그러나 이 꿈속 같기도 하고, 생시 같기도 한 비몽사몽의 세월이 한갓 헛된 것만은 아니었다. 왜냐하면 두목이 신라인인 장보고에 대한 소문을 들은 것이 바로 이 유곽에서였기 때문이다.

이미 32세로 정처와 아들을 두고 있었지만 두목은 밤마다 관복을 벗고 평상복으로 변복을 하고는 늘 구곡교 근처에 있는 청루에서 두구화와 술을 마시며 술 취해 두구화의 무릎에 머리를 베고 누워서 잠이 들곤 했었다.

유곽에 있는 기녀들은 대부분 노래를 잘하는 창기들이었는데, 이 무렵 기녀들에게 유행했던 노래는 '후정화' 였다.

두목의 시에도 '나라를 잃은 망국한' 을 모르고서 '후정화' 란 노래를 부르는 상녀들의 비애를 읊은 노래가 있지만 후정화란 원래 '옥수후정화(玉樹後庭花)' 란 곡명으로 망국지음의 대명사로 알려져 있는 노래였다. 진나라의 후주가 귀족들과 연회를 벌일 때 부르던 노래였는데, 그 무렵 대표적 미인이었던 장귀비와 공귀빈의 미모 중 누가 더 예쁜가를 비교하면서 부르던 음탕한 노래였던 것이다.

진나라를 멸망케 했던 사치와 음란의 대명사였던 '후정화' 가 그토록 세월을 초월하여 인기가 있었던 것은 남녀간의 사랑과 노골적인 성애 행위를 가사에 그대로 담고 있기 때문이었다.

이 노래는 우리나라에도 전파가 되어 특히 고려 충혜왕(忠惠王) 때에는 후정(後庭), 즉 뒤뜰에서 궁녀들과 어울려 부르는 노래로 대유행했다. 어찌나 문란한 노래였는지 조선조 세종 때는 폐지까지 되었던 노래로 오늘날 그 가사는 남아 전하지 않지만 미뤄 짐작하여 본다면 장귀비가 예쁜가, 공귀빈이 더 예쁜가, 나는 장귀비가 더 예쁘다 생각한다 노래하면 다른 쪽에서는 공귀빈이 더 예쁘다고 대응하는 일종의 병창(竝唱)이었을 것이다.

따라서 이러한 형식은 얼마든지 임의로 가사를 개작해 부를 수 있는 묘미가 있었다. 예를 들어 술집에서는 손님 중 누가 더 매력 있는 사람인가 빗대어 부를 수 있었으며, 손님 또한 술집 기녀 중 누가 더 예쁜가 빗대어 노래 부를 수 있었던 일종의 돌림노래였던 것이다.

실제로 조선조 성종 때 성현(成俔)은 왕명에 의해서 악가(樂歌)를 개산(改刪)할 때 '후정화' 의 본 가사를 버리고 조선창업을 송축한 가사로 개작까지 하였던 것이다.

그 무렵.

모든 여인들의 마음을 사로잡은 천하의 영웅은 곽자의(郭子儀)와 이광필(李光弼)이었다. 두 사람은 안녹산과 사사명이 일으킨 안사의 난을 평정하였던 대표적인 공신이었다.

곽자의(697~781)는 삭방절도사(朔方節度使)로 근무하던 시절 안녹산의 난이 일어나자 삭방의 군사를 거느리고, 하동절도사(河東節度使) 이광필과 함께 반란군 토벌에 성공하였으며, 후에는 위구르족을 정벌하고, 토번을 무찔러 더 이상 비할 데 없는 무공이라고 칭송되어 상부(尙父)라는 칭호를 받고 분양왕(汾陽王)으로까지 봉해졌던 당나라 최고의 공신이었던 것이다.

그에 비하면 이광필(708~764)은 무공에 있어서는 뒤떨어졌으나 곽자의보다 훨씬 젊고 미남이었으며, 또한 용맹에 있어서는 그 누구에게도 뒤지지 않던 천하장사였던 것이다.

이 두 사람의 관계에 대해 두목이 직접《번천문집》에서 다음과 같이 기록하고 있다.

천보(天寶)년 간 안녹산의 난에 삭방절도사 안사순(安思順)이 안녹산의 종제(從弟)인 까닭으로 해서 사약을 내려 죽게 하고, 조서(詔書)를 내려 곽분양(곽자의)으로 대신케 하였는데, 열흘 만에 다시 이임회(이광필)에게 조서를 내려 부절을 가지고 삭방의 병력을 반으로 나누어 동쪽으로 조(趙)나라와 위(魏)나라의 지방으로 나가게 하였다.

안사순이 절도사로 있을 때에는 곽분양과 이임회가 모두 아문도장(牙門都將)이었는데, 두 사람이 서로 사이가 나빠서 참고 견디지 못하여 한 상에서 음식을 먹더라도 서로 흘겨보면서 한마디 말도 하지 아니하였다.

그러다가 곽분양이 안사순을 대신하게 되자 이임회는 도망하려 하였으나 결행하지 못하였다. 그때 조서를 내려 곽분양의 군사를 나누어 동쪽으로 나아가 토벌하게 하니 이임회가 곽분양에게 들어가서 청하여 말하되 "내 한 목숨이 죽는 것은 달게 받겠으나 처자는 살려주시오"라고 말하였다.

곽분양이 달려 내려가 이임회의 손을 잡고 마루 위에 올라와 마주 앉아 말하기를 "지금 나라가 어지럽고 임금이 파천하였는데, 그대가 아니면 동쪽을 칠 수 없소. 어찌 사사로운 분한을 품을 때이겠소"라고 하였다.

이를 군사관리에게 모두 가르쳐 알리고 조서를 내어 읽고 약속하였다. 작별을 하게 되자 손을 잡고 눈물을 흘리며 서로 충의(忠義)로서 격려하였으니, 큰 도둑(안녹산)을 평정한 것은 실로 두 사람의 힘인 것이다.

그 마음이 변하지 않을 것을 알고 또 그 재능이 이를 맡길 만큼 있음을 안 후에야 의심하지 않고 군사를 나누어주고 있는 것이다. 평생의 분한을 쌓아왔으나 그 마음을 알기가 어렵고, 분한하면 반드시 상대방의 단점만 보일 것이니 그 재능 알기가 더욱 어려운 것이다…….

두목의 기록처럼 곽자의와 이광필은 당나라 최고의 공신이었으면서도 앙숙지간인 라이벌이었던 것이다.

안사의 난이 평정된 것이 70여 년 전인 763년. 그러나 두 영웅은 모든 여인들의 마음을 사로잡고 있었던 연인이었으며, 특히 웃음을 파는 기녀들에게는 최고의 남성상이었던 것이다.

따라서 술집 기녀들은 '후정화'의 원래 가사대로 노래를 부르는 대신 당대의 영웅 곽자의와 이광필을 집어넣어 개사한 노래를 즐겨 부르고 있었던 것이다. 두목도 두구화의 무릎을 베고 누워서 누각 아래층에서 들려오는 기녀들의 노랫소리를 혼곤한 느낌으로 듣고 있었다.

처음에는 원래 가사대로 장귀비가 예쁜가, 공귀빈이 더 예쁜가. 장귀비의 몸매가 아름다운가, 공귀빈의 몸매가 더 아름다운가. 품속에 안을 때 누구의 몸이 더 뜨거운가 하는 노랫말로 시작되었다. 이른바 '망국지음' 이었다.

망국지음(亡國之音).

일찍이 춘추시대 때 위나라의 영공(靈公)이 진나라로 가던 중 복수 강변에 이르자 신기한 음악소리가 들려왔다. 영공이 넋을 잃고 음악을 듣다가 수행 중이던 사연(師涓)이란 악사에게 그 음악을 듣고 베껴두도록 시켰다. 이윽고 진나라에 도착한 영공은 평공(平公) 앞에서 방문하러 오던 도중에 배운 새로운 음악이라고 자랑하면서 사연에게 그 음악을 연주하도록 하였다. 이 무렵 진나라에는 사광(師曠)이란 유명한 악사가 있었는데 이 음악을 듣던 사광은 깜짝 놀라면서 황급히 사연의 손을 잡고 연주를 막으면서 이렇게 말하였다.

"이것은 새로운 음악이 아니라 망국의 음악이요."

깜짝 놀란 영공과 평공에게 사광은 이렇게 그 이유를 설명했다.

"옛날 은나라 주왕에게는 사연(師延)이란 악사가 있었습니다. 당시 폭군 주왕은 사연이 만든 '신성백리(新聲百里)' 라는 문란한 음악에 도취하여 주지육림 속에 빠졌다가 결국 주나라의 무왕에게 주벌당하고 말았습니다. 그러자 사연은 악기를 안고 복수에 투신자살하였는데 그후 복수에서는 누구나 이 음악을 들을 수 있게 되었습니다. 그래서 사람들은 '망국의 음악' 이라고 무서워하며 그곳을 지날 때마다 귀를 막는 것을 철칙으로 삼고 있습니다. 지금 연주한 음악이 바로 그 음악입니다."

'사연' 이 만든 음란 사치한 음악, '신성백리' . 나라를 망치는 음악이라 하여서 '망국지음' 으로 불리던 노래. 마찬가지로 3백 년 전이었던 589년, 지금의 양주 지방인 양자강 일대에 있었던 남조(南朝) 최후의 왕국 진(陳)나라를 멸망시킨 노래. 마지막 왕이었던 진숙보(陳叔寶)는 국가의 초석인 무신들을 억압하고 신분이 천한 근신들이었던 한인(寒人)들을 기용함으로써 나라를 멸망시켰다. 그 마지막 왕이었던 진숙보가 만든 노래 후정화.

양주가 본래 진나라의 영토였으므로 '후정화' 가 수백 년이 지난 지금에도 여전히 이 지방에서 유행하는 것은 당연한 일일 것이었다.

"나으리."

무릎을 베고 혼곤히 누워 있는 두목을 향해 두구화가 말을 건넸다.

"주무시고 계시나이까."

"아니다."

두목은 대답하였다.

"아래층 누각에서 들려오는 노래를 듣고 있었다."

"그러하면 나으리."

두구화가 웃으면서 말하였다.

"나으리께오서는 장귀비가 예쁘다고 생각하십니까, 아니면 공귀빈이 예쁘다고 생각하십니까. 둘 중의 어느 여인을 가슴에 품고 싶으시나이까."

"정히 알고 싶으냐."

두목은 이미 술에 취해 몽롱한 눈빛으로 두구화를 쳐다보며 말하였다.

"알고 싶나이다."

"그러면 술 한 잔을 주거라."

두구화가 술을 따르기 위해 몸을 움직이자 두목이 이렇게 말하였다.

"술잔에다 말고 구순주(口脣酒)로 주거라."

두구화는 두목의 말이 무엇을 의미하는가를 잘 알고 있었다.

구순주. 그것은 자신이 먼저 입에 술을 머금어 그 술을 두목의 입속에 부어넣는 입술의 술잔을 가리키는 말이었다. 두구화가 망설이지 않고 술을 한가득 머금어 무릎 위에 누운 두목의 입속에 부어넣자 그 술을 천천히 음미하고 나서 두목은 이렇게 말하였다.

"장귀비도 이제 백골이고, 공귀빈도 또한 백골이 아니겠느냐. 따라서 나는 천하절색이라던 두 사람보다 살아 있는 함태화, 그대가 훨씬 더 아름답다고 생각하고 있느니라."

꽃이 피기 전의 두구화를 흔히 함태화라고 부르는데, 두목은 아직 열서너 살밖에 안 된 두구화가 아직 꽃이 피지 아니하였다고 해서 함태화라고 부르고 있었던 것이다.

"함태화야."

두목은 두구화의 옆구리에 손을 넣어 간지럽히면서 말하였다.

"나는 이 세상에서 함태화가 가장 예쁘다고 생각하고 있음이다."

남조 최후의 나라 진나라. 그 나라를 망하게 했던 노래 '후정화'. 마찬가지로 그때 그 시절처럼 간신배들인 근신들만이 득실대고 있다면 당나라도 언제 망하게 될지 모른다. 아아, 나라는 어지럽고 인걸들은 갈 데가 없구나.

두목이 얼마나 잃어버린 왕국을 슬퍼했던가는 그 무렵 그가 남긴

〈강남춘(江南春)〉이란 시를 보면 잘 알 수 있다. 양자강의 남쪽지방인 강남의 봄을 노래한 이 시의 내용은 다음과 같다.

> 천리에 꾀꼬리 울고, 푸른 잎이 붉은 꽃 가렸는데
> 물가 마을 산골에는 술집의 깃발이 펄럭인다.
> 남조대에 세워진 사백팔십 사찰들 많은 누대
> 뽀얗게 안개비 속에 젖어 있네.

남조대에 세워진 수많은 사찰들의 누대(樓臺)가 뽀얗게 안개에 젖어 있듯이 저토록 기녀들은 망국의 한을 모르면서 아직까지도 '후정화' 를 부르고 있구나.

두목은 두구화의 무릎을 베고 누워서 아래층에서 들려오는 기녀들의 노랫소리를 들으며 한껏 감상에 젖어 있었다.

그때였다.

기녀들의 노래는 어느 순간 곽자의가 영웅인가, 이광필이 더 영웅인가 하는 노래로 개사되어 불리고 있었다. 한 여인이 나는 곽자의가 더욱 좋으니 그의 품에 안기고 싶다고 노래하면 다른 여인이 나는 이광필의 품에 안기고 싶다고 아양을 떨었다.

음탕한 가사의 노래여서 기녀들은 깔깔 소리를 내어 웃으며 곽자의가 좋다는 측과 이광필이 더 좋다는 측의 두개로 나뉘어 서로 다투어 노래를 부르고 있었다.

"그러면 이번에는 내가 묻겠다."

묵묵히 노래를 듣고 있던 두목이 소리를 내어 말하였다.

"함태화는 누구의 품에 안기고 싶으냐. 곽자의의 품이냐, 아니면 이광필의 품이더냐."

"정히 알고 싶으시나이까."

웃으면서 두구화가 물어 말하였다.

"정히 알고 싶다."

"정히 물으시니 대답하겠나이다. 나으리가 말씀하신 것처럼 곽자의도 죽어 백골이 되었고, 이광필이도 죽어 백골이 되었으니, 소저가 안기고 싶은 품은 오직 살아 있는 나으리의 품속일 뿐이나이다."

순간 두목은 두구화의 품속으로 뛰어들어 부둥켜안으며 말하였다.

"나 또한 그러하다. 나 또한 안고 싶은 품은 오직 살아 있는 함태화뿐이니라."

두 사람은 부둥켜안은 채 한바탕 누각 위를 뒹굴었다.

"이번에는 유두주(乳頭酒)를 다오."

목이 마른 듯 두목이 말하자 망설이지 않고 두구화가 가슴을 풀어 헤치고 연분홍빛 젖꼭지를 꺼내어 그 위에 술을 따랐다. 두목은 어미의 젖을 먹는 아이처럼 두구화의 가슴에 얼굴을 묻고 흘러내리는 술을 혀로 핥았다. 두 사람의 이러한 성애 행위와는 상관없이 누각 아래층에서는 기녀들의 노래가 계속 이어지고 있었다.

곽자의와 이광필 중 누가 더 영웅인가 하고 노래 부르던 여인들의 가사가 어느덧 바뀌었다. 두구화의 몸을 만지며 한바탕 분탕질을 하고 있던 두목이 갑자기 하던 짓을 멈추고 숨을 죽였다.

"나으리, 무슨 일이나이까."

두구화가 아래층을 향해 귀를 기울이고 있는 두목을 쳐다보며 물었다. 그러자 두목이 갑자기 손을 들어 자신의 입을 가리켜 '쉬잇' 하며 소리 내어 말하였다.

"저 노랫소리를 듣고 있다."

그 노래는 두목으로서는 처음 듣는 가사였던 것이다.

안사의 난을 평정한 두 영웅 곽자의와 이광필 중 누가 더 좋은가에 대한 가삿말로 노래를 부르고 있던 기녀들의 합창이 어느덧 개사되어 불리고 있었던 것이었다. 그러나 그 가사에는 두목으로서는 처음 듣는 생소한 이름이 등장하고 있었다.

즉 장보고와 정년이란 이름이 등장하고 있었던 것이다. 두구화가 진지한 표정을 하고 듣고 있는 두목의 표정을 쳐다보면서 웃으며 말하였다.

"도대체 무엇을 듣고 계시나이까."

두목은 손을 들어 아래층을 가리키며 말하였다.

"저 노랫소리다."

"저 노랫소리야 나으리께오서 밤낮으로 듣고 계신 후정화가 아니시나이까."

"노래가 아니라 가사 말이다."

두목이 대답하자 두구화가 이상하다는 표정으로 다시 물어 말하였다.

"노래의 가사도 늘상 듣던 노랫말이 아니시나이까."

그러자 두목이 대답하였다.

"아니다. 저 노랫말은 오늘 처음 들었다. 도대체 곽자의 대신 이름 불린 장보고가 누구이며, 이광필 대신 이름 불린 정년이가 누구더냐."

두목의 말을 들은 두구화가 고개를 갸우뚱거리면서 대답하였다.

"나으리께오서는 장보고와 정년의 이름을 오늘 처음 들으셨나이까."

"금시초문이다."

"나으리, 요즘 기녀들은 곽자의보다 장보고를 더 좋아하고, 이광필보다 정년을 더 사모하고 있나이다."

"그들이 누구인데."

"소저 또한 잘은 모르지만 지난번 '번진의 난' 때 특출한 무공을 세운 천하의 영웅이라고 들었나이다."

번진(藩鎭)의 난.

이는 원화(元和) 13년(818년)에 일어났던 평로절도사(平盧節度使) 이사도(李師道)의 난을 가리키고 있다. 2년에 걸쳐 일어났던 이 난은 결국 이사도가 유오(劉悟)의 군사에게 패하여 참형됨으로써 끝이 났으나 80여 년 전 일어났던 '안사의 난' 이상으로 당나라의 국력을 쇠퇴시켰던 대반란이었던 것이었다.

이 난이 일어났을 무렵 두목은 17세의 청소년이었으므로 누구보다 이 반란의 폐해에 대해서 잘 알고 있었다. 왜냐하면 두목의 아버지 두종욱(杜從郁) 역시 태자사의랑(太子司議郎)이란 관직에 있었으므로 이 번진의 난이 당나라 조정에 끼친 심각한 상황을 정확히 이해할 수 있었기 때문이었다.

실제로 당나라 조정이 이 반란에 대해 얼마나 당황해하고 있었는가는《삼국사기》에 나오는 신라의 원군을 요청한 다음과 같은 기사를 통해서도 잘 알 수 있는 것이다.

헌덕왕 11년 7월.

당의 운주절도사 이사도가 반란을 일으킴으로써 헌종은 이를 토평하려고 양주절도사 조공(趙恭)을 보내어 우리의 병발을 징발하니 왕이 제명(帝命)에 의하여 순천군장군(順天軍將軍) 김웅원(金雄元)으로 갑병 3만을 거느리고 가서 당나라의 관군을 돕게 하였다.

그러므로 두목은 이사도가 일으킨 '번진의 난'의 전말을 상세히 알고 있었던 것이었다. '번진의 난'은 다른 이름으로는 '평로치청'이라고도 불렸는데, 이 난을 평정한 최고의 공신은 무령군절도사(武寧軍節度使)였던 이원(李愿)과 그의 아장(牙將) 왕지흥(王智興)이었던 것이었다.

무령군은 이사도의 평로군을 토벌한 최선봉군으로, 특히 왕지흥은 이사도 군 9천 명을 격파하고 우마 4천 두를 노획하였던 당대 최고의 무장이었던 것이었다.

그러므로 두구화가 말하였던 내용은 전혀 뜻밖의 사실이었던 것이었다. 만약 술집 기녀들이 곽자의 대신 이원을 노래하고, 이광필 대신 왕지흥을 노래한다면 능히 그럴 수 있다고 수긍이 갈 수 있었을 것이다. 그러나 기녀들은 한 번도 듣지 못했던 장보고와 정년의 이름을 빌려 최신판 후정화를 노래하고 있는 것이 아닌가.

그렇다.

두목과 장보고의 만남은 이렇듯 청루에서 들려오는 한갓 유행가에서부터 시작되었던 것이다.

사소한 일상이라고 할지라도 이를 범상하게 느끼지 않는 뛰어난 시적 감수성과 통찰력을 갖고 있던 두목은 이를 그냥 흘려보낼 수가 없었던 것이다.

"번진의 난 때 무공을 세운 영웅이라고."

두목은 두구화의 말을 되받으며 물어 말하였다.

"그럼 어찌하여 나는 그들의 이름을 지금까지 한 번도 듣지 못하였던 것이냐."

"듣자옵기는 나으리, 그 두 사람은 우리 당나라 사람이 아니라고 하더이다."

"당나라 사람이 아니라면."

"동쪽 나라에서 건너온 이국 사람이라 하더이다."

"동쪽에서 건너온 사람이라니, 도대체 그곳이 어디냐."

"소상히는 모르겠사오나 동이라고 하더이다."

동이. 이는 '동쪽의 오랑캐'란 말로 중국에서 그들의 동쪽에 사는 이민족을 얕잡아 보던 용어로 특히 신라를 가리키던 용어였던 것이다.

"동이라면 신라가 아닐 것이냐. 그런데 그 신라인들이 번진의 난 때 무슨 공을 세웠기에 저토록 기녀들이 앞을 다투어 노래를 부르고 있단 말이냐."

그러자 두구화가 말을 받았다.

"소저는 잘 모르지만 듣자옵기에 두 사람은 동이에서 건너와 군문에 입대하였다 하더이다. 장보고는 형이고, 정년은 그보다 나이가 어려 동생이었는데, 두 사람은 모두 싸움을 잘하여 말을 타고, 창을 휘두르면 아무도 그들을 당해내지 못하였다 하더이다.

특히 형 장보고는 활을 잘 쏘았고 정년은 검술에 뛰어나, 이사도를 말에서 떨어뜨린 사람은 활을 쏜 장보고였고, 말을 타고 달려 들어가 이사도의 목을 먼저 벤 사람은 정년이어서 절도사 나으리도 두 사람 중 누구의 무공이 뛰어났다고 감히 판단하지 못하여 두 사람 모두를 함께 군중 소장으로 진급시켰다고 전해오고 있나이다.

그후부터 양주에서는 곽자의 대신 장보고를, 이광필 대신 정년의 이름을 넣어 노래하는 후정화가 나으리께오서 방금 들으셨던 대로 유행하고 있나이다."

두구화의 말은 실로 충격적이었다.

옛말에 이르기를 '발 없는 말이 천 리를 간다' 고 하였던가. 이사도의 난이 일어났던 산둥반도에서 이곳의 양주까지는 1천 리가 넘는 먼 길이었던 것이다. 그러나 그곳에서부터 귀에서 귀로, 입에서 입을 통해 이곳까지 풍문이 전해오고 있는 것이다. 그런 바람결에 들려오는 소문이야말로 진실이 아닐 것인가.

"그러면 다시 함태화에게 묻겠다."

두구화의 말을 들은 두목은 짓궂은 미소를 띠면서 물어 말하였다.

"함태화는 누구의 품에 안기고 싶으냐. 장보고의 품이더냐, 아니면 정년의 품이더냐."

"정히 알고 싶으시나이까."

"정히 알고 싶으니 내가 묻는 것이 아니더냐."

"이미 말씀드리지 아니하였나이까. 이 소저가 안기고 싶은 품은 오직 살아 있는 나으리의 품속일 뿐이라고 말입니다."

"네 말대로 곽자의와 이광필은 이미 죽어 백골이 되었다고는 하지만 장보고와 정년은 아직 살아 있는 천하의 영웅이 아닐 것이냐."

"나으리."

두구화가 하얗게 눈을 흘기며 두목에게 말하였다.

"이 함태화에겐 오직 나으리뿐이나이다. 나으리야말로 소저의 곽자의이자 장보고이나이다."

"정히 그러하다면 여근주(女根酒)를 다오."

"나으리, 아직 날이 어두워지지 않았나이다."

"주렴을 내리면 되지 않겠느냐. 어서 여근주를 달라고 하지 않았느냐."

"정히 보채시면 드리겠나이다."

홍조 띤 얼굴로 두구화가 일어서서 주렴을 내렸다. 그리고 천천히 치마를 벗기 시작하였다.

여근주. 이는 여근곡주(女根谷酒)라고도 불리는 술이었는데, 두구화의 벗은 배꼽 주위에 술을 붓고, 사타구니로 흘러내리는 술을 핥아 먹는 주법이었다.

이 무렵 두목은 미친 광풍에 젖어 있었으므로 하는 행동마다 이토록 광패(狂悖)하였던 것이었다.

그러자 두구화의 몸이 뜨거워지기 시작하였다. 비록 열서너 살의 어린 소녀였지만 타고난 음녀였는지 온몸을 꿈틀거리면서 헐떡이고 있었다.

두목이 두구화를 "허리는 가늘고 몸은 손바닥 위에서 놀 수 있을 만큼 가볍다"고 노래하였는데, 이는 조비연(趙飛燕)이라는 미인이 "섬세하고도 가벼워 행동거지가 날아다니는 것 같아서 나는 제비, 즉 비연이라고 불렸을 뿐 아니라 실제로 능히 손바닥 위에서 춤을 출 수 있다"는 옛 기록에서 비롯된 표현이었던 것이다.

따라서 버드나무와 같은 미인이라 하여 '세류미인(細柳美人)'이라고 불리던 비연은 비록 몸은 가벼웠지만 템포가 빠른 원무에 의해 허리를 단련시켰으므로 방중술(房中術)에 뛰어난 베테랑이었으며, 특히 비연의 작은 발은 최고의 성감대였던 것이었다.

육조시대 때 쓰인 《비연외전(飛燕外傳)》에 보면 비연의 발은 손바닥 위에서 춤을 출 정도로 작았지만 발가락 사이에 수박씨나 건포도를 넣어 두고서 이것을 혓바닥으로 꺼내어 성적 흥분을 유발시킬 만큼 규방비기(閨房秘技)의 대가였다고도 전해오고 있다.

실제로 작은 발에 대한 예찬은 양귀비가 처형되었을 때 어떤 노파가 그 신발을 주워 구경거리를 만들어 한밑천 벌었다고 하는데, 이 무렵 양귀비의 발도 10센티미터밖에 되지 않았다는 이야기가 전해오는 것을 보면 작은 발이 그 무렵에는 미인의 조건이었음을 미뤄 짐작할 수 있다.

두목 역시 두구화의 작은 발을 특히 좋아하고 있었다.

실제로 발바닥에는 용천이란 경혈이 있어 최고의 성감대이기도 했지만 두목은 다리 위에 술을 부어 그 발가락 사이에 흘러내리는 술을 핥아먹기를 즐겨하였던 것이다.

《규방비기》에 의하면 여인의 발끝을 어린아이가 젖을 빨듯 빠는 것을 항(伉)이라 하고, 발 전체를 핥는 것을 지(舐)라 하고, 가볍게 무는 것을 치(齒)라 하고, 발의 앞부분을 세게 깨무는 것을 교(咬)라 하였는데, 두목은 병적일 정도로 두구화의 작은 발에 집착하여 애무하면서 광기의 나날을 보내고 있었던 것이다.

그러나 그 이후부터 두목의 귓가에는 두구화로부터 들은 말 한마디가 계속해서 떠오르고 있었다. 그것은 다음과 같은 말이었다.

"…… 그 이후부터 양주에서는 곽자의 대신 장보고를, 이광필 대신 정년의 이름을 넣어 노래하는 후정화가 나으리께서 방금 들으셨던 대로 대유행하고 있나이다."

두구화의 말은 실로 충격적인 것이었다.

당나라 사람도 아닌 바다 건너의 동이, 즉 신라사람의 이름이 어떻게 해서 모든 기녀들의 마음을 사로잡을 수 있단 말인가. 이사도가 일으킨 '번진의 난' 이라면 15년 전에 일어났던 대란을 가리키고 있음인 것이다.

원래 번진은 절도사를 최고 권력자로 하는 지방 지배체제인데, 경운(景雲) 원년인 710년 하서번진(河西藩鎭)이 처음으로 설치된 이래 안사의 난 직전까지는 변경에 10개의 번진이 설치되었다.

그 이후 번진의 숫자는 더욱 늘어 45개에까지 이르게 되었는데, 이들은 점차 중앙조정에 바치는 상공(上供)이란 세금을 무시하고, 독자적인 세력을 이루어 중앙정부를 위협하는 존재가 되었던 것이다.

비록 헌종에 의한 번진 억압책으로 이사도가 일으킨 '평로치청' 이 진압되었다고는 하지만 여전히 지방세력들이었던 번진의 위협은 계속되고 있었던 것이다.

두목은 언젠가는 당나라가 이들 번진세력의 반란으로 멸망할지도 모른다는 불안감을 갖고 있었다. 그것은 모든 번진이 아군(牙軍)이라 불리는 친위군을 거느리고 있는데, 이들은 절도사와 주종관계를 맺은 진장(鎭將)이 거느리는 막강한 군대를 통해 조정에서 파견된 자사

(刺史)와 같은 관리들을 억제하면서 독자적인 무인지배체제를 강화하고 있었기 때문이었다.

실제로 두목은 이러한 번진 세력의 발호(跋扈)에 대해 크게 근심한 나머지 나라를 걱정하는 우국시(憂國詩)를 짓는다.

이때 두목의 나이는 25세. 황제 경종의 문란하고 사치한 궁궐을 비난하는 〈아방궁의 부(賦)〉란 우국시를 쓴 지 2년 뒤의 일이었던 것이다.

이때 횡해(橫海)절도사였던 이동첩(李同捷)이 항명하여 반란을 일으키자 그해 8월 문종은 토벌령을 내린다. 이때 급정(急征)으로 인해 민생이 초췌해지자 두목은 〈감회시(感懷詩)〉란 장시를 짓는데, 그 중 반부에는 다음과 같은 표현이 나오고 있다.

> 급히 출정하여 군대의 수효가 많으니
> 많은 세금은 흉한 무기에 들어가네.
> 정해진 법도를 무너뜨리고
> 시세의 이익만을 좇아 따르네.
> 시류의 기품은 극도로 흐려져서
> 기강은 점점 해이해지도다.
> 오랑캐는 날로 떨치고
> 백성들은 갈수록 초췌해지네.
> 아득하도다. 태평세월이여, 멀도다.
> 쓸쓸히 번민만 더하도다.

이 무렵 두목이 마음으로 존경하고 있던 역사 속의 인물은 가의(賈誼, BC 200~168)였다.

그는 전한(前漢) 문제(文帝) 때의 문인으로 시문에 뛰어나고, 제자백가에 정통하여 황제의 총애를 받아 20세에 약관으로 최연소 박사가 되었다. 1년 만에 태중대부(太中大夫)가 되어 율령, 관제, 예약 등의 제도를 개혁하였으나 많은 고관들의 시기를 받아 좌천되었다.

이 무렵 그는 유배 아닌 유배생활을 하면서 자신의 운명을 굴원(屈原)에 비유하여 〈조굴원부(弔屈原賦)〉를 지었으며, 특히 진나라의 멸망 원인을 밝힌 필생의 역작 《과진론(過秦論)》을 발표했던 것이었다.

두목은 가의가 쓴 《과진론》을 수십 번 정독하였다. 진나라의 멸망 원인을 사치와 방탕으로 본 가의의 역사관에 심취한 두목은 당나라도 이대로 가다가는 진나라처럼 곧 멸망할지 모른다는 감분(感憤)에 사로잡혀 있었다.

따라서 두목은 자신을 불우했지만 뛰어난 문인이었던 가의에 비교하면서 그에게 띄워 보낸 시를 지었던 것이다. 그러므로 〈감회시〉는 두목이 1천 년 전의 인물이었던 가의에게 띄워 보낸 헌정시였던 것이다.

이 감회시의 후반은 이렇게 이어진다.

관서의 천한 사나이는
오랑캐의 고깃국 먹을 것을 맹세하네.
오랑캐를 잡을 일 자주 청하였으나
누가 나의 말을 듣겠는가.
늘상 걱정이 여기에 미치면
술 취했다가도 근심에서 깨어나누나.
혀를 놀리면 웅장한 듯 욕되게 할까 하나,
구중궁궐에 외쳐도 돕는 소리 없도다.

잠시 감회시를 써서
불에 태워 가의에게 보내노라.

이처럼 오랑캐, 즉 번진의 발호에 대해 이미 분노하였던 두목이고 보면 술집에서 두구화로부터 들은 장보고와 정년의 이름이 마음에 새겨진 것은 지극히 당연한 일이었을 것이다. 시장 거리에서 떠도는 소문이야말로 진리인 것이다. 15년 전 이사도의 난을 장보고와 정년이라는 신라인이 평정하였다면 바로 지금이야말로 그런 천하의 영웅이 필요한 난세가 아닐 것인가.

일찍이 안사의 난은 곽자의와 이광필이 평정하였고, 번진의 난은 장보고와 정년이라는 두 영웅이 평정하였다면 이 어지러운 난세에도 그와 같은 불세출의 영웅이 필요할 것이 아닌가.

구세주(救世主).

불교에서는 중생을 고통에서 벗어나게 해준 부처를 가리켜 구세주라 부르고 있다. 마찬가지로 지금이야말로 백성을 가렴과 도탄에서 구해줄 새로운 구세주가 필요할 때가 아닐 것인가.

다음날부터 두목은 신라인 장보고와 정년에 대해 집중적인 탐문을 시작하였다. 일단 한 번 생각한 것이면 그 즉시 실행에 옮기는 결단력과 추진력, 그것이 천재 시인 두목이 가지고 있던 최대의 장점이었던 것이다.

그 무렵 두목은 자신의 시 구절 "늘상 걱정이 여기에 미치면 술 취했다가도 근심에서 깨어나누나(往往念所至 得醉愁蘇醒)"처럼 우국충정에 사로잡혀 있었으므로 곧 술이 깨는 즉시 장보고와 정년의 탐문에 전념하기 시작하였다.

관아는 자성 안에 있는 아성(牙城) 내에 있었는데, 두목은 출근하자마자 관원들에게 우선 물어보았다.

물론 많은 관원들은 장보고와 정년의 이름을 익히 알고 있었다. 그러나 저잣거리의 기녀들처럼 장보고와 정년을 천하의 영웅으로 생각하고 있는 것은 아니었다.

관원들은 장보고와 정년이 이사도의 난을 평정한 공신이기는 하지만 최고의 공신은 무령군 절도사였던 이원과 그의 아장 왕지홍이라고 생각하고 있었던 것이었다.

그러나 두목은 잘 알고 있었다.

'만 사람의 뼈가 말라 버려져야만 한 사람 장군의 공을 이룰 수 있음(一將功成萬骨枯)'을. 절도사 이원과 왕지홍 장군이 그토록 무공을 세울 수 있음은 만 사람의 뼈가 말라죽은 희생 끝에 이루어진 것임을. 그러므로 실제로 최고의 영웅은 저잣거리의 여인들이 노래 부르고 있듯이 장보고와 정년인 것이다.

그 증거로 장보고와 정년은 두 사람 똑같이 군중 소장의 위치에까지 올랐던 것이다. 물론 군중 소장은 최고의 계급은 아니다. 《구당서》에 보면 '소장(小將)'이란 군직의 용어가 나오는데, 이는 절도사의 부하로 부대의 책임자인 대장 다음가는 부장(部將)의 뜻으로 쓰이고 있는 것이다. 《대당육전(大唐六典)》의 '상서병부'를 보면 "'소장은 자장(子將)을 가리키는 말'로 모든 군진(軍陣)에 병사 5백 명이 있으면 압관(押官) 한 사람을 두고, 1천 명이 있으면 자총관(子總官) 한 사람을 두며, 5천 명이면 총관 한 사람을 둔다"고 하였다. 여기에서 말하는 '자총관'은 곧 '자장'을 가리키며, 따라서 장보고와 정년은 군사 1천 명을 부릴 수 있는 '자장', 즉 '군중 소장'의 위치를 가졌던 계급이었던 것이다.

물론 군중 소장은 대장이나 총관과 같은 최고의 지휘관은 아니었지만 장보고와 정년 두 사람 모두 당나라 사람이 아닌 신라인이고 보면 외국인으로서 오를 수 있는 최고의 계급이었던 것이다.

이는 장보고와 정년이 이사도의 난을 평정한 최고의 공신임을 간접적으로 증명하는 단적인 예가 아닐 것인가. 생각이 여기에까지 미치자 두목은 두 사람을 당나라의 관아에서 추적할 것이 아니라 다른 곳, 즉 신라인들 사이에서 추적해야 할 것이라고 생각하였다.

이 무렵 양주에는 왕정(王靖)이란 신라상인이 거주하고 있었다. 그는 무역을 통해 최고의 거상이 된 사람이었다.

그가 얼마나 뛰어난 상인이었던가는 그의 이름이 엔닌이 쓴《입당구법순례행기》의 일기에 나오는 기록을 통해 알 수 있는 것이다.

엔닌은 당나라에 건너온 직후 양주의 한 사찰에 머무르고 있었다. 엔닌의 기록에 의하면 그 무렵 양주에는 '효감사(孝感寺)', '안락사(安樂寺)', '백마사(白馬寺)', '선지사(禪智寺)' 등 40개가 넘는 절이 있었다고 하는데, 엔닌은 그중의 하나인 개원사(開元寺)에 머무르고 있었던 것이다.

개원사에 머무르고 있던 엔닌에게 신라상인 한 사람이 찾아오는데, 그의 이름이 바로 왕정이었던 것이다.

이때가 개성(開成) 4년(839) 1월 8일이었다.

"신라사람인 왕정이 찾아와 서로 만났다. 그는 일찍이 일본국 홍인

(弘仁) 10년(819)에 당나라 무역상 장각제(張覺濟) 등과 함께 교역을 목적으로 바다를 건너다 표류하여 일본의 데와(出州)국에 유착하였던 사람이었다.

표류하게 된 경위를 물었더니 일러 말하기를 '여러 가지 물품을 교역하기 위해서 이곳을 떠나 바다를 건너다 갑자기 폭풍을 만나 남쪽으로 떠내려가기를 3개월 간, 데와국에 유착하였습니다. 장각제 형제 두 사람은 바로 출항하려고 할 때야 같이 도망쳐 데와국에 머물렀습니다. 북데와에서 북해를 거쳐 출항하여 순풍을 만나 15일이 되어 나가토(長門)국에 유착하였습니다' 라고 말하였다. 그는 일본어를 매우 잘 해독하고 있었다."

엔닌의 일기를 통해 알 수 있듯이 왕정은 이처럼 일본에까지 무역활동을 벌이고 있었던 국제무역 상인이었으며, 또한 양주에 머물고 있던 신라인 최고의 거상이었던 것이다.

엔닌이 왕정을 만난 것이 개성 4년이었고, 두목이 왕정을 만난 것은 그보다 5년 전이었던 대화(大和) 8년(834)이었던 것이다.

왕정은 외국상인들이 거주하는 파사장에 살고 있었는데, 당나라의 관리인 두목이 찾아온다 하여 만반의 준비를 갖추고 있었다.

두목은 장서기(掌書記)란 그리 높지 않은 관직에 있었지만 왕정이 두목을 그토록 환대한 이유는 따로 있었다.

왕정은 이미 두목의 이름을 듣고 있었던 것이다.

왕정은 명문집안이었던 두목의 가계뿐 아니라 두목의 뛰어난 재능에 대한 소문을 익히 전해 듣고 있었던 것이었다. 왕정은 두목이 등과하여 관직에 오르기 전에 지었던 그의 초기 대표작 〈아방궁의 부〉란 시를 이미 접하고 있었으며, 따라서 언젠가는 두목이 당대 최고의 시인이 될 것을 꿰뚫어 보고 있었던 것이었다.

그도 그럴 것이 왕정은 뛰어난 국제무역 상인이었을 뿐 아니라 또한 높은 문화적 심미안을 지니고 있었던 문화상인이기도 했었다.

일찍이 장보고가 흥덕대왕에게 진상하였던 백거이의 시문과 천재화가 주방의 〈수월관음상(水月觀音像)〉은 모두 왕정이 수집해놓았던 문화재였던 것이다.

당대의 계관시인은 바로 백거이였다. 두목보다 30여 년 먼저 태어난 백거이는 그 무렵 최고의 시인이었는데, 그의 문명은 당나라뿐 아니라 바다 건너 신라와 일본에서도 떨치고 있었던 것이다.

원휘(元徽)가 쓴 《백씨장경집(白氏長慶集)》에 의하면 "신라상인 중에는 본국 재상의 부탁이라고 하면서 백거이의 시문이 나올 때마다 한 편에 백금을 아끼지 않고 모조리 전매해간 일이 있다"고 하였으며 또한 북송의 곽약허(郭若虛)가 완성한 《도화견문지(圖畫見文誌)》에 의하면 "저명한 인물화가 주방의 작품 수십점을 양주 지방에서 고가로 사는 신라인이 있었다"고 기록하고 있는데, 바로 이 신라인이야말로 왕정이었던 것이었다.

이처럼 왕정은 뛰어난 문화감각을 가지고 있었으므로 일찍이 〈아방궁의 부〉란 장시를 지은 청년시인 두목의 작품을 이미 읽었을 뿐 아니라 마음속으로는 언젠가 백거이를 능가할 만한 시성으로 대성할 것임을 예견하고 있었던 것이다.

따라서 왕정은 바로 그런 두목이 자신의 집을 방문한다는 사실에 크게 흥분하고 만반의 준비를 갖추고 있었던 것이다.

두목이 왕정을 방문한 날은 청명(淸明)으로 봄비가 내리고 있었다고 전하여진다.

왜냐하면 그날 함께 술을 마신 후 왕정이 지필묵을 구하여 넌지시 칠언절구(七言絶句)를 청하자 술 취한 두목이 즉석에서 듬뿍 먹을 묻힌 붓을 들어 다음과 같은 시를 지었기 때문이다.

시제는 '청명' 으로 24절기 중의 하나인 춘분(春分)과 곡우(穀雨) 사이에 있는 계절이었다. 옛 중국에서는 청명이 시작되면 오동나무에 꽃이 피기 시작하고, 들쥐 대신 종달새가 나타나며, 무지개가 처음으로 보인다 해서 이날을 길일로 정하는데, 두목이 굳이 그러한 제목을 붙인 것은 두 사람의 만남을 상서로운 기쁨으로 기념하기 위함이었을 것이다.

두목이 단숨에 써내려간 한시의 내용은 다음과 같다.

淸明時節雨紛紛
路上行人欲斷魂
借問酒家何處在
牧童遙指杏花村

두목이 신라무역상 왕정을 위해 즉석에서 써준 즉흥시의 내용을 굳이 풀이하면 다음과 같다.

청명시절에 봄비가 어지럽구나.
길 위의 나그네 정신이 끊기려 해

말 좀 묻소. 술집이 어느 곳에 있소이까.

소 치는 아이 손가락으로 살구꽃 마을을 가리키네.

두목은 자신을 청명시절에 어지러이 흩날리는 봄비를 뚫고 혼미한 정신으로 걸어가는 나그네로 비유하였으며, 왕정의 집을 '꽃 피는 살구꽃 마을'로 비유하였던 것이었다.

한바탕 술자리가 끝난 후 왕정은 입을 열어 두목에게 물어 말하였다.

"대인어른, 무슨 일로 소인의 집에 행차하셨나이까."

그러자 두목이 웃으면서 말하였다.

"춘흥이 도도하여 행화촌(杏花村)을 찾아온 것 뿐이나이다."

마침 뜨락에는 살구꽃 나무들이 몇 그루 서 있었는데, 이제 막 꽃망울이 터지면서 꽃이 피어나고 있었다. 그 선분홍빛 꽃잎마다 봄비가 가랑가랑 맺혀 있었다. 두목이 살구꽃을 가리키며 말하자 왕정이 웃으며 말하였다.

"춘흥이 도도하신데 살구꽃보다야 살아 있는 해어화(解語花)가 필요한 것이 아니시나이까."

해어화. 이는 '말을 알아듣는 꽃'이란 뜻으로 예부터 미인을 가리키는 대명사였던 것이다. 왕정은 저잣거리에서 두목이 밤마다 벌이는 풍류생활에 대해서 이미 전해 듣고 있었던 것이었다. 그러자 두목이 표정을 바꾸어 말을 받았다.

"실은 왕대인에게 여쭤볼 말이 있어 찾아왔나이다."

두목은 왕정의 눈을 쳐다보며 말하였다.

"왕대인께오서는 장보고와 정년이란 사람의 이름을 알고 계시나이까."

왕정은 의외라는 듯 두목을 쳐다보았다.

"물론 알고 있나이다. 두 사람은 소인과 마찬가지로 당나라 사람이 아닌 바다 건너에서 온 신라인이나이다."

"단지 그뿐이시나이까."

재촉하듯 두목이 묻자 왕정이 대답하였다.

"단지 그뿐이 아니나이다. 당나라에 살고 있는 신라인 중 그 두 사람의 이름을 모르는 사람은 아마도 한 사람도 없을 것으로 알고 있나이다. 두 사람은 재당 신라인들의 영웅이나이다. 또한 소인은 장보고 대사와 각별한 사이이나이다."

"대사라니요."

두목이 말을 잘라 물었다.

"장보고는 무공을 세워 군중 소장에 이르지 않았나이까. 그런데 어찌하여 왕대인께오서는 장보고를 대사라고 부르시나이까."

그러자 왕정이 대답하였다.

"물론 대인어른의 말씀이 옳으시나이다. 하오나 장보고 대사는 이미 6년 전인 대화 2년 무신년(戊申年, 828)에 당나라를 떠나 신라로 돌아가 대왕으로부터 청해진의 번진을 제수받고 대사라는 직함을 수여받았다고 하나이다.

이후 바다 위에 창궐하던 해적의 무리들은 완전히 소탕되었으며, 바다 위에는 각종 무역선들이 쉴 새 없이 드나들어 사람들은 장보고 대사를 해상왕(海上王)이라고 부르고 있나이다.

물으시니 감히 대답하겠사오나 소인과 장대사의 관계도 밀접하여 소인은 양주에서 파사국과 점파국, 혹은 대식국들의 모든 물품들을 수집하여 장대사의 교관선을 통해 신라와 일본에까지 운송하여 교역하고 있나이다."

왕정의 말은 두목으로서는 처음 듣는 전혀 새로운 내용이었다. 그러자 두목은 장보고에 대해 더 한층 호기심이 샘솟는 것을 느꼈다.

"그리하면 왕대인께오서는 장대사를 만난 적이 있나이까."

두목이 묻자 왕정은 대답하였다.

"물론이나이다. 서너 번 정도 만난 적이 있나이다."

왕정은 눈을 들어 두목의 얼굴을 마주보면서 껄껄 웃으며 말하였다.

"하오면 대인께오서 소인을 찾아오신 것은 춘흥이 도도해서가 아니라 장대사에 대해서 알고 싶어 찾아오신 것이 아니시나이까."

"대인어른."

묵묵히 듣고 있던 두목이 진지한 표정으로 말을 뱉었다.

"며칠 전 소인은 청루에서 기녀들이 후정화의 노래를 부르는 것을 우연히 들었습니다. 그때 기녀들은 장보고와 정년의 이름을 빌려 두 사람을 구국(救國)의 영웅이라 하였습니다."

구국의 영웅.

문자 그대로 위기에 빠진 나라를 구해낼 수 있는 영웅.

장보고와 정년을 빌려 구국의 영웅이란 표현을 하고 있는 두목의 말을 듣자 비로소 왕정은 두목이 왜 자신의 집을 방문했는지 그 이유를 확연히 알 수 있었다.

"그뿐이 아니었습니다, 왕대인."

두목이 말을 이었다.

"술집의 기녀들은 장보고와 정년이 안사의 난을 평정한 곽자의와 이광필보다 더 위대한 호걸이라고 말하였습니다. 옛말에 이르기를 조명시리(朝名市利)라 하였습니다. 명성은 조정에서 다투고, 이익은 저자에서 다투라 하였으나 조정에서 떠도는 명성보다 이처럼 저잣거리에서 떠도는 평판이야말로 정의가 아니고 무엇이겠나이까. 따라서 소인이 왕대인을 찾아온 것은 장보고와 정년에 대한 상세한 내력을 알고 싶어서였습니다."

"하오면."

왕정이 조심스럽게 말을 받았다.

"어째서 대인어른께오서는 그처럼 신라인 장보고와 정년에 대해서 알고 싶어하시나이까."

그러자 두목은 묵묵히 술을 들이켰다. 청명시절에는 '들쥐가 사라지는 대신 종달새가 나타난다'는, 예부터 내려오는 말 그대로 봄비가 내리는 살구꽃 나뭇가지 위에 이름 모를 새 한 마리가 날개를 접고 앉아서 지지배배 소리 내어 울고 있었다. 적요한 정적 속에서 들려오는 새 소리를 들으며 침묵하고 있던 두목은 문득 얼굴을 들어 왕정을 쳐다보며 말하였다.

"왕대인께오서도 아시다시피 지금 나라는 어지럽고, 곳곳에 변방의 번진들이 일으킨 난이 들불처럼 번져가고 있습니다. 선대의 황제 헌종께서는 이사도의 난을 토벌하시고, 번진의 발호를 억제하심으로써 잠시 평화가 온 듯하였으나 또다시 변방의 오랑캐들이 반란을 일으켜 나라의 운명은 바람 앞의 등불처럼 거센 바람에 언제 꺼질지도 모르는 풍전등화의 화급한 상태이나이다. 따라서 지금이야말로 나라를 구하는 영웅이 나타날 때라고 소인은 생각하고 있습니다. 청루의 기녀들이 노래한 대로 신라인 장보고와 정년이 곽자의와 이광필을 능가하는 구국의 영웅이라면 마땅히 장보고와 정년의 평전을 기록하여 남겨놓아야 한다고 소인은 생각하고 있습니다. 그래야만."

두목은 술잔을 단숨에 비우고 이를 악물고 말을 맺었다.

"흙먼지를 말아 일으키며 다시 쳐들어올 영웅이 홀연히 나타나 이 어지러운 난세를 극복할 것이 아니겠나이까."

두목의 말은 의미심장하였다.

'흙먼지를 말아 일으키며 다시 쳐들어온다'는 말은 두목의 시에 나오는 가장 유명한 용어 중의 하나다. '권토중래(捲土重來)'란 단어인데, 이는 두목의 시를 모르는 사람이라 할지라도 대부분 알 수 있을 만큼 유명한 고사성어가 되어버린 것이다.

물론 왕정도 두목이 쓴 이 문장을 잘 알고 있었다. 왕정은 이미 벼슬에 오르기 전에 두목이 쓴 〈아방궁의 부〉라든가, 혹은 곳곳에서 일어나는 번진의 난을 걱정해서 1천 년 전의 역사학자 가의에게 부친 〈감회시〉 등을 통해 두목의 우국지심을 잘 알고 있었던 것이었다.

그러나 왕정이 두목의 애국심에 감탄했던 것은 바로 '흙먼지를 말아 일으키며 다시 쳐들어온다'의 뜻을 지닌 '권토중래'가 나오는 〈제오강정(題烏江亭)〉이란 시를 읽고 난 뒤부터이기 때문이다.

이 시를 짓게 된 데는 유래가 있다.

두목은 어느 날 지방을 순시하던 중 오강(烏江)의 객사 아래 머물게 되었다. 오강은 안휘성(安徽省) 화현(和縣) 동북쪽에 있는 강으로

1천 년 전 항우가 자결한 곳으로, 또한 항우의 사당이 있는 강으로 유명한 곳이었다.

객사에서 머무르던 두목은 한밤중 항우의 사당이 있는 오강묘(烏江廟)에 나아가 참배를 하고, 1천 년 전이나 지금이나 변함없이 흘러가는 강물을 바라보면서 깊은 감회에 사로잡혔던 것이다.

5년에 걸친 항우와 유방의 대결이 종국으로 치닫던 기원전 202년 가을. 유방에게 패하여 후퇴를 거듭하던 항우는 유방의 강화에 마지못해 응하고는 동쪽으로 철군하였다. 그러나 항우를 완전히 쓰러뜨릴 절호의 기회라고 판단한 장량과 진평의 설득에 유방은 곧 항우의 군대를 추격하였다.

그리하여 마침내 기원전 202년 12월, 항우는 한의 대군에게 쫓겨 해하(垓下)에서 겹겹으로 포위되고 말았다. 항우는 이미 싸움은 자신의 패배로 끝이 나고 있음을 알았다. 이때 오강의 정장(亭長)이 배를 준비하고 있다가 이렇게 말을 한다.

"자, 어서 타시오. 강동이 비록 작으나 지방이 1천 리라오. 그곳에서 재기하기 충분하니 대왕은 어서 배를 타고 강을 건너시오."

그러나 이 말을 들은 항우는 이렇게 대답한다.

"8년 전 강동의 8천여 자제들과 함께 떠난 내가 어찌 혼자 강을 건너 돌아가겠소. 비록 강동의 부형들이 나를 용서한다 한들 내가 무슨 면목으로 왕을 하겠소."

그리고 항우는 애마 추를 베고, 목을 찔러 자살을 하는 것이다. 이때 항우의 나이는 31세.

두목은 흘러가는 강물을 바라보면서 어째서 항우가 정장의 말을 듣고 배를 타고 강을 건너가지 않았는가를 준엄히 비판하였다.

두목은 항우가 '산이라도 뽑아낼 만큼의 기개' 가 있었을지는 모르지만 '수치를 싸고 부끄러움을 참는 인내심' 은 없음을 한탄하였던 것이다. 그리하여 두목은 1천 년 전 항우에게 배를 탈 것을 권유하였던 정장의 말을 빌려 다음과 같은 시를 짓는다. 항우를 노래한 시 중에서 가장 잘 알려진 시다.

승패는 병가도 기약하지 못하나니,
수치를 싸고 부끄러움을 참는 것이 진짜 사나이로다.
강동의 자제 중에는 준재가 많으니,
권토중래는 아직 알 수가 없지 않은가.

항우가 수치심을 참고 정장의 말을 듣고 배를 타고 강동으로 돌아갔다면 그곳에서는 준재가 많으므로 반드시 재기하여 흙먼지를 말아 일으키며 다시 쳐들어올 수 있음을, 즉 권토중래할 수 있음을 한탄한 우국시를 통해 왕정은 나라를 사랑하는 두목의 충정을 엿볼 수 있었던 것이었다.

그렇다.

두목은 항우와 같은 구국의 영웅이 나타나기를 기다리고 있는 것이다. 흙먼지를 일으키며 권토중래할 호걸이 나타나주기를 학수고대하고 있는 것이다.

그러므로 두목이 어째서 왕정을 찾아왔는가 하는 이유는 자명해지는 것이다. 그것은 이사도의 난을 평정한 장보고와 정년을 널리 알림으로써 백성들에게 애국심을 고취시키려는 열정 때문인 것이다.

"대인어른의 말씀은 잘 알아들었습니다."

왕정이 두 손을 모아 합장하면서 대답하였다.

"하오니 뭐든 물어봐주십시오. 소인이 아는 대로 소상히 말해드리겠습니다."

그러자 두목이 품속에 넣고 다니던 휴대용 붓을 꺼내들고 물어 말하였다.

"훗날 잊어버릴지 모르겠사오니 간단히 기록해도 좋겠습니까."

"물론입니다."

선선히 왕정은 대답하였다.

"어디서부터 말씀드리면 되겠습니까."

두목은 탁자 위에 종이를 펼쳐놓으면서 입을 열어 말하였다.

"장보고와 정년이 어디서 태어났으며, 무엇을 하던 사람인가부터 알고 싶나이다. 또한 언제 바다를 건너 당으로 건너왔으며, 무엇을 하다가 군문에 입대하였는지 알고 싶습니다. 또 언제 당에서 신라로 돌아가 청해진 대사가 되었는지, 그렇다면 정년은 지금 어디서 무엇을 하고 있는지도 알고 싶나이다."

두목의 말을 들은 왕정은 천천히 입을 열기 시작하였다.

어느덧 살구나무 위에서 울고 있던 이름 모를 새는 사라져버리고, 다소 알이 굵어진 봄비는 여전히 뜨락을 자옥하게 채우고 있었다.

이렇게 해서 장보고와 정년은 천재시인 두목의 붓 끝에 의해서 역사의 장에 이름을 올리게 되는 것이다.

2

장보고와 정년이 바다를 건너 중국으로 온 것은 810년께였다.

이 무렵 나라는 어지럽고 해마다 재앙이 들어 백성들은 도탄에 빠져 있었다. 장보고가 태어난 때는 정확치 않으나 788년께로 보는 것이 정설인데, 장보고가 태어난 후부터 사회적 혼란과 사상 유례 없는 천재지변이 한층 증가하고 있었다.

《삼국사기》에도 그러한 기록들이 속속 등장하고 있는데, 우선 원성왕(元聖王) 2년(786) 9월에는 "도성에 기근이 심하여 곡식 7백만여 섬을 두 차례에 걸쳐 분급하였다" 하였고, 4년(788) 가을에는 "국서(國西)지방에 가뭄과 메뚜기떼의 해를 입어 도적이 들끓자 사자를 보내어 백성을 안무케 하였다" 하고 있으며, 2년 후 5월에도 "곡식을 내어 한산과 웅천 두주의 백성들에게 진급(賑給)하였다"는 기록이 나오고 있었던 것이었다.

장보고가 출생했던 시기에는 이렇듯 각종 재해들과 초적(草賊)들이 들끓던 불우한 난세였던 것이었다. 그가 성장하던 청소년기에도 이러한 현상들은 끊임없이 계속되고 있었다.

헌덕왕 6년(814) 5월에는 지금의 낙동강 연안지방인 북서지방에 홍수가 들어 왕이 사자를 보내어 수해를 입은 인민들을 위문하고, 그들의 조세와 공물을 1년 간 면제해주었다는 기록이 나오는가 하면 그 이듬해에는 다음과 같은 기록이 나오고 있는 것이다.

"헌덕왕 7년(815) 8월. 서변 곳곳에 큰 기근이 있어 도적들이 봉기하매 군사를 내어 토평하였다."

이와 같이 해마다 천재지변이 연이어 일어나자 굶주림을 참지 못한 백성들이 삶을 이어갈 새로운 방법을 찾을 수밖에 없었다. 삶을 이어갈 수 있는 새로운 방법, 그것은 당나라로 건너가는 방법뿐이었다.

그 무렵.

당나라는 기회의 땅이자 새로운 신천지였다. 비록 남의 땅이긴 하였지만 자신의 노력에 따라서는 배불리 먹을 수 있고, 또 기회를 잡으면 입신양명까지 할 수 있었던 신천지의 세계였던 것이었다.

이 무렵 당나라가 신라인들에게 얼마나 꿈의 신대륙이었는가는 장보고가 당나라에 입당한 것보다 50여 년 뒤에 상선을 타고 도당하였던 최치원의 기록을 보면 정확히 알 수 있는 것이다.

《삼국사기》의 열전에 나오는 '최치원 편'에는 다음과 같은 내용이 나오고 있다.

> 최치원의 자는 고운(孤雲)이요, 서라벌 사량부사람이다. 사전(史傳)이 없어져서 그 세계(世系)는 알 수가 없다. 치원은 소년시절부터 영민하여 학문을 좋아하였다. 나이 12세에 상선을 타고 당에 들어가 공부를 시작하려 할 때 그의 부친이 다음과 같이 말하였다.
>
> "10년 안에 급제하지 못하면 내 아들이 아니다. 가서 힘써 하라.(十年不第 卽非吾子也 行矣勉之)"
>
> 치원은 당에 들어가서 스승을 따라 배우면서 게을리함이 없었다.

《삼국사기》에는 사전이 없어져서 최치원의 세계는 알 수 없다고 하였으나 최치원은 최견일(崔肩逸)의 아들로 신라의 유교를 대표할 만한 많은 학자를 배출하였던 새로 성장하는 6두품 출신의 신흥 명문가 출신이었던 것이다.

아버지 견일은 원성왕의 원찰인 숭복사(崇福寺)의 창건에도 관여하였던 학자였는데, 그런 그가 당나라로 떠나는 아들에게 "10년 안에 과거에 합격하지 않으면 내 아들이 아니다"라고 말하였던 것은 그만큼 그 무렵 당나라는 신라인들에게까지 과거에 급제를 허락할 만큼 관대하였던 기회의 땅임을 여실히 증명해주고 있는 것이다.

실제로 최치원은 아버지와의 약속을 지켜 유학한 지 7년 만인 불과 18세의 나이 때 예부시랑 배찬(裵瓚)이 주관하는 빈공과(賓貢科)에 합격하여 마침내 당에서 문명을 천하에 떨치게 되었던 것이었다.

이는 최치원과 같은 명문귀족의 지식인에게만 해당하는 것은 아니었다. 최치원 스스로도 "유자이건 불자이건 할 것 없이 많은 사람들이 앞을 다투어 입당하였다"고 기록하였던 것처럼 지식인들도, 승려들도, 상인들도, 일반백성들도 앞을 다투어 보다 풍족하고 보다 기회가 있는 당나라로 건너가고 있었던 것이었다.

그 무렵 당나라는 신라인들에게 '멋진 신세계'였던 것이다.

장보고와 정년이 당나라로 건너간 것은 바로 이 무렵이었던 것이다.

《삼국유사》에 기록된 대로 장보고는 매우 측미한 해도인 출신이었으므로 엄격한 신라의 골품제도 밑에서는 전혀 정치적으로나 사회적으로나 입신출세를 꿈꿀 수가 없었던 것이다.

장보고에 있어서 신라는 절망의 땅이었다.

장보고와 정년은 한결같이 무예가 뛰어나 그 누구도 두 사람에게 감히 대적하는 자가 없어 한때는 군문에 입대할 것을 신중히 검토해 보기도 하였다.

삼국통일 후 신라의 군사는 구서당(九誓幢)이라는 군제로 개편되었다. 신라의 군제는 원래 삼국간에 항쟁이 격화되었던 진흥왕 대에 이르러 본격적으로 정비되기 시작되었는데, 왕도 주위에 배치되어 있던 6개의 부대를 통합하여 대당(大幢)으로 편성하였던 것이었다. 이것이 6정의 효시가 되었으며, 삼국을 통일한 이후에는 본래의 신라 사람 이외에도 백제와 고구려의 유민들을 포함시켜 9개의 서당을 구성하였던 것이다.

즉 고구려의 유민으로는 3개 군단을 조직하였고, 말갈인으로는 1개 군단, 백제인으로는 2개 군단을 조직하였는데, 장보고와 정년은 완도 출신의 백제유민이었으므로 자연 군문에 입대한다 하더라도 백제인으로 구성된 장창당(長槍幢)에 포함될 수밖에 없었던 것이다.

장창당은 문자 그대로 긴 창을 쓰는 군사로, 훗날에는 비금서당(緋衿誓幢)이란 이름으로 바뀌긴 하였지만 이는 한갓 보병에 지나지 않았다. 최선봉에 나서는 보병으로 일단 전쟁이 시작되면 소모품에 지나지 않았던 졸병이었던 것이었다.

귀족계급이 아닌 평민 출신이 군으로 출세하려면 대왕을 시위하는 것을 책임으로 하는 시위병(侍衛兵)이 되는 것이 최고의 목표였다. 역사적으로 이 부대에 소속된 병사들은 무기를 들고 싸우는 군인의 길이 괴로운 의무가 아니라 오히려 명예로운 권리로 생각하여 전투에 임하면 목숨을 돌보지 않고 용전하였던 핵심 친위부대였는데, 백제유민이었던 장보고와 정년은 그 출신성분 때문에 시위병이 될 수 없었으며, 기껏해야 백제유민들로 구성된 장창당에 소속되거나 아니면 귀족들의 무장들이 개인적으로 군대를 가려 모아서 편성한 사병,

이른바 소모병(召募兵)에 응모할 수밖에 없었던 것이다.

그러므로 피 끓는 청년 장보고와 정년이 '멋진 신세계' 였던 당나라로 들어가 꿈을 이루겠다고 결심을 했던 것은 당연한 일이었다.

그 당시 신라에서 당나라에 들어가려면 공험(公驗)이라 불리는 통행허가증이 있어야 했다. 이는 오늘날의 여권과 같은 공식문서였는데, 장보고와 정년은 이러한 공식 절차를 밟지 않고 밀입국을 통해 입당하였다.

당연히 불법 입국이었으므로 장보고는 어쩌면 해적들이 경영하는 노예선에 승선하여 뱃일을 하면서 바다를 건너 밀항에 성공하였는지 모른다.

왜냐하면 이 무렵 신라에서 당나라로 가는 길은 공식적으로 국가에서 떠나는 사신의 배를 얻어 타거나 아니면 해박(海舶)이라고 불리는 상선을 얻어 타거나 둘 중의 하나였는데 귀족도, 그렇다고 상인도 아니었던 장보고와 정년이고 보면 신라의 노비들을 싣고 몰래 당나라로 들어가는 노예선이 오히려 최선의 방법이었을 것이다.

장보고는 해적들에게 약취되어 노비로 팔려가는 신라인들의 비참한 모습을 노예선에서 직접 목격할 수 있었다.

노비들은 노예선에 감금되어 짐승 이하의 취급을 받고 있었다. 도망치지 못하도록 포박되어 있었으며, 오랜 항해 끝에 병들어 죽으면 그대로 바다에 던져 수장시켜 물고기의 밥이 되도록 하였다.

장보고와 정년은 해적들의 만행에 비분강개하였으나 어쩔 수가 없었다.

그리하여 장보고는 810년께 무사히 바다를 건너 당나라에 입국하게 되는데 이때 장보고의 나이는 22세였고, 정년은 그보다 어린 갓 스물의 청년이었다.

두목은 《번천문집》에서 "장보고의 나이는 30세이고, 정년은 그보다 열 살이나 젊어 장보고를 형이라 불렀다"고 기록함으로써 두 사람의 나이 차이를 10년이라고 분명하게 못 박고 있으나 이는 두목의 의도적인 작의 때문인 것이다.

실제로 두 사람의 나이 차이가 10년이라면 장보고가 입당하였을 때 정년은 12세의 소년으로 이는 앞뒤의 정황으로 보아 이치가 맞지 않는 것이다.

이것은 두목이 장보고와 정년을 어떻게든 안사의 난을 평정하였던 당나라의 영웅 곽자의와 이광필에 대비함으로써 장보고를 불세출의 영웅으로 부각시키기 위해서는 장보고와 곽자의를 쌍둥이처럼 닮은 인물로 묘사해야 할 필요가 있었기 때문인 것이다.

실제로 곽자의는 697년 태생이고, 이광필은 708년 태생이었으므로 두 사람의 나이 차이는 11년이었다.

따라서 두목은 정년이 장보고보다 나이가 적어 형이라 불렀던 것은 정확하였지만 두 사람의 나이 차이는 곽자의와 이광필의 경우를 빌려와 10년이라고 못 박고 있었던 것이다.

장보고와 정년이 당나라에 들어와 제일 먼저 했던 일은 장사였다.

그 무렵 신라인들은 대운하변을 따라 밀집되어 살고 있었는데, 이들 신라인의 거주지역을 신라방(新羅坊)이라 하였다. 그 중심지는 초주(楚州)와 연수향(連水鄕)이었는데, 신라인들은 도시의 한 구역에 집중적으로 거주하여 자치구를 형성하고 있었다.

신라방에서는 그 장으로 총관(總管)이 있었고, 그 아래 전지관(全知官)이 있어 실무를 담당하였으며, 또한 역어(譯語)라는 통역관이 있어 교역업무를 주관하는 등 독자적인 행정구역을 형성하고 있었으며, 비단 도시뿐 아니라 촌락에서도 신라인들을 총괄하는 자치적 행정기관인 구당신라소(勾唐新羅所)가 있어 일정한 지역 내의 신라사회를 관장하고 있었던 것이었다.

따라서 이와 같이 치밀하게 점조직된 신라방에 살고 있던 신라인들은 주로 상업행위로 생계를 유지하고 있었다.

신라인들은 주로 상업, 운송업, 무역업, 조선업 등의 상공업에 종사하였고 수부(水夫), 공인(工人) 등 이와 연관된 직업에 종사하는 사람이 대부분이었다.

장보고와 정년은 비록 공험이라고 불리는 통행허가증이 없이 밀입국하였으나 신라방에 살고 있는 신라인들의 도움으로 곧 상인이 될 수 있었다.

그러나 곧바로 무역업이나 운송업에 종사할 수는 없었고, 가장 낮은 장사였던 소금과 목탄장사에 뛰어들 수밖에 없었다. 이 무렵 신라인들은 주로 숯이라 불리는 목탄과 소금생산에 뛰어난 재능을 보이고 있었는데, 당시 목탄은 잘 타고 연기가 없어 장안에 사는 귀족들의 찻물이나 연회음식을 만드는 데 가장 좋은 연료로 쓰였을 뿐 아니라 한겨울에 난방용으로도 인기가 있었던 사치품이었던 것이다.

당시 목탄은 오늘날 산동(山東)성에 있는 밀주(密州), 대주산(大珠山) 일대에서 대량 생산되고 있었다.

이 산은 울창한 산림지대로 질 좋은 목탄이 생산될 수 있을 만큼의 지리적인 여건을 갖추고 있었던 것이다.

밀주의 목탄은 신라인들의 특산품이었는데, 엔닌의 《입당구법순례행기》에도 그 당시 신라인들이 목탄을 독점하고 있음을 상세하게 기록하고 있다.

> 개성 4년 4월 5일.
>
> (전략)선원들이 말하기를 "우리들은 밀주로부터 왔습니다. 배에는 목탄을 싣고 초주로 갑니다. 우리들도 본래 신라사람입니다. 사람의 수는 10여 명입니다. 화상들이 지금 이 깊은 산중에 있어 인간은 전혀 없습니다. 또한 지금은 곧 밀주로 가는 배가 없습니다. 밤에 이곳에 머무르지 마시고 다시 마을로 찾아가야 할 것입니다. 만일 이곳에 오래 있게 되면 비바람이 불지 모르는데, 어디서 숨어 있겠습니까" 하였다.

엔닌의 일기를 통해 알 수 있듯이 그 무렵 신라인들은 배에 목탄을 싣고 연해지역인 초주, 연수향, 양주뿐 아니라 운하를 통해 장안에까지 거래하고 있었다.

목탄과 더불어 신라상인들의 또 하나의 특산품은 소금이었다.

엔닌의 일기에도 일본 조공사 선박이 해주(海州)에 있는 숙성촌(宿城村) 연안에 이르자 엔닌 등 4명이 구법의 일념으로 미지의 해안에 상륙했다고 기록되어 있는데, 이 '미지의 해안'이 바로 숙성촌이었던 것이다.

숙성촌은 대대로 바다에 면한 마을로 주로 소금 생산에 종사하고 있는 신라인들이 살고 있었던 신라촌이었다.

장보고와 정년은 이처럼 목탄과 소금을 운송하는 신라상인이 되어 입당하였던 초기의 수년 간을 허송세월하고 있었던 것이다.

그것은 장보고가 꿈꾸던 신천지가 아니었다.

숯장사와 소금장사는 간신히 목구멍에 풀칠만 할 수 있을 뿐인 호구지책이어서 두 사람이 청운의 뜻을 품고 바다를 건너올 때의 꿈은 만족시켜주지 못하고 있었던 것이다. 한갓 숯장사를 하기 위해서 당나라로 건너온 것은 아니었다.

장보고는 소금을 싣고 목선을 타고 운하를 오르내릴 때마다 정년을 보고 다음과 같이 한탄하였다.

"우리야말로 소금수레를 끄는 말이로다. 이야말로 염차지감이다."

염차지감(鹽車之憾).

이는 《신서(新書)》에 나오는 말로 '하루에 1천 리를 달릴 수 있는 천리마라 할지라도 운이 나쁘면 소금수레를 끈다'는 뜻이었던 것이다. 따라서 장보고의 그러한 한탄은 뛰어난 인재가 때를 못 만나 한갓 소금장사를 하고 있는 자신의 불우한 처지를 한탄하는 자조적인 탄식이었던 것이다.

장보고가 스스로 한탄하였듯 소금수레를 끄는 불우의 말 노릇을 한 것은 3년에 불과하였다.

마침내 기다리던 때가 정말 우연히 다가온 것이었다.

이때가 당 중흥의 군주로 일컬어지던 제11대 황제 헌종(憲宗)의 재위기간 무렵이었다. 헌종은 본명이 이순(李純)으로 표면상 아버지 순종으로부터 태자로서 양위받은 것으로 되어 있으나 사실은 병이 든 아버지를 시해하고 환관에게 옹립되어 즉위하였던 왕이었다. 그러나 그는 쇠퇴해가던 당나라의 국운을 바로잡아 보려던 명군으로 특히 안사의 난 이후 지방의 군벌인 번진의 세력이 거세어져 중앙의 위령이 미치지 않는 무정부 상태가 되자 이를 바로잡으려고 애를 쓰던 영주였다.

그리하여 헌종은 신라에까지 원병을 요청하는 한편 그 무렵 최고의 골칫덩어리였던 '평로치청'과의 전면전을 선포하였던 것이었다.

평로치청이란 말은 고구려의 유민이었던 이회옥(李懷玉)이 세운 번진으로, 그는 소왕국을 건설하였던 뛰어난 인물이었다.

그는 원래 고려 이씨로 고구려의 유민이었다. 《삼국사기》에 의하면 고구려가 멸망하였을 때 당나라의 고종(高宗)이 668년 4월 고구려의 유민 3만 8천 3백 호를 강남, 회남 등지의 광활한 땅에 이주토록 하였다는 기록이 나오는데, 아마도 이회옥은 이때 자신의 조국이었던 고구려에서 쫓겨나 오늘날 산동지방으로 이주하였던 고구려의 후예였을 것이다.

이 이회옥의 일가가 얼마나 고구려에 대한 자부심이 강했던가는 고구려가 멸망한 지 1백 년이 지난 778년에야 자신의 국적을 중국으로 바꾸었음을 통해 짐작할 수 있는 것이다.

고구려의 유민 이회옥이 두각을 나타낸 것은 758년 평로절도사 왕충지(王充志)가 그의 아들을 후임으로 삼으려 하자 먼저 거사를 일으켜 그를 암살하고, 대신 희일(希逸)을 군사로 추대하는 군부 쿠데타가 성공한 이후부터였다.

그뒤 이회옥은 희일과 함께 청주로 가서 군공을 세워 절충장군(折衝將軍)이 되었다.

762년 관군이 안녹산의 잔당인 사조의(史朝義)를 토벌하게 되자 이회옥도 전주로 갔으며, 이때 당나라의 조정을 돕기 위해서 참전하였던 위구르군의 횡포가 심하자 그는 단신의 몸으로 위구르 군장의 목을 비틀어 꺾어버림으로써 기를 죽여 다시는 오만불손하지 못하게 하였던 천하장군이었다.

그뒤 이회옥의 무용을 시샘하던 희일과 사이가 나빠졌으나 내외종간이었던 희일이 도망가자 그는 다시 군사에 올랐으며, 조정에서는 '평로치청관찰사' 란 관직과 함께 '정기(正己)' 란 이름을 하사함으로써 이름을 이정기로 바꾼 것이었다.

이후부터 그의 평로치청 번진은 당시 여러 번진 중에서 최대의 강성을 자랑하였으며, 중앙정부에 대해서는 거의 독립적인 태도를 취하여 마치 소왕국같이 군림하였다. 이회옥, 아니 이정기는 15주를 영유하고 이웃한 번진들과 꾀하여 자신이 직접 관리를 임명하고 공부(貢賦)도 납입하지 않았다.

이 무렵 이정기가 세웠던 평로치청의 세력이 얼마나 강성하였던가는 《자치통감(資治通鑑)》이 평로치청을 가리켜 "이웃 번진들이 모두 두려워하였다"고 기록하고 있을 정도였던 것이다.

그러나 이정기는 49세 때 황달로 죽었으며, 그의 아들 납(納)이 번진을 물려받았다. 이 납 또한 병약하여 792년 병사하고 말았다. 그리하여 그의 아들 이사고(李師古)가 습위하였는데, 이때부터 당나라의 조정과 평로치청과는 극도로 사이가 나빠지기 시작하였다.

인접 번진과 영유지 쟁탈의 충돌이 자주 일어나다 보니 병력의 보강이 필요해졌고, 이로 인해 범죄자들도 받아들였을 뿐 아니라 이탈자를 막기 위해서 외인자에게는 처자를 인질로 삼는 한편, 조정과 밀통하는 자가 있으면 일가족 전부를 죽이는 일까지 서슴지 않았다.

또한 평로치청은 당의 중앙정부와 항상 대치하고 있었으므로 군사상의 필수품인 말을 해마다 발해에서 수입해오는 한편 노비무역을 강화함으로써 군 자금을 조달하였던 것이다.

장보고가 당나라로 건너간 810년께에는 이사고의 이복동생이었던 이사도(李師道)가 번수직을 이어받았던 무렵이었다.

50년이 넘는 반세기 동안 4대에 걸쳐 번수직을 계습하여 속 고구려의 소왕국을 자임하고 있던 평로치청은 이사도가 번수직을 세습한 이래로 특히 당나라 조정과의 관계가 악화되고 있었다.

그것은 번진의 토벌에 전념하고 있던 헌종의 강경책 때문이었다. 헌종은 즉위하자마자 검남서주(劍南西州), 진해군(鎭海軍), 소위군(昭威軍)을 차례로 토벌하였다.

814년 7월에는 회서절도사(淮西節度使) 오소양(吳少陽)의 뒤를 이어 그의 아들 원제(元濟)가 세습을 청해오자 같은 해 10월 헌종은 토벌군을 일으켰다.

이에 오원제는 같은 입장인 평로치청인 이사도에게 원병을 청하는 한편 이사도는 여러 차례 조정에 상주하여 토벌을 중지할 것을 간청하였으나 거절당하자 반란을 일으켜 하음전운원(河陰轉運院)의 창고를 불 지르고, 건능교를 끊어버리는 등 적극적인 게릴라 공세를 펼치기 시작하였던 것이다.

하음전운원의 창고는 정부가 갖고 있던 최고의 물자 저장창고였다. 기록에 의하면 792년 이 창고에 저장된 곡식은 2백만 섬에 해당될 정도였고, 이 곡식들은 번진군을 토벌하는 관군의 양식 외에도 기근 때 백성들에게 나누어주는 양곡이기도 했던 것이다.

이사도의 저항은 보다 강렬해져서 동도 낙양을 혼란에 빠뜨리기 위해서 은밀하게 사람을 보내어 궁궐에 방화를 하기도 하고, 왕도 장안에는 자객을 보내어 재상 무원형(武元衡)과 배탁(裴度)을 암살하도록 음모까지 꾸몄던 것이다.

무원형과 배탁은 헌종을 도와 양세법(兩稅法)에 바탕을 둔 봉건적 경제를 추구하던 재상들이었는데 무원형은 죽고 다행히 배탁은 자상만 입고 살아났지만 헌종은 크게 놀라 상금 1만 냥과 관5품의 벼슬을 준다는 조건의 현상금을 내걸어 황제가 직접 범인색출에 나섰다고 《자치통감》은 기록하고 있는 것이다.

그러나 범인은 잡히지 않아 오리무중이었다.

그러나 닷새 만에 자객은 체포되었고, 배후인물이 밝혀진 순간 온 조정은 깜짝 놀랐다. 자객을 사주한 배후인물이 바로 이사도임이 밝혀진 것이다.

이사도는 궁궐에 방화를 하고 재상을 암살함으로써 후방에서 교란작전을 펼쳐보인 것이었다. 이 교란작전은 주효하여 민심이 흉흉해져서 조정대신들 간에는 번진토벌을 중지하고 타협하자는 온건론이 압도적으로 우세하게 나오고 있었다.

그러나 헌종은 단호하였다. 끝내 타협론에 귀를 기울이지 않았을 뿐 아니라 평로치청에 대한 토벌을 선언하는 한편 전국에 걸쳐 있는 여러 절도사들과 귀순한 번진의 수장들을 내세워 연합관군을 편성함으로써 마침내 원화(元和) 10년, 그러니까 서력으로 815년 12월 황제의 칙령으로 토벌령이 선포되었던 것이다.

이 토벌군대의 선봉군은 무령군이었다. 무령군에서는 강호에 포교령을 내려 널리 군사를 모집한다고 공고하였는데, 숯장사와 소금장사에 종사하고 있던 장보고와 정년이 이 공고문을 본 순간 마음이 움직였던 것은 당연한 일이었다. 이들은 중국에 들어와 5년이나 되었지만 여전히 궁핍한 생활을 면치 못하고 있었던 것이다.

이 소문을 먼저 들은 것은 정년이었다.

"형님, 마침내 기다리던 기회가 왔소."

무령군에서 모병한다는 소문을 들은 정년이 큰 소리로 말하였다.

"당나라의 조정에서 관군을 모집한다는 포교령이 내려졌소. 드디어 형님과 이 아우가 기다리던 때가 온 것이오. 형님의 말씀대로 소금수레를 끌기 위해 당나라까지 온 것은 아니지 않습니까.

온 나라가 전쟁에 휩쓸리게 되었고, 따라서 외국인이든 범죄인이든 가리지 않고 뽑아들인다 하오. 이 아우는 당장 이 숯장사를 때려치우고 군문에 입대하겠소. 형님은 어찌하겠소이까."

장보고도 이를 마다할 이유는 없었다. 그러나 마음에 걸린 것이 하나 있었으니 그것은 이사도가 대대로 고구려의 후예라는 점이었다. 고구려의 유민이라면 한 동족이 아닐 것인가.

당나라에 살고 있어 모두 신라인이라고 불렸지만 실은 백제계의 유민과 고구려계의 유민 등으로 나뉘어져 엄밀하게 따지면 삼국시대 때 그대로 정립(鼎立)하고 있었던 것이다.

그러므로 장보고가 당나라의 군사가 되어 이사도를 토벌한다면 동족이 동족을 치는 골육상쟁이 되어버리는 것이었다.

이러한 장보고의 속마음을 모를 정년이 아니었다. 그는 눈을 부릅뜨고 소리쳐 말하였다.

"형님, 이사도가 고구려의 유민이라고는 하지만 인간백정보다도 못한 놈이오. 형님과 이 아우는 실제로 눈으로 직접 보지 않았소이까. 노비들의 비참한 모습을. 이사도란 놈은 노비매매로 군자금을 조달하고, 치부를 하여 동족을 팔아먹는 악귀와 같은 놈이오. 마땅히 목을 베어 참형에 처할 흉악무도한 놈이오."

정년의 말에 마침내 장보고의 마음도 움직였다. 그리하여 두 사람은 무령군에 응모하여 합격하였다.

그 무렵 무령군의 절도사는 이원이었다.

이원이 이끄는 무령군의 아장은 왕지홍이었는데, 장보고와 정년은 이 왕지홍의 군단에 소속되었다.

무령군의 최선봉장이었던 왕지홍은 특이한 경력을 지니고 있던 군장이었다. 그는 이정기의 일족이며, 이정기의 종형이었던 이유(李遺)의 아졸(衙卒)이었다. 그러나 781년 이정기가 죽고, 일족간에 분쟁이 일어나자 이유는 자신이 지배하던 서주를 조정에 바치고 귀순하였던 것이다.

서주에는 이유가 이끌던 무령군이 있었고, 이정기의 번진에는 평로치청군이 있었는데, 그뒤로부터 서로를 배신자라고 비난하면서 앙숙지간이 되어버린 것이다.

이유의 심복 장사였던 왕지홍은 이후부터 무령군의 선봉으로 활약하였으며, 아졸에서부터 출발하였던 왕지홍은 차츰차츰 계급이 높아져서 서주자사의 진장이 되었다가 마침내는 평로치청군을 토벌하는 선봉군의 대장이 되었던 것이다.

그러니까 장보고와 정년은 바로 이 왕지흥 군진의 소속이었던 것이었다.

장보고와 정년이 왕지흥 군진에 소속된 것은 결과적으로 행운이었다.

왜냐하면 군장이었던 왕지흥은 최하말단이었던 아졸 출신이었으므로 자연 출신성분보다 용맹하고 무용이 뛰어난 병사를 총애하고 있었으며, 특히 싸움에 임하여 용감히 싸우는 병사에게는 특진을 시키는 용장(勇將)이기 때문이었다.

입대하자마자 장보고와 정년은 곧 두각을 나타내기 시작하였다. 장보고는 특히 활을 잘 쏘았고, 정년은 말을 타고 창을 휘두르는 데 있어 타의 추종을 불허하였기 때문이었다.

장보고의 원 이름이 《삼국사기》에는 궁복으로 되어 있고, 《삼국유사》에는 궁파라고 되어 있어, 그 이름에 활궁(弓) 자가 들어가 있는 것을 보아 활을 잘 쏘는 선사자(善射者)임에 틀림이 없는 것이다. 그러나 무예는 장보고보다 나이 젊은 정년이 한 수 위였다.

어쨌든 왕지흥이 이끄는 군사는 이사도와의 첫 전투에서 대승을 거두는데, 때의 전과가 《자치통감》에 상세하게 기록되어 있다.

즉 이사도의 평로치청군 9천 명을 격파하고, 우마 4천 두를 노획하였던 것이다. 이때 혁혁한 전과를 올린 사람은 단연 장보고와 정년이었다. 무령군의 아군(牙軍) 소속으로 마창병(馬槍兵)이었던 정년은 곧 지휘관이 되었고, 기사병(騎士兵)이었던 장보고 역시 곧 지휘관이 되었다. 이 지휘관을 압관(押官)이라 하였는데, 이는 병사 5백 명을 거느릴 수 있는 책임자였던 것이다.

특히 대총관이었던 왕지홍은 장보고와 정년에 대해 각별한 총애를 하고 있었다. 비록 신라인이었지만 전투에 나서서는 한발짝도 물러서지 않는 임전무퇴의 용맹으로 인해 왕지홍은 두 사람을 마치 자신의 친아들처럼 사랑하고 있었던 것이다.

왕지홍의 대승으로 초반 기세가 꺾인 평로치청군은 서서히 멸망의 길을 걷고 있었다.

원화 13년(818) 7월에는 창주절도사 정권이 복성현을 점거하였으며, 10월에는 이원의 뒤를 이어 무령군 절도사가 된 이색이 연주를 점유하였다. 또한 전홍정(田弘正)이 운주를 압박하므로 평로치청군은 후퇴하여 간신히 목숨만을 유지할 뿐이었다.

그러자 왕지홍은 최후의 일격을 가함으로써 자신의 힘으로 이사도의 목을 베고 싶은 욕망에 사로잡히게 되었다. 자칫하다가는 일등공신이 될 수 있는 기회를 다른 군진들에게 놓칠 것을 두려워했던 왕지홍은 819년 4월 독단적으로 무령군을 이끌고 이사도의 마지막 보루인 운주성을 향해 진격하였던 것이다.

일개 아졸에서 출발하였던 왕지홍은 이번을 자신이 절도사가 될 수 있는 절호의 기회라고 생각하고 있었다. 이번에 무공을 세울 수 있다면 번진 최고의 번수인 서주 절도사가 될 수 있음이었던 것이다.

그러나 얕잡아보고 선제공격을 서둘러본 왕지홍은 뜻밖의 위기에 봉착하게 되었다.

이때 평로치청군의 대장은 유오(劉悟)로 이 사람 또한 계략이 뛰어났던 장수였다. 왕지홍이 용장이라면 유원은 지장이었는데, 왕지홍은 유오의 지략에 빠져 삽시간에 협곡에서 포위가 되고 말았다. 이때 나서서 왕지흥을 구한 병사가 바로 장보고와 정년이었다.

장보고와 정년은 대총관 왕지흥 양 옆에서 호위하면서 달려드는 적들을 베고 혈로를 뚫어 간신히 포위망을 뚫었다. 기록에 의하면 이 때의 혈투가 얼마나 강렬하였는지 온몸에 핏물을 뒤집어 쓴 듯하였다고 전해오고 있을 정도였다.

만약에 장보고와 정년이 아니었더라면 왕지흥은 적들에게 사로잡혀 무참히 생명을 잃었을 것이다. 그런 의미에서 장보고와 정년은 생명의 은인이 된 것이었다.

구사일생으로 살아온 왕지흥은 장보고와 정년에게 총관의 직책을 수여하려 하였다. 총관이라면 군사 5천 명을 거느릴 수 있는 진장이었으나 많은 군장들이 이를 반대하고 나섰다.

"어쨌든 장보고와 정년은 신라사람이 아니나이까. 동이족에게 총관의 지위를 주는 것은 불가하다고 생각하나이다."

총관은 도독으로 군사가 오를 수 있는 최고의 계급이었다. 또한 장보고와 정년은 병사 5백 명을 거느릴 수 있는 압관이었으므로 아무리 뛰어난 무공을 세웠다고는 하지만 한꺼번에 두 계급을 특진하여 총관에 오를 수는 없음이었던 것이다.

절충안으로 장보고와 정년에게는 군사 1천 명을 거느릴 수 있는 자총관의 계급이 수여되었다. 두목이 《번천문집》에서 기록하였던 대로 마침내 자총관, 즉 군중 소장이 되었던 것이다. 그러나 왕지흥은 장보고와 정년에게 언젠가는 총관의 계급을 수여할 것임을 약속하였다.

얼마 후 이사도의 평로치청군과 왕지흥의 무령군은 최후의 결전을 벌이기 시작하는데 이때 장보고와 정년의 활약상은 실로 눈부신 것이었다.

두목이 청주에서 무릎을 베고 누워 두구화로부터 들었던 "소저는 잘 모르지만 지난번 번진의 난 때 특별한 무공을 세운 천하의 영웅이라고 들었나이다"라는 말처럼 장보고와 정년의 무공은 가히 천하의 영웅이라고 부를 만하였던 것이다.

두구화는 또한 "활을 쏘아 이사도를 말에서 떨어뜨린 사람은 장보고였고, 말을 타고 달려 들어가 이사도의 목을 먼저 벤 사람은 정년이어서 절도사 나으리도 두 사람 중 누구의 무공이 뛰어났다고 감히 판단하지 못하여 두 사람 모두를 함께 군중 소장으로 진급시켰다고 전해오고 있나이다" 하고 말하였지만 이것이 역사적 사실인지 아닌지는 불분명하다.

왜냐하면 역사적으로는 이사도의 목을 벤 사람이 평로치청의 군장이었던 유오로 알려져 있었기 때문이었다. 유오는 장보고의 군사로부터 궁지에 몰리게 되자 반란을 일으켜 번진 이사도의 목을 베고 관군에 투항하였다고《자치통감》은 기록하고 있으나, 또 한편으로는 유오가 반란을 일으켰다는 말을 듣자 이사도는 아들 홍방(弘方)과 함께 산속으로 도망쳤는데, 숨어 있던 이사도를 발견하여 활을 쏘아 말에서 떨어뜨린 사람이 바로 장보고였고, 시위하는 군사들을 무찌르고 달려들어 이사도의 목을 베었던 것은 정년이라는 소문 역시 파다하게 퍼져나가고 있었던 것이었다.

어느 것이 역사적 사실인지는 모르지만 어쨌든 양주의 기녀들은 장보고와 정년이 이사도 부자의 목을 베었다는 것을 굳게 믿고 있었으며, 이로 인해 두 사람을 천하의 영웅으로 노래하고 있었던 것이었다.

어느 것이 역사적 사실이든 이로써 4대에 걸쳐 55년 간이나 오늘날의 산동반도 전역과 강소의 일부를 점유하고 독립적 소왕국으로 군림하던 평로치청 군진은 완전히 토벌되었던 것이다.

원화 14년 기해년(己亥年, 819) 가을이었다.

두목은 《번천문집》에서 이때 장보고의 나이를 '30세'라고 못 박음으로써 불확실한 장보고의 생애에 분기점을 찍고 있는 것이다.

또한 이때 두목의 나이는 17세로 그렇게 보면 장보고는 두목보다 불과 13세의 연상인 동년배이자 동시대 사람이었던 것이었다.

그러나 나이 삼십에 무령군의 군중 소장으로 승승장구하던 장보고는 곧 중대한 기로에 접하게 되었다. 즉 이사도의 평로치청이 완전히 진압된 다음 해 정월, 황제 헌종이 또다시 환관에 의해서 암살되었던 것이다.

병든 아버지를 시해하고 환관 구문진(俱文珍)에 옹립되어 황제에 올랐던 헌종은 그 자신도 후사 다툼으로 환관 진홍지(陳弘志) 등에게 암살되었다.

헌종이 죽자 그의 아들 환(恒)이 왕위에 올라 목종(穆宗)이 되었는데, 그는 고대사회에서 봉건사회로 이행하는 과도기의 명군으로 번진세력을 토벌하여 왕권을 확립하려는 아버지와는 달리 번진세력에 대해서 온건정책을 시행하기 시작하였다.

그러자 또다시 노용군(盧龍軍)이 반란을 일으켰으며, 이사도의 반란 때 큰 공을 세웠던 전홍정이 암살됨으로써 전국은 다시 혼란에 빠지기 시작하였던 것이다.

그 당시 당 조정에 반항하던 가장 강성한 번진을 가리켜 하북삼진

(河北三鎭)이라 하였다. 비록 가장 큰 세력인 평로치청이 제압되었다고는 하지만 위박(魏博)과 성덕(成德)의 절도사들이 연이어 조정의 무능을 성토하며 반란을 일으켰던 것이다.

그러나 아버지 헌종과는 달리 날뛰는 번진세력에 대해 속수무책이었던 황제 목종에 대해 당시 20세의 열혈청년이었던 두목은 크게 실망하고 다음과 같은 우국시를 지었다.

금하의 가을 오랑캐의 노랫소리에
구름 밖의 새들이 놀라 슬피 울며 사방으로 흩어지네.
건장궁은 달 밝은데 외로운 기러기 지나가고
장문에 등불 어두운데 기러기 울음소리 들리네.
오랑캐 말 어지러이 날뛰는데
봄바람은 어찌도 불고만 있는가.
소상에 인적 드물다고 싫어 말지니.
물에는 고기가 많고, 언덕에는 딸기가 무성하도다.

우국시에 나오는 '소상'은 호남성의 동정호 남쪽에 있는 소수와 상수를 이르는 말로 부근에 유명한 소상팔경이 있어 경치가 수려한 곳이었다.

두목의 우국시처럼 황제 목종은 '오랑캐들의 말이 어지러이 날뛰고 있는데(須知胡騎紛紛在)'도 줄곧 수수방관만 하고 있었던 것이다. 그것은 이사도의 반란을 토벌하기 위해서 동원하였던 수십만의 대군에 대해서 큰 부담을 느끼고 있었기 때문이었다.

실제로 헌종은 이사도의 반란을 제압하기 위해서 황제의 칙령으로 토벌령을 선포하는 한편 전국에 걸쳐 있는 여러 절도사들과 귀순한 번진들을 수장으로 내세워 수십만의 연합관군을 편성하였던 것이다.

그런데 조정이 갖고 있던 최대의 물자 저장고였던 하음전운원(河陰轉運院)의 창고가 이사도에 의해서 완전히 불타버리자 이 막대한 관군을 먹여 살릴 양곡을 조달하는 데 큰 어려움을 겪게 되었다. 따라서 조정에서는 많은 군사들을 제대시켜 관군의 숫자를 줄이는 구조 조정을 단행하였던 것이다.

장보고와 정년도 예외는 아니었다.

군중 소장으로까지 진급한 상태에서 계속 군문에 남느냐, 아니면 제대하여 새 생활을 모색하느냐에 대한 중대한 기로에 접하게 되었던 것이다.

오랜 심사숙고 끝에 장보고는 결심하고 정년에게 다음과 같이 말하였다.

"나는 군문을 떠나겠다. 옛말에 이르기를 하로동선(夏爐冬扇)이라 하였다. 이는 여름의 화로와 겨울의 부채라는 뜻으로 철이 지나면 화로와 부채는 쓸모없는 물건이 되어버린다는 뜻이다. 너와 나는 때가 와서 큰 무공을 세워 당나라의 군중 소장이 되었지만 이제는 철이 지나서 아무짝에도 쓸 데가 없는 화로와 부채가 되어버린 것이다. 또한 추지선(秋之扇)이라 하여서 '가을이 되어 쓸모 없게 된 부채'란 말도 있지 않느냐. 그러니 나는 이 기회에 군문을 떠나기로 결심하였다. 그런데 너는 어찌하겠느냐."

형 장보고의 질문에 정년이 대답하였다.

"형님의 말씀대로 형님이 화로이고, 아우인 내가 부채가 되어서 쓸

모가 없어졌다고는 하지만 참고 기다리면 겨울은 또다시 돌아오고, 여름은 또다시 돌아올 것이오. 형님이 아시다시피 번진의 반란들은 끊임없이 계속되고 있지 않소이까."

정년은 단호하게 말을 이었다.

"또한 형님이 아시다시피 대총관 나으리께오서 곧 절도사가 될 것이 아니겠나이까. 하오면 설마 왕장군께오서 형님과 이 아우를 모른 체하실 리가 있겠습니까."

정년의 말은 사실이었다.

이 무렵 왕지흥은 무령군 부절도사에서 꿈에 그리던 절도사가 되었던 것이다. 바로 장경(長慶) 2년(822) 가을이었다. 실제로 왕지흥은 생명의 은인인 장보고와 정년을 친아들 이상으로 총애하고 있었으며, 언젠가는 반드시 두 사람을 총관으로 승진시켜줄 것을 약속하고 있었던 것이다.

만일 정년의 말대로 두 사람이 총관이 될 수 있다면 이는 5천 명 이상의 대부대를 이끄는 대장으로, 상현(上縣)의 수령과 맞먹는 고위관직이었던 것이다.

그러나 정년의 말을 듣고 난 장보고가 빙그레 웃으며 다음과 같이 말하였다.

"물론 너의 말은 틀린 것은 아니다. 대총관나으리께오서 절도사가 되시면 우리를 모른 체하시지는 않을 것이다. 하지만 대총관께오서 절도사가 되기까지는 너와 나의 무공이 필요할지는 모르지만 절도사가 되시면 이미 너와 나는 무용지물이 되어버릴 것이다. 옛말에도 있지 않느냐. '교활한 토끼를 잡고 나면 사냥개는 삶아 먹히게 된다' 고 하지 않았느냐. 대총관께오서는 절도사가 되심으로써 사냥을 끝내게 될 것이다. 그러니 어찌 사냥개인 너와 내가 또다시 필요해질 것이냐."

그러고 나서 장보고는 껄껄 소리내어 웃으면서 말하였다.

"그대와 나는 사냥개이며, 좋은 활에 불과하다. 더 이상 사냥할 토끼가 없고, 더 이상 잡을 만한 새가 없는데, 어찌 요긴하게 쓰임새가 있을 것이냐. 마땅히 전쟁이 없을 때에는 창과 칼을 녹여서 보습을 만들어 땅을 갈아 씨를 뿌려야 하지 않겠느냐."

"그 땅이 어디나이까. 창과 칼을 녹여서 보습을 만들어 씨를 뿌릴 땅이 도대체 어디에 있나이까."

눈을 부릅뜨고 정년이 소리쳐 말하였다. 그의 두 눈에서 불이 뿜는 것 같았다. 그러자 장보고가 가만히 손을 들어 자신이 서 있는 자리를 가리키며 말하였다.

"바로 이곳이다. 바로 그대와 내가 선 이 자리가 창과 칼을 녹여 보습을 만들어 흙을 갈아 씨를 뿌릴 바로 그 땅이다."

장보고가 자신이 선 그 자리를 가리키며 자신 있게 말하자 정년이 받아 말하였다.

"이 땅이 새로 씨를 뿌릴 바로 그 땅이라고 하셨습니까, 형님."

정년은 장보고를 노려보며 말을 이었다.

"하오나 당나라의 너른 땅도 일찍이 저희 두 형제에게는 '장소가 좁아서 마음껏 춤을 출 수 없는 땅' 임을 깨닫지 않으셨습니까."

정년이 한탄하였던 '장소가 좁아서 마음껏 춤을 출 수 없음' 은 일찍이 장사(長沙)의 정왕(定王)이 한나라의 경제(景帝)에게 자신의 국토가 비좁음을 하소연하면서 '지소부족회선(地小不足迴旋)' 이라고 탄식했던 것에서 비롯되었다. 이 말은 '훌륭한 재능을 가졌으나 영토가 좁아서 마음껏 역량을 발휘할 수 없음'을 이르는 것이다.

그러자 장보고가 다시 말하였다.

"군문이라 하여서 더 이상 마음껏 춤을 출 수 있는 땅이 아닌 것을 아우인 너도 잘 알고 있지 아니하냐. 새 황제가 즉위하신 이후로 해마다 8리(厘)의 병사들이 강제로 제대하여 군문을 떠나고 있지 아니하냐."

장보고의 말은 사실이었다.

《구당서》에 "목종이 황제에 오른 장경 원년부터 해마다 8퍼센트의 군사들이 감병정책에 따라서 강제로 퇴역되고 있었다"고 기록되고 있었던 것이다.

"따라서 언젠가는 너와 나도 그 대상에 포함되어 강제로 퇴역될 것이다."

"하오면."

정년이 다시 물어 말하였다.

"형님께오서는 군문을 나와 무엇을 하시겠나이까."

그러자 장보고가 진지한 얼굴로 정년을 마주보며 말하였다.

"나는 상고(商賈)가 될 것이다."

상고란 말은 상인을 뜻하는 중국말로 그 말을 들은 순간 정년은 어처구니없다는 듯 소리내어 웃으며 말하였다.

"또다시 소금수레를 끄는 말이 되시겠다는 말이오. 또다시 염차지감이 되시겠단 말이오."

염차지감(鹽車之憾).

일찍이 소금을 실은 배를 타고 운하를 오를 때마다 탄식하였던 장보고의 자조적인 말. 하루에 1천 리를 달릴 수 있는 천리마라 할지라도 운이 나쁘면 소금수레를 끌 수 있다는 한탄이 아니었던가. 그러자 장보고가 껄껄 소리내어 웃으며 말하였다.

"아니다. 이제는 소금수레는 영원히 끌지 않을 것이다. 이제 나는 1천 리를 하루에 달릴 수 있는 천리지족(千里知足)을 가졌을 뿐 아니라 1천 리 밖의 먼 곳까지 볼 수 있는 천리안까지 갖추게 되었는데, 어찌 또다시 소금수레를 끄는 당나귀 노릇을 할 수 있을 것이냐."

장보고의 말은 확신에 가득 차 있었다. 장보고의 말은 또한 사실이었다. 장보고와 정년이 처음 당나라에 들어올 때만 하여도 두 사람은 공험조차 없는 불법 입국자로 자연 가장 낮은 장사였던 소금과 목탄에만 종사할 수밖에 없었으나 이제는 번진 토벌에 공을 세워 군중 소장에까지 이르는 당당한 신분이었던 것이다.

또한 그동안의 체류로 당나라의 말을 능숙하게 구사할 수 있었으며, 당나라의 풍습과 모든 지세에 형통하고 있었던 것이다. 그보다도 당나라의 군대에서 큰 무공을 세운 사실은 앞으로 있을 장보고의 활약에 큰 프리미엄이 될 수 있었던 특권이기도 했던 것이다.

천리안(千里眼).

문자 그대로 천리 밖의 먼 곳까지 꿰뚫어 볼 수 있는 눈. 북위(北魏) 때의 자사 양일(楊逸)이 관내에 거미줄처럼 쳐놓은 정보망을 통해 부하 관리들의 행위를 철저하게 감시함으로써 관리들은 양일이 '천리안을 가졌다' 하여 게으름을 피우거나 민폐를 끼치는 일이 없었다는 《위서(魏書)》의 고사에서 나오는 말.

장보고가 천리안을 갖게 되었다는 이 말은 당나라에 들어온 지 12년 만에 처음으로 의형제 정년에게 털어놓은 중대한 고백이었던 것이었다.

북위 말 장제(莊帝) 때 양일이란 관리는 29세의 나이로 광주(光州)의 장관으로 부임하였다.

그는 백성을 위해 침식도 잊은 채 정무를 보아 칭송이 자자하였으며, 또한 법을 엄격히 지켰으나 인정으로 다스렸기 때문에 고을사람 모두가 다 잘 따르고, 태평하였다.

한번은 기근이 극심했던 적이 있었다. 길에는 굶주린 사람들이 즐비하였고, 아사자들이 속출하자 양일은 관의 창고를 열어 백성들에게 나누어주려고 하였다. 이에 부하가 상부의 뜻을 걱정하자 양일은 이렇게 말하였다.

"나라의 근본은 사람이며, 그 사람의 목숨을 잇는 것은 식량이다. 그러니 백성들을 굶주리게 하면 되겠는가. 염려 말고 창고를 열어 식량을 풀거라. 만약 이 일이 죄가 된다면 내가 책임을 지겠다."

이 덕에 아사를 면한 백성들의 숫자는 수만에 이르렀다고 하는데, 이 소식을 전해 들은 장제는 꾸짖기는커녕 "과연 양일이다"라고 감탄하였던 것이다.

이렇게 양일은 백성을 소중히 여겼으므로 관리로서 거만하거나 부정을 저지른 자는 용서하지 않았다. 그래서 부하를 각처에 파견하고, 정보망을 그물처럼 쳐놓아 관리나 군인들을 감시하게 하였던 것이다.

그렇게 되자 관리나 군인들은 뇌물은 감히 생각조차 못하였고, 출장을 갈 때에도 도시락을 지참하고 갔을 정도이며, 은밀한 곳에서 대접하려 해도 아무도 응하지 않았던 것이다.

이토록 정직하고 성실한 관리들의 태도를 보고 한 백성이 어떤 관리에게 그 이유를 묻자 관리는 이렇게 대답했다고 한다.

"우리 상관 양일은 천리안을 갖고 있어서 천리 밖의 일도 훤히 꿰뚫어보니, 어찌 그를 속일 수 있겠는가."

그러나 이처럼 칭송받던 양일도 32세의 아까운 나이에 군벌의 화에 휩쓸려 억울하게 죽게 되는데, 장보고는 12년 동안의 재당 생활을 통해 바로 양일이 가졌던 천리안을 얻게 되었던 것이다.

즉 양일이 거미줄처럼 쳐놓은 정보망으로 부하관리들을 감시하듯 장보고도 중국 곳곳에 살고 있는 신라인들을 거미줄과 같은 정보망으로 점조직할 수만 있다면 엄청난 위력을 발휘할 수 있음을 꿰뚫어보고 있었던 것이다.

이들 신라인의 집단 거주지였던 신라방을 하나의 정보망으로 통일하여 상계를 이룰 수만 있다면 이는 엄청난 영향력을 발휘할 수 있게 될 것이다.

"자, 나와 함께 떠나자."

간곡한 어조로 장보고가 말하였다.

"이미 장변과 장건영의 부하들은 나와 같이 군문을 떠나 생사고락을 함께하기로 맹세하였다."

장보고가 말하였던 장변을 비롯하여 장건영, 이순행과 같은 부하들은 무령군에서부터 두 사람을 따르던 효장들이었는데, 그들은 장보고의 뜻을 좇아 이미 군문을 떠나기로 결심하고 있었던 것이었다.

"이제 남은 사람은 오직 하나. 그것은 아우인 그대뿐이다."

장보고가 손을 들어 정년의 가슴을 가리키며 말하였다.

그러자 정년은 단숨에 소리쳐 대답하였다.

"나는 싫소. 나는 형님을 따르지 않고 그대로 군문에 남아 있을 것이오. 설혹 나는 한겨울의 부채가 된다 하더라도 또다시 언젠가 닥쳐올 겨울을 기다리면서 참고 인내하겠소. 형님은 형님의 길을 가시오. 나는 나대로의 길을 가겠소."

그것이 최후의 결단이었다.

이처럼 장보고와 정년이 헤어져 각자의 길로 따로 걸어간 것은 장경 2년, 서력으로 822년이었다.

3

알이 굵어진 봄비는 여전히 뜨락을 적시고 있었다. 봄비의 방울들이 지붕 위에 부딪쳐 깨어지는 소리들이 땅거미가 내리자 한층 적요해진 방 안에서 소록소록 들려오고 있었고, 활짝 핀 살구꽃 나뭇가지 위에는 또다시 찾아온 새 한 마리가 지지배배 울고 있었다.

"이렇게 해서 장보고와 정년은 각자 헤어져 한 사람은 상고의 길로, 한 사람은 무인의 길로 가게 되었나이다."

왕정은 잠깐 말을 끊었다. 왕정의 말을 귀 기울여 경청하면서 드문드문 종이 위에 기록하고 있던 두목도 잠시 붓을 놓았다. 왕정은 빈 잔에 술을 따라 두목에게 내어 밀었고, 두목은 이를 받아 천천히 들이키기 시작하였다.

"장대사께오서 만약 이때 군문을 나와 상고의 길을 가지 아니하였더라면 소인은 장대사를 한 번도 만나지 못했을 것이나이다. 또한 장대사가 없었더라면 소인의 상업도 이처럼 번창할 수 없었을 것입니다. 소인은 이곳 양주에 머물면서 파사국과 대식국의 물품들을 장보고 대사의 선단을 통해 신라는 물론 멀리 일본에까지 무역할 수 있었으며, 또한 두 나라의 특산물들을 파사국은 물론 점파국에까지 되팔아 넘길 수가 있게 되었나이다. 장대사는 군문에서 나온 즉시 당나라에 살고 있는 신라인들을 하나의 조직으로 묶고 강력한 정보망을 구축하는 한편, 적산 법화원이라는 신라 사찰을 만들어 당나라에 살고 있는 신라인들의 신앙마저 하나의 구심점으로 통합시켰나이다. 아마도 장대사의 이런 능력은 일찍이 토벌하였던 번진들의 세력에서부터 배운 것이 아니겠는가 생각되옵나이다만, 어쨌든 장대사께오서는 군문에서 나온 지 불과 6년 만에 당나라에서 그 누구도 넘볼 수 없는 가장 큰 거상으로 성장할 수 있게 되었나이다."

"그후에 장보고는 어떻게 되었습니까."

남은 술을 다 들이킨 후 두목이 물어 말하였다. 술병이 다 비도록 마시고, 또 마셨으나 얼굴만 대추 빛으로 물들었을 뿐 두목의 눈빛은 여전히 형형하였다.

"이미 말씀드렸다시피 장대사께오서는 6년 전인 대화 2년(828)에 당나라를 떠나 신라로 돌아가 흥덕대왕으로부터 청해진의 번진을 제수받고 대사라는 직함을 받았나이다."

"대사라는 칭호는 그러면 절도사라는 직함과 같은 관직이나이까."

두목이 묻자 왕정이 대답하였다.

"그럴 것이라고 생각되옵니다만 어쨌든 장보고 대사께오서 청해진 번진을 설치하고 나신 뒤부터 바다 위에는 창궐하던 해적의 무리들이 완전히 소탕되었으며, 따라서 불법으로 유통되던 노비들의 매매도 근절되었나이다. 바다는 완전히 장보고 대사의 군사들로 평정되었으며, 따라서 각종 무역선들이 쉴 새 없이 드나들어 많은 사람들은 장보고 대사를 해상왕이라고 부르고 있나이다."

"하오면."

두목이 궁금하다는 듯 잠시 붓을 내리고 왕정의 얼굴을 쳐다보며 물었다.

"다른 한 사람 정년은 어찌되었나이까."

두목의 날카로운 질문에 왕정이 머리를 갸우뚱리면서 말하였다.

"그후의 정년에 대해서는 소인은 잘 모르고 있습니다. 아마도 아직까지 군문에 남아 있는 것으로 사료되고 있습니다만 그후의 행적에 대해서는 알려진 바가 없습니다. 만약 군문에 남아 있어 군중 소장에서 진급되어 총관이 되었다면 온 신라인들 사이에 소문이 파다하게 펴져 있겠지만 그런 소문이 없는 것을 보면 아마도 아직 그대로 머물러 있는 듯싶습니다. 만약에 대인어른께오서 정년의 후일담에 대해서 정히 알고 싶으시다면 방법이 없는 것은 아닙니다."

"그 방법이 무엇입니까."

두목이 묻자 왕정이 대답하였다.

"이곳 양주에서 가까운 곳에 연수향(連水鄕)이란 고장이 있습니다. 이곳에는 풍원규(馮元規)란 수장(戍將)이 살고 있습니다. 그 풍원규와 정년은 아주 절친한 친구 사이라고 들었습니다. 만약에 대인어른께오서 그를 만나서 물으시면 그후의 정년에 대해서 상세히 아실 수 있을 것이나이다."

왕정이 말하였던 풍원규는 그 무렵 사주(泗州) 연수향의 진장으로 있었다. 그는 일찍이 무령군에 있을 때부터 장보고, 정년과 절친한 친교를 맺고 있었던 사람이었는데, 이 무렵 그는 무령군에서 제대해 자신의 고향이었던 연수향으로 내려와 정6품의 품계인 수장으로 근무하고 있었던 관리였다.

그런 의미에서 왕정의 말대로 최근 정년의 사정에 대해서는 누구보다 잘 알고 있었던 증인이라고 말할 수 있을 것이다. 실제로 이 무렵 정년과 풍원규는 자주 만나고 있었다. 훗날 두목에 의해 밝혀지지만 정년은 무령군에서 쫓겨나와 굶주림과 추위에 시달리면서 바로 연수향에서 살고 있었던 것이다.

일찍이 헤어질 무렵 장보고가 정년에게 "군문이라 하여 더 이상 마음껏 춤을 출 수 있는 땅이 아닌 것은 너도 잘 알고 있지 아니하냐. 새 황제가 즉위하신 이래로 해마다 8리의 병사들이 군문을 떠나고 있지 아니하냐. 따라서 언젠가는 너도 그 대상에 포함되어 강제로 퇴역될 것이다"라고 말하였던 그대로 정년은 강제로 군문에서 퇴출되어 연수향에서 빈곤하게 살고 있었던 것이다.

정년이 연수향에서 살 수밖에 없었던 것은 바로 이곳이 무령군 시절부터의 절친한 친구였던 풍원규가 수장으로 있기도 했지만 무엇보다 이곳이 신라인들의 집단거주지였기 때문이었다.

초주에서 35킬로미터 떨어진 이곳은 옛 회하(淮河) 하구의 북안에 위치하고 운하를 통해 바다에 이를 수 있는 수운과 해운의 요충지였다.

바로 이곳에 이 무렵 정년이 머무르고 있었던 것이다. 《번천문집》에서 두목은 이때의 정년을 다음과 같이 기록하고 있다.

> ……장보고가 이미 신라에서 귀하게 되었을 무렵 정년은 뒤엉켜 관직에서 떨어져 나와 굶주림과 추위에 시달리며 사주의 연수현에서 살고 있었다.

그러나 이렇듯 왕정의 친절한 안내에도 불구하고 두목은 연수현을 찾아가 풍원규를 만나지 못함으로써 더 이상 장보고와 정년의 추적은 일단 중단돼버리는 것이다.

왜냐하면 2년여에 걸친 양주에서의 생활은 두목이 갑자기 감찰어사(監察御使)로 제수받고 왕경인 장안으로 전근돼 떠남으로써 끝이 나게 되었기 때문이었다.

그리하여 두목은 양주를 떠나면서 쓴 '회포를 풀다'라는 뜻의 시 〈견회(遣懷)〉의 "10년의 오랜 세월 한번에 깨니/한갓 양주의 꿈일 뿐/청루에 박정한 사람이란/이름만 남겼구나"라는 내용대로 한갓 양주의 꿈에서 깨어나게 되는 것이다.

'10년의 오랜 세월'이란 2년 남짓의 양주생활을 시인 특유의 감수성으로 과장한 것. 그로부터 2년 뒤 두목이 다시 양주로 찾아와 1년 남짓 머무른 것까지 합한다 할지라도 두목은 두 차례에 걸쳐 도합 3년 정도 양주에 머무르게 되는 것이다.

왜냐하면 그의 동생 두의도 진사에 급제하여 벼슬길에 올라 '직사관(直使館)' 이 되었으나 이 무렵 안질에 걸려 앞을 보지 못하는 장님이 되어버렸던 것이다. 두의가 요양하여 머무르던 곳이 바로 양주의 선지사(禪智寺).

오늘날에도 그 터가 남아 있는 선지사에 머물고 있는 동안 각별히 동생을 사랑하였던 두목은 유명한 안과의 석생(石生)을 낙양에까지 찾아가서 모셔와 함께 양주로 찾아와 간병함으로써 2년 뒤에 또다시 양주를 찾게 되는 것이다.

만약 동생이 안질에 걸리지 않아 양주의 선지사에 머무르지 않았다면 두목은 또다시 양주를 찾게 되지 못하였을 것이고, 그렇게 되면 두목은 《번천문집》에 '장보고와 정년의 열전' 을 남기지 못하였을 것이다.

이렇듯 왕정이 가르쳐주었던 풍원규를 만나기 위해서 연수향으로 두목이 찾아간 곳은 두 번째로 양주에 머무르게 되었을 때의 일이고. 어쨌든 이 무렵 두목은 양주를 일단 떠나게 되는 것이다.

훗날 송나라의 호자(胡仔)가 쓴 《초계어은총화후집(苕溪漁隱總話後集)》에 나와 있는 내용 그대로 2년 남짓 동안 양주에서 있었던 두목의 퇴폐적인 행동을 일일이 미행 · 감시하고 이를 통해 경책하였던 상관 우기장의 충고를 받아들여 양주를 떠날 무렵의 두목은 이미 2년 전 양주에 장서기로 부임해올 때의 두목이 아니었던 것이다.

두목이 양주를 떠날 때 가장 마음에 걸린 사람은 바로 두구화였다.

두목이 일찍이 탄식하였던 대로 '아름답고 예쁨' 을 찬사하는 최고의 표현이었던 '빙빙뇨뇨' 의 두구화. 이제 겨우 열서너 살의 2월 초에 피어나는 갓 줄기 두구화와 같은 여인. 그가 쓴 시에 나오는 내용처럼 '봄바람 부는 십리양주길에 모든 청루의 주렴을 걷어올리고 기녀를 빠짐없이 보아도 모두가 그녀만큼은 못하였던 두구화'와 헤어지는 고통은 양주를 떠나는 두목 최대의 슬픔이었던 것이다.

두목이 양주를 떠난 것은 7월.

홍약교 다리 근처에 있는 청루에서 마지막으로 두구화와 더불어 주거니받거니 술을 마시면서 두목은 양주에서의 마지막 밤을 보낸다. 일찍이 시인 장호(張祜)는 양주의 밤거리를 다음과 같이 노래하였다.

"십리장가는 시정거리와 이어지고 월명교(月明橋) 다리 위에서 신선을 보았네"

시인 장호가 양주에서 신선을 보았다면 천재시인 두목은 양주에서 백일몽을 꾸었음이었다. 날이 밝아 양주를 떠난다면 두구화와는 영원한 이별이었다.

두구화와의 이별일 뿐 아니라 술과 장미의 나날과도 영원한 이별이었던 것이다.

이러한 두목의 마음을 아는지 모르는지 밤 깊은 누각 밖 다리 위에서는 누가 부르는 것일까 구슬픈 퉁소 소리가 들려오고 있었고 새벽이 가까워오자 다 탄 촛불은 눈물이 되어 흐르고 있었다.

마지막으로 치마를 벗기고 두구화의 벗은 알몸 배꼽 위에 술을 붓고 사타구니로 흘러내리는 여근주에 취해 있던 두목은 갑자기 고개를 들어 두구화에게 물어 말하였다.

"함태화야, 너를 떠나면 이제는 어디서 여근주를 마실 수 있을 것이냐."

그러자 두구화가 대답하였다.

"떠난 듯 돌아오소서 나으리. 소저는 언제든 나으리를 기다리고 있겠나이다."

그러나 두목은 잘 알고 있음이었다.

이제 날이 밝아 양주를 떠나면 다시는 두구화를 만나지 못할 것임을.

그러자 두목은 몸을 일으켜 두구화가 입던 치마를 끌어다가 그 위에 즉석에서 즉흥시를 짓기 시작하였다.

두구화가 직접 입고 다니던 비단 치마 위에 두목 자신이 직접 붓으로 써서 남긴 유별시의 내용은 다음과 같다.

多情欲似總無情
唯覺尊前笑不成
蠟燭有心還惜別
替人垂淚到天明

이런 유별시는 멀리 떠나는 사람이 헤어지는 사람에게 기념으로 남겨주는 시로 유증(留贈)이라고도 하는데, 그 한시를 풀어 해석하면 다음과 같다.

다정(多情)을 도리어
무정(無情)한 듯 꾸미지만
오직 알거니 술잔 앞에서
웃음을 이루지 못함을
촛불이 오히려 마음이 있어

이별을 아쉬워하고
우리 대신 눈물 흘려
새벽에 이른다.

다음 날 날이 밝자 두목은 양주를 떠난다. 이때 두목과 함께 양주를 떠난 사람은 아내와 아들을 비롯한 가족들이었다.

두목의 아들 이름은 순학(筍鶴)으로 이 무렵 10세가 넘어 있었다. 이때 두목은 버드나무 늘어진 운하 속에 문득 품에 넣고 다니던 술잔을 집어던지며 아들에게 웃으면서 맹세하였다고 전해오고 있다.

"아들아, 이 아버지는 또다시 술을 마시지는 않을 것이다."

그러나 두목은 아들과의 약속을 지키지 못하였다. 평생 동안 두목은 술을 계속 마셨던 것이었다. 따라서 아들 순학은 어째서 지키지도 못할 약속을 아버지가 어린 자신 앞에서 맹세했는지 그 연유를 알지 못하였다. 아버지 두목이 다리 위에서 술잔을 강물 속에 집어던지면서 맹세했던 것이 금주가 아니라 실은 방탕한 세월에 대한 작별의 맹세임을 깨닫게 된 것은 그도 아버지의 뒤를 이어 유명한 시인이 되었을 무렵이었다.

훗날 당나라가 '황소(黃巢)의 난' 으로 치명타를 맞고 쓰러져갈 무렵 두목의 아들 두순학은 〈하일제오공상인원(夏日題悟空上人院)〉이란 시를 짓는다.

이 시에는 계속되는 전란 속에서 세속을 초월해 선의 경지에 이르는 것으로 참담한 현실의 고통을 잊으려는 당대의 풍조를 극명하게 나타내 보이는 다음과 같은 시구가 나오고 있는 것이다.

즉 "멸득심중화자량(滅得心中火自凉)" 이란 구절이다.

이 구절의 뜻은 다음과 같다.

"마음의 잡념을 없애면 불도 저절로 시원하다."

일본의 전설적인 무사 다케다 신겐의 보리사인 혜림사의 주지 가이센 쇼키가 절을 불태우자 법상에 앉은 채 읊었던 게송 "훌륭한 선은 반드시 산과 물에서만 하는 것이 아니다/마음자리가 적멸에 이르면 불도 스스로 시원하거늘" 이란 내용은 바로 두목의 아들 두순학이 지었던 시구에서 나온 것.

두목이 강물 속에 술잔을 집어던진 것은 술을 끊기 위함이 아니라 실은 마음 속의 잡념을 없애기 위한 '멸득심중' 의 한 방편임을 아들 순학은 어른이 되어서야 비로소 깨달았음이었을까.

어쨌든 두목이 일단 양주를 떠남으로써 장보고와 정년에 대한 추적은 일단락짓게 되는 것이다.

그러나 그로부터 2년 뒤인 개성(開城) 2년, 서력으로 837년.

두목은 또다시 양주를 방문하게 된다. 그의 동생 두의가 앞을 못 보는 안질에 걸려 양주의 선지사에서 요양을 하게 되자 당대 최고의 명의인 석생(石生)을 데리고 동생을 간병하러 양주를 찾게 되는 것이다.

이때의 기록이 그가 쓴 《번천문집》 제16권에 상세히 나오는데, 어쨌든 두목은 두 번째로 양주를 순행함으로써 못 다했던 장보고와 정년의 추적을 계속하게 되는 것이다.

두목은 먼저 번 방문하였던 신라상인 왕정을 통해 알게 된 풍원규를 만나기 위해서 연수향을 직접 여행하였으며, 풍원규를 통해 장보고와 정년의 후일담을 추적, 마침내 《번천문집》에 나와 있는 대로 '장보고와 정년'의 열전을 완성하게 되는 것이다.

이 무렵 두목은 구곡교 근처에 있는 유곽을 방문하여 두구화를 다시 찾아보았으나 그 사이 두구화는 어디론가 사라져버렸고, 이때의 쓸쓸함과 세월의 무상함을 탄식한 두목의 시 한 수가 아직도 남아 전하고 있다.

동생 두의가 머무르고 있던 선지사의 가을을 노래한 〈양주선지사(揚州禪智寺)〉란 시 속에서 두목은 자신의 심경을 이렇게 읊고 있다.

"한바탕 비가 스치고 지나가더니
매미가 요란하게 울고 있구나
대나무 사이로 회오리바람이 건듯 불자
소나무에는 어느덧 가을 추색이 완연하다
푸른 이끼 낀 돌계단 섬돌에는
백조가 날갯짓하며 머물고 있고
저녁노을 자욱하게 숲 사이로 스며드는
석양빛 아래 작은 누각으로
어디선가 노랫소리가 들려오니
이것이 양주의 죽서로(竹西路)임을 누가 알리오"

시에 나오는 '죽서로'는 양주의 동쪽에 있는 거리를 가리키는 곳. 어쩌면 두목은 석양빛 어린 누각에서 들려오는 노랫소리에 문득 아련한 두구화와의 추억을 떠올렸을지도 모른다. '떠난 듯 돌아오소서. 소저는 언제든 나으리를 기다리고 있겠나이다.' 헤어질 무렵 약속하였지만 인생의 무상함이야 어찌할 것인가.

그러나 두목이 다시 양주를 찾아오게 됨으로써 장보고와 정년의 열전은 비로소 완성되게 되었으며, 그런 의미에서 장보고와 두목의 끈질긴 인연은 전생으로부터 이어온 숙연이었던 것일까.

제 4 장

용호상박 龍虎相搏

1

홍덕대왕 11년, 그러니까 서력으로 836년 가을.

가까운 분황사에서 건시를 알리는 종소리가 들려왔다. 건시 다음은 해시로, 그때부터는 성안에서 통행금지가 시작되는 시간이었는데도 첨성대에서는 사람이 나오지 않고 있었다.

선덕여왕 때 축조된 상방하원(上方下圓) 형태의 첨성대에서는 국가의 길흉을 점치기 위해서 별이 나타나는 현상을 관찰하는 일관이 상주하고 있어 교대로 밤을 지키고 있었던 것이다. 이미 임무를 교대하기 위해서 다른 일관이 들어간 지 한참이 되었으나 품여는 나오지 않고 있었다.

품여는 상대등 김균정에게 패성이 동쪽하늘에 나타남을 알려줌으로써 대왕마마가 붕어하실 '천기'를 누설한 장본인이었으며, 또한 '태백성이 달을 범한다'는 일월성신의 운행을 통해 상과 하가 뒤바뀌는 변란, 즉 하극상의 난이 일어날 것임을 예언하였던 바로 그 사람이었다.

높이 19척 5촌,위의 원둘레가 21척 6촌, 아래의 원둘레가 35척 7촌이며 중간 이상이 위로 뚫려서 사람이 그 위를 오르내리며 별을 관찰할 수 있게 되어 있는 첨성대를 밤이 깊어간 이후부터 날카롭게 지켜보고 있는 사람이 하나 있었다.

그는 온통 검은 옷을 입고 있었는데, 이는 칠흑 같은 어둠 속에서 더욱 용이하게 몸을 가리기 위함이었다.

달은 밝았으나 구름이 잔뜩 끼어 있었으므로 구름 사이로 이따금 밝은 월광이 눈부시게 온누리를 비췄다가는 이내 먹구름이 달을 가리면 다시 캄캄한 어둠이 천지를 뒤덮고 있었다.

이윽고 첨성대에서 인기척이 들리며 사람 하나가 빠져나왔다. 소나무 등걸에 몸을 숨기며 날카롭게 어둠 속을 노려보고 있던 사내는 나타난 사람이 바로 일관 품여임을 본능적으로 꿰뚫어 보았다. 품여는 곧 성문의 통행금지가 실시되는 시간이 임박하고 있었으므로 빠르게 성문 쪽을 향해 걷기 시작하였다.

일관 품여는 성안에서는 살 수 없었고, 성 밖 남산 기슭에서 살고 있었다.

빠르게 걷는 품여의 뒤를 좇아 검은 옷을 입은 변복의 사내는 재빨리 움직였다. 민첩하게 움직이고 있었으나 발소리는 물론 숨소리조차 내지 않고 있었다. 일체의 소리가 없어 마치 그림자와 같았다.

하늘의 별을 관찰하고 일월오성의 운행을 관측하여 나라의 길흉을 점치는 일관이었으나 자신의 목숨을 노리는 자객이 뒤따르고 있음은 전혀 눈치 채지 못하고 있는 것일까. 품여는 빠르게 성문을 나서서 남산 쪽으로 걷기 시작하였다.

남산은 예부터 금오산(金鰲山)이라고 불리는 명산으로 신라의 시조인 박혁거세가 태어난 곳이 이곳 기슭의 나정(蘿井)이라고 알려진 이후부터 신라의 성산으로 일컬어지고 있었다. 특히 불교가 국교로 공인된 이후부터 남산은 천상에서 부처님이 하강하여 머무르는 명산으로 추앙받고 있었던 것이다.

품여는 도당산(都堂山) 기슭으로 걸어가고 있었다. 이곳에는 천관사(天官寺)란 절이 있었는데, 이 절은 김유신이 자신을 사모했던 기생 천관의 넋을 기리기 위해서 세운 절이었다. 이 절 주위에는 하층관리 계급들이 모여 살고 있는 중인마을이 형성돼 있었다.

이따금 구름 사이로 월광이 쏟아지면 마을로 들어가는 길이 선명하게 나타났지만 다시 구름이 덮이면 한 치의 앞도 볼 수 없는 절벽 같은 어둠이었는데도 품여는 낯익은 길이었으므로 거리낌 없이 휘적휘적 걷고 있었다.

논둑길 사이로 도랑물이 콸콸 소리내어 흐르고 있었고, 무성하게 자란 볏논 사이로 귀가 따가울 정도로 개구리들이 개굴개굴 울고 있다가 사람이 지나는 인기척이 있으면 순간 시치미를 떼고 꿀 먹은 벙어리 행세를 하고 있었다.

그때였다.

뭔가 이상하다는 느낌을 받은 듯 빠르게 걷던 품여가 제자리에 서서 뒤를 돌아보았다. 일정한 거리를 유지하고 그림자처럼 따라 붙던 사내는 순간 벼 속으로 납작 몸을 붙여 움직였다.

"누구요."

떨리는 소리로 품여는 주위를 돌아보면서 물었다. 갑자기 몸을 숨기느라 벼의 이삭들 위로 기다렸다는 듯 쑤와와 가을바람이 물결치자 품여는 안심했다는 듯 다시 걷기 시작하였다.

이윽고 품여는 논둑길을 지나 마을로 들어섰다. 잠시 울창한 송림이 드러났다. 그 송림을 지나면 곧 인가였으므로 사내는 바짝 거리를 좁혀 품여의 뒤에 붙었다. 순간 먹구름 사이로 달빛이 번득였는데, 그때 사내의 얼굴이 드러났다. 온통 검은 옷을 입고 있는 사내의 얼굴은 인간의 얼굴이 아니었다. 바로 귀신을 쫓는 방상시의 탈을 쓰고 있었으므로 사내는 죽음을 부르는 저승사자처럼 보였다.

사내는 품속에서 무엇인가를 빼들었다. 그것은 패월도였다. 이 울창한 송림이야말로 품여를 죽일 수 있는 최적의 장소인 것이다.

그 순간 뭔가 아무래도 이상하다는 듯 품여가 걸음을 멈추고 뒤를 돌아보았다. 순간 사내는 몸을 솟구쳐 소나무가지 위로 날아올랐다. 사내는 그림자 같아 소리가 없었고, 바람과 같아 흔적을 남기지 않고 있었다.

"뉘시오."

품여가 되돌아 서서 사내가 몸을 숨긴 소나무 밑으로 다가온 순간 사내는 몸을 던져 품여의 몸을 덮쳤다. 거의 동시에 소리를 지를 수 없도록 사내의 손이 품여의 입을 틀어막았다.

자객이 베풀어줄 수 있는 최대의 미덕은 고통을 느낄 수 없도록 단칼에 죽여주는 것. 사내의 단도가 일격에 품여의 가슴에 내리꽂혔다. 비명을 지르지 못하도록 사내는 품여의 입을 계속 가로막고 있었는데, 그 손끝을 통해 차츰 호흡이 끊겨져나가는 것을 느낄 수 있었다.

단 한 번의 단칼로 품여는 숨을 거두었다. 이로써 "천기를 누설하면 절대로 성명을 보존치 못할 것입니다"라는 품여 자신의 예언은 그대로 적중된 셈이었다. 또한 "가거라, 허지만 어디 가서 입을 열어 벙긋할 시에는 네놈은 혓바닥뿐 아니라 모가지가 베어져 반드시 참하여질 것이다"라는 상대등 김균정의 예언 역시 적중되어 버린 것이었다.

이로써.

더운피가 분수처럼 솟구쳐 나오는 가슴에서 칼을 뽑으며 사내는 중얼거렸다.

이제는 입을 열지 못할 것이다.

사내는 다시 죽은 품여의 입을 벌리고 혓바닥을 칼로 베어내었다. 그리고 그것을 품속에 넣어 간직하였다.

이 자는 이제 영원히 혓바닥을 놀리지 못할 것이다.

사내는 품여가 완전히 죽었음을 확인한 후 발자국소리도 내지 않고 왔던 길을 되돌아갔다. 한 뗏장의 먹구름이 완전히 걷혔는지 온 천지는 은장도처럼 눈부신 달빛의 칼날들이 여기저기서 번득이고 있었다.

논둑 사이로 도랑물이 흘러내리고 있었다. 그물에 몸을 꺾어 앉아서 사내는 피묻은 칼과 피묻은 손을 씻었다. 방금 사람 하나를 죽인 살인죄를 범하였음에도 사내의 모습에는 가책이나 망설임 같은 심적인 동요가 전혀 없어 보였다. 숨소리조차 흐트러지지 않고 있었다.

피를 모두 닦고 나서 사내는 얼굴에 썼던 방상시의 탈을 벗고 얼굴을 씻기 시작하였다. 그제서야 밝은 대낮처럼 사내의 모습이 고스란히 드러났다.

그것은 보기 흉할 정도로 일그러져 있는 추악한 형상이었다. 그렇다. 일관 품여를 쥐도 새도 모르게 죽여 숨통을 끊어버린 암살자. 그의 이름은 바로 염문이었던 것이다. 아니 이제 그의 이름은 염장.

노비 매매를 일삼던 인간사냥꾼이자 죄수였던 염문이 김양에 의해서 새로운 인물인 염장으로 환생한 이후 그의 생명을 구해준 김양을 위해 행하였던 최초의 보은. 그것은 바로 일관 품여의 목숨을 끊어버림으로써 더 이상의 천기누설을 용서하지 않겠다는 김양의 야심 찬 계획의 첫 번째 작전이었던 것이었다.

그날 밤.

성문을 뛰어넘어 무사히 돌아온 염장은 초조하게 기다리고 있던 김양에게 품여의 잘린 혓바닥을 내어보이며 이렇게 말하였다.

"나으리, 이제 그자는 염라대왕 앞이라 할지라도 세 치의 혀를 놀려 함부로 말하지는 못하게 되었나이다."

2

지난 여름 상대등 김균정의 긴급한 연락으로 무주의 도독에서 파직되어 왕경인 경주로 올라온 김양은 김균정으로부터 상세한 내막을 전해 받고 사태의 심상치 않음을 깨닫게 된 것이다.

일관 품여로부터 '태백성이 달을 범하였다'는 천재지이에 관한 보고가 있었다는 말을 들은 순간 김양은 소스라쳐 놀라며 다음과 같이 말하였다.

"나으리께오서는 선대의 참화를 잊으셨나이까. 혜공왕이 시해되어 돌아가실 때에도 태백성이 달을 범하지 아니하였나이까. 태백성이 달을 범하였다는 이변은 반드시 궁궐 내에서 큰 변란이 있을 징조이나이다."

김양의 말은 사실이었다.

혜공왕은 신라의 제36대 왕으로서 지금으로부터 정확히 56년 전인 780년 왕위에 올랐던 비운의 왕이었다.

즉위하였을 때 나이 8세의 어린 나이였으므로 태후가 섭정하였는데, 재위기간 16년 동안에 많은 반란사건이 있었던 정치적 격동기였다.

특히 그는 태종 무열왕의 직계손으로 계승된 신라왕실의 마지막 왕이었는데, 그는 신하 김지정(金志貞)의 반란으로 인해 비참하게 난병에게 피살되었던 것이다. 이 무렵 수많은 지변이 일어났는데, 《삼국사기》는 다음과 같이 기록하고 있다.

> 혜공왕 15년.
>
> 3월에 서울에 지진이 있어 민옥이 부서지고, 죽은 자가 1백여 명이었다. 태백성이 달을 범하였다. 그리하여 왕은 천재지변을 불양하기 위해서 백좌법회를 설하였다…….

이처럼 '태백성이 달을 범하였다'는 지변은 일관 품여가 말하였던 대로 '하늘과 땅이 무너지고 양과 음이 바뀌고, 꼬리가 머리를 잡아 먹고, 상과 하가 바뀌는 무서운 하극상이 일어날 징조' 였던 것이다.

"나으리."

김균정으로부터 심각한 사태를 전해 받은 김양은 마침내 결심한 듯 입을 열어 말하였다.

"아뢰옵기 황공하옵나이다만은 요사스런 별인 패성이 동쪽하늘에 나타났음은 대왕마마께오서 붕어하신다는 분명한 징조이나이다. 따라서 미구에 밀어닥칠 무서운 참화를 막기 위해서는 우선 무엇보다 천기의 누설을 막아야 하나이다."

"천기의 누설을 막아야 하다니."

김균정이 묻자 김양은 대답하였다.

"옛말에 이르기를 설검순창이라 하였나이다. 사람의 혀야말로 날카로운 것임을 나타내는 말이 아니고 무엇이겠나이까. 따라서 일관의 혀와 입술을 베어 다시는 입을 열어 천기를 누설하지 못하도록 해야 할 것이나이다."

설검순창(舌劍脣槍).

'혀의 칼과 입술의 창' 이란 뜻으로 입이야말로 사람을 해칠 수 있는 최대의 무기임을 나타내는 말이었던 것이었다.

김양의 일차적인 생각은 현명한 선택이었다. 첨성대에서 올라오는 천문들은 곧바로 일지에 기록되어 자연 모든 귀족들에게 알려지게 되어 있었던 것이다. 따라서 일관의 목을 베어 혀를 잠재워두지 않고서는 천기는 반드시 누설되게 되어 있었던 것이다.

일관 품여를 쥐도 새도 모르게 죽여라.

그것이 김양이 꿈꾸고 있는 야심찬 계획의 첫 번째 단계였던 것이다. 다행히 김양에게는 이러한 때를 대비하여 마련해두고 있는 심복부하가 있지 아니한가.

해적 출신의 염장과 그의 부하인 이소정.

무주의 도독에서 파직되어 왕경인 경주로 올라올 때 가족 이외에는 아무도 거느리지 않았지만 김양은 이 두 사람의 자객만은 은밀히 대동하고 있었던 것이다.

왜냐하면 김양에게 있어 염장과 이소정은 가장 요긴할 때 쓸 수 있는 살인병기였기 때문이었다.

김양의 첫 번째 계획은 보기 좋게 성공하였다. 염장이 품여의 목숨을 단칼에 끊어버리고 그의 혓바닥을 증거의 표시로 가져왔던 것이다. 그러나 김양의 눈으로 보면 이것은 다만 시작에 불과하였다.

굳이 일관 품여의 '요사스런 꼬리별, 즉 패성이 동쪽하늘에 나타났다'는 천문이 아닐지라도 대왕마마는 곧 붕어하실 것은 분명한 일이었다.

왕비는 물론 후사가 없는 대왕마마이고 보면 붕어하신 후에 있을 왕위의 계승문제에 관한 암투는 치열할 것임이 자명한 일이었다.

관례로 보면 화백회의의 장인 상대등이 왕위에 오를 것이 우선순위이나 이에 반대하는 세력 역시 만만치 않았다.

반대하는 세력의 우두머리는 단연 김명이었다. 그는 상대등의 다음 계급인 시중이었으나 흥덕대왕이 각별히 총애하였던 동생 김충공의 아들로 만약 아버지 김충공이 일찍 돌아가지 않았더라면 자연 왕세자는 자신이 되었을 것이라는 불만을 갖고 있는 가장 위험한 인물이었던 것이다.

더구나 그는 소문난 천하장사로 휘하에 배훤백(裵萱伯)이란 뛰어난 무장까지 거느리고 있었다.

또한 김명에게는 뛰어난 책사가 한 사람 있었는데, 그의 이름은 이홍(利弘)이었다. 공교롭게도 이홍은 김양의 장인으로 그의 딸 사보(四寶)는 김양의 정처였던 것이었다.

그러므로 상대등 김균정이 차기 대왕위에 오르기 위해서는 반드시 김명을 비롯한 반대세력들을 사전에 제거해두어야 할 필요가 있었던 것이다.

김양은 잘 알고 있었다.

자신이 왕경으로 되돌아와 태종 무열왕으로부터 이어내려온 영광을 다시 찾을 수 있는 방법은 오직 하나.

상대등 김균정을 왕위에 올려놓는 일임을. 그러한 야심찬 계획에 방해되는 요소가 있다면 그 상대가 비록 장인 이홍이라 할지라도 단칼에 베어버릴 것이다.

대의멸친(大義滅親).

큰 뜻을 위해서라면 친족이라 할지라도 멸할 수 있다는 말. 이 어지러운 난세에 큰 뜻을 펼칠 수 있는 간웅이 되기 위해서는 장인이 아니라 친부라 할지라도 목숨을 끊어 멸하여버릴 것이다.

그러므로.

김양은 굳게 결심하고 있었다.

일관 품여의 목숨을 끊어 혀를 잠재운 그 다음 차례는 바로 김명인 것이다.

김명, 흥덕대왕의 셋째동생이었던 김충공의 아들로 화랑시절 맨손으로 호랑이를 때려잡았던 천하장사. 그를 사전에 제거해두지 않고서는 천하를 얻지 못할 것이다.

반드시 김명을 죽여야 한다. 김명의 숨통을 끊어야 할 것이다. 서두르지 않으면 안 된다. 대왕이 붕어하시기 전에 이를 실행에 옮기지 않으면 안 될 것이다.

그때 마침.

김명이 아버지 김충공의 명복을 빌기 위해서 남산 기슭에 있는 인용사(仁容寺)를 순행하고 돌아온다는 첩보가 날아들어 온 것이었다.

훗날 김명이 왕위에 즉위한 뒤에는 아버지인 김충공이 선강대왕(宣康大王)으로, 어머니 귀보(貴寶)부인은 선의태후(宣懿太后)로 추봉하여 김충공의 무덤을 왕릉으로 이장하였으나 이 무렵에는 남산기슭 인용사 뒤편에 자리잡고 있었던 것이었다.

인용사는 삼국통일을 이룩한 문무대왕의 친동생 김인문(金仁問)을 위해 지은 절이었는데, 김인문이 귀국하던 중 바다에서 죽자 미타도량으로 바꾸어 명복을 빌던 궁중의 원찰이었던 것이었다.

김명이 아버지의 무덤에 성묘를 하고 돌아오는 길에 인용사에 들러 명복을 빈다는 정보는 우연히 김양이 아내 사보부인으로부터 들었던 것이었다.

사보는 친정에 들러 아버지인 이홍을 만나 문안인사를 하고 돌아온 후 남편에게 말하였던 것이었다.

"아버님께오서 시중 나으리와 함께 내일 원찰인 인용사에 다녀온다 하시더이다."

이 말을 들은 김양은 순간 마음속으로 쾌재를 불렀다. 이날 밤 김양은 염장과 이소정을 따로 불러 은밀하게 말하였다.

"나에게는 차마 하늘을 이고 도저히 함께 살아갈 수 없는 철천지 원수가 하나 있다."

김양이 말하였던 함께 하늘을 이고 살아갈 수 없는 원수를 '불구대천지수(不俱戴天之讐)'라고 부른다. 이 말은 '아버지의 원수'를 뜻하는 말로, 《예기(禮記)》에 나오는 말이다.

父子讐弗俱共戴天
兄弟之讐弗反兵
交遊之讐弗同國

아버지의 원수와는 같은 하늘아래 살 수 없고
형제의 원수를 보고 무기를 가지러 가는 것이 아니며
친구의 원수는 나라를 같이 하는 것이 아니다

이 말의 뜻은 다음과 같다.

아버지의 원수와는 함께 한 하늘을 이고 살 수 없으니 반드시 죽여야 하고, 형제의 원수를 만나면 집으로 무기를 가지러 갔다가 기회를 놓쳐서는 안 된다. 그러므로 항상 무기를 가지고 다니다가 원수를 보게 되면 그 즉시 그 자리에서 죽여야 한다.

친구의 원수와는 한 나라에서 같이 사는 것이 아니다. 그를 나라 밖으로 쫓아내던가 아니면 역시 죽여야 한다.

"함께 하늘을 이고 살 수 없는 철천지 원수가 하나 있으니 이를 어찌하면 좋겠느냐."

김양이 묻자 염장이 대답하였다.

"반드시 죽여야 하나이다."

염장은 김양의 속마음을 꿰뚫고 있었다. 염장은 김양이 자신을 자객으로 고용하고 있음을 잘 알고 있었고, 따라서 자신의 역할에 대해 충분히 인식하고 있었던 것이다.

그 무렵 신라의 진골들은 자신만의 수레를 사용하고 있었다. 2년 전인 834년. 흥덕대왕은 모든 관등에 따른 복색 거기(車騎), 기용들의 규칙을 발표하여 다음과 같이 선포하였다고 《삼국사기》는 기록하고 있다.

> 사람은 상하가 있고, 지위는 존비가 있고, 명칭과 법식이 같지 않고 의복 또한 다르다. 그런데 풍속이 점점 각박하여지고, 백성들이 앞을 다투어 사치호화를 일삼고, 다만 외래품의 진귀한 것만을 숭상하고, 도리어 국산품의 야비한 것을 싫어하니 예절이 참람하려는 데 빠지고 풍속이 파괴되는 데까지 이르렀다.
>
> 이에 옛법에 따라 엄명을 베푸는 것이니 그래도 만일 일부러 범하는 자가 있으면 국법에 따라 다스릴 것이다.

그리고 흥덕대왕은 "진골이 사용하는 수레는 재목으로 자단(紫檀)과 침향(沈香)을 쓰지 말고, 대모(玳瑁)를 붙이지도 못하고, 또 감히 금은과 옥으로 장식하지 못한다"고 금하고 있었는데, 이를 보면 알 수 있듯이 당시 장보고 선단이 자바와 수마트라에서 산출되는 향기

나는 재목인 자단과 역시 동남아에서 생산되는 항목인 침향까지 수입했을 것을 미뤄 짐작할 수 있는 것이다.

《삼국사기》는 진골의 전용수레에 대해 다음과 같이 말하고 있다.

"전후의 휘장은 작은 무늬의 비단과 견직, 명주 이하를 쓰고 빛깔은 짙은 청색과 보랏빛으로 하고 있다."

그러므로 김명이 탄 수레는 분명해지는 것이다.

그것은 짙은 청색과 보랏빛의 휘장을 두른 수레를 노리면 그 안에 김명이 타고 있음이 분명해지는 것이었다.

더구나 진골 이하의 6두품부터는 "진골 이상의 귀인을 따라갈 때에는 휘장을 치지 않고 혼자서 갈 때라도 대로 만든 발이나 왕골을 사용하라"고 명기되어 있었으므로 굳이 휘장의 빛깔을 구분하지 않더라도 휘장을 두른 수레만 노려 급습할 수만 있다면 김명을 단칼에 척살할 수 있을 것이다.

"만에 하나."

김양은 염장과 이소정에게 단검을 내려주면서 물어 말하였다.

"일을 그르쳐 산 채로 잡히게 되면 그때는 어찌하겠느냐."

그러자 염장이 담담한 표정으로 말하였다.

"나으리께오서는 심려치 마오소서. 만약에 일을 그르쳐 산 채로 잡히게 된다 하더라도 칼을 들어 낯가죽을 벗겨 얼굴을 알아볼 수 없도록 하여 정체를 드러내지 아니할 것이며 스스로 목숨을 끊어 비밀을 지킬 것이나이다."

그날 밤.

김양은 한숨도 잠들지 못하였다.

이제 날이 밝으면 최후의 결전이 다가오는 것이었다. 만약 염장과 이소정이 급습하여 김명을 척살할 수만 있다면 천하의 대세는 상대등 김균정에게 기울게 될 것이다.

그러나 일을 그르쳐 두 사람의 자객이 사로잡히고 그 자객의 배후에 자신이 있음이 밝혀지게 된다면 온 천하는 피바다로 변하게 될 것이다. '혈류표저(血流漂杵)', 피가 흘러 절굿공이를 띄운다는 뜻으로 온 조정에서는 시체가 산을 이루고, 피가 바다를 이루어 시산혈해(屍山血海)의 끔찍한 참극이 일어나게 될 것이다.

3

다음날 오후.

인용사를 나서는 한 떼의 무리가 있었다. 11월의 늦은 가을이라 뉘엿뉘엿 해가 지는 듯하더니 어둑어둑 땅거미가 내려앉기 시작하였다.

지체가 높은 귀족의 행차였는지 두 마리의 말을 앞뒤에 한 마리씩 두어 말 안장의 양편에 채의 끝을 걸어 멍에한 수레를 앞세우고 좌우에는 권마성(勸馬聲)을 내는 하졸들이 이따금 위세를 더하기 위해서 가늘고 길게 빼어 부르고 있었다.

"쉬잇, 물렀거라."

인용사는 남산의 북쪽으로 뻗어내린 왕정곡(王井谷) 입구 남천(南川)의 남쪽에 있었으므로 땅거미가 내리자 산 그림자가 드리워져 이내 어두워졌다.

원래 인용사는 문무대왕의 친동생 김인문이 당나라와 화친을 도모하기 위해서 사신으로 갔다가 옥에 갇혔을 때 신라사람들이 그의 안녕을 빌기 위해서 이 절을 짓고 관음보살을 모신 관음도량으로 하였으나, 김인문이 바다에서 죽자 아미타불을 모시고 명복을 빌던 도량이었다.

따라서 이 절은 신라의 왕이나 진골귀족들이 선왕이나 선조들의 명복을 비는 원찰로 이 절에는 당대의 왕사였던 두광(頭光)스님이 주석하고 있었던 것이었다.

수레의 형태를 봐서도 한마디로 진골귀족의 행차임이 분명하였다. 두 필의 말이 끄는 수레를 선두로 휘장을 치지 않은 수레가 뒤따르고 있었으며, 대여섯 명의 사복들이 수레를 앞뒤에서 에워싼 후 걸어가고 있었다. 다행히 사복들은 거동할 때 따르는 하인들로 무장은 하지 않고 있었다.

나라에서는 진골의 귀족들이라 할지라도 금은과 옥으로 수레의 장식을 하지 못하도록 엄명을 내리고 있었으나 찬란한 금은보석으로 장식하고 있었으므로 마침 뉘엿뉘엿 지는 가을 햇빛을 반사하여 눈부시게 번득이고 있었다. 또한 수레의 손잡이는 바다거북의 등껍질로 만든 대모갑(玳瑁甲)으로 치장하고 있었고, 말고삐마저 반짝이는 비단 끈으로 장식되어 있었다.

분명히 흥덕대왕으로부터 어명이 내려졌음에도 불구하고 수레는 한마디로 호화의 극치를 이루고 있었다. 말의 고리도 금과 은으로 만들어졌고, 심지어 말이 걸을 때 흔들리는 장식물의 일종인 보요(步搖)도 금으로 장식되어 있을 정도였다.

한눈에 보아도 수레 속에 탄 사람은 대왕마마 다음으로 지체가 높은 사람임에 분명하였던 것이다.

"저것이다."

울창한 송림의 소나무 위에 숨어있던 사내 하나가 가만히 손을 들어 맞은편 나뭇가지 위에 올라서 있는 검은 사내를 쳐다보면서 가만히 언덕길을 올라오는 수레 행렬을 가리키며 중얼거려 말하였다.

사내들은 모두 검은 옷을 입고 있었고, 머리에는 복두라고 불리는 검은 수건을 두르고 있었다. 유사시에는 복두를 풀어 얼굴을 가리면 그대로 복면이 될 수 있는 검은 헝겊이었다. 그러나 손가락을 들어 앞선 수레를 가리킨 사내는 얼굴에 방상시의 탈을 쓰고 있었다.

원래 방상시의 탈은 장례행렬에서 맨 앞에 수레를 끌고 가며 잡귀를 쫓고, 묘소에 이르러서는 광중(壙中)의 악귀를 쫓아 한 번 쓴 탈은 묘광(墓壙) 속에 묻거나 태워버리는 것이 상례인데, 따라서 사내가 쓴 탈은 미구에 있을 처참한 장례에 대한 전조를 미리 암시하고 있는 데드마스크처럼 보이고 있었다.

"온다."

탈을 쓴 사내가 손을 들어 자신의 입을 막았다. 목표는 오직 하나.

선두에 오고 있는 수레 속에 타고 있는 사람의 목숨을 끊어버리는 일이다. 수레 속에 앉아 있는 사람의 정체는 알 필요가 없다. 인간병기에 불과한 하수인은 다만 시키는 사람의 명령만 따를 뿐. 공격의 방법 또한 오직 하나뿐, 그것은 재빨리 공격하고 재빨리 끝을 맺어버리는 속전속결뿐인 것이다.

맞은편 나뭇가지 위에 올라서 있던 사내가 복두를 풀어 얼굴을 가렸다. 수레행렬이 숲속으로 들어오자 사내가 품속에서 표창 하나를 빼어들었다. 쇠로 만든 창 끝의 한가운데가 호로모양으로 잘록하여 던져 맞추기에 편한, 앞이 무거운 무기였는데 사내는 특히 표창의 달인이었다.

사내는 앞서 오는 수레를 끄는 말의 옆구리를 향해 표창을 내어 던졌다. '휘릭' 바람을 가르며 날아간 표창이 말의 옆구리에 내리박히자 순간 놀란 말이 소스라치면서 튀어 올랐다. 소리를 내지 못하도록 입에는 겸마라는 나뭇조각을 물리고 있어 비명을 지르지는 못하였으나 말 한 마리가 놀라 뛰어오르자 다른 말도 함께 동요하기 시작하였다.

사복들이 있는 힘을 다해 말고삐를 잡아 말을 진정시키려 하였지만 불가하였다.

그때였다.

한바탕 소동이 일어난 행렬 앞으로 검은 옷을 입은 사내 둘이 날개가 달린 날짐승처럼 내려앉았다. 앞장서서 권마성을 빼어 부르는 하인의 가슴에 방상시의 탈을 쓴 검은 사내가 비수를 내리꽂았다.

옆구리에 표창이 꽂혀 미쳐 날뛰는 말과 이를 진정시키려는 사복들이 뒤엉킨 데다, 말 안장의 양편에 채의 끝을 걸어 멍에한 수레였으므로 수레마저 뒤집힐 정도로 흔들리고 있어 무엇을 어디에서부터 손을 써야 할지 모르는 대혼잡이 한순간에 일어난 것이었다. 이 틈을 노려 탈을 쓴 사내가 수레 안으로 숨어들었다.

수레의 휘장은 짙은 청색과 보랏빛의 빛깔로 되어 있었으므로 김양이 지시하였던 대로 진골인 김명이 타고 다니는 수레임이 분명하였던 것이다.

수레 안 안교(鞍橋)에는 사람 하나가 앉아 있었다.

"누구냐."

놀라 소리 지르는 사람의 목을 향해 탈을 쓴 사람의 비수가 날아들었다. 순간 피가 분수처럼 솟아올랐다. 사내는 죽어가는 사람의 입에서 비명소리가 흘러나오지 않도록 명줄이 끊길 때까지 계속 입을 틀어막고 있었는데, 그 사이 그는 뜨거운 핏물을 뒤집어쓰고 있었다. 이윽고 완전히 숨이 끊긴 것을 확인한 사내는 수레 밖으로 튀어나왔다. 그러자 망을 보고 있던 사내 역시 동시에 앞뒤로 나뉘어 사라져버렸다. 실로 눈깜짝할 겨를도 없는 순식간의 일이었다. 도대체 무슨 일이 일어났는지도 모르는 찰나적인 한순간. 그것도 아직 어둠이 내리지 않은 황혼녘에 왕도 경주에서 시중 김명이 타고 있는 수레가 정체를 알 수 없는 자객들로부터 급습을 당한 것이었다.

이로써 김명이 암살을 당했다는 소문이 왕도에 파다하게 퍼져나갔다. 또한 며칠 뒤 김명의 시신이 인용사에서 화장되어 사리함에 넣어져 안치되었다는 소문도 계속 들려왔다.

그러나 또한 다른 소문도 흉흉하게 떠돌아다니고 있었다. 수레 속에 앉아 있던 사람은 실은 인용사의 왕사 두광스님으로 두광은 마침 일이 있어 천도제에 참석하지 못한 김명 대신 수레를 타고 오다가 변을 당했다는 소문도 떠돌고 있었다. 따라서 인용사에서 화장된 시신의 주인공은 김명이 아니라 사실은 왕사 두광의 법신이라는 소문도 떠돌고 있었다.

그러나 이러한 흉흉한 소문들은 곧 사라지게 되었다. 때마침 흥덕대왕이 오랜 중병 끝에 숨을 거두어 붕어하게 된 것이었다.

이때의 기록이 《삼국사기》에 다음과 같이 나오고 있다.

12월. 왕이 돌아가니 시(諡)를 흥덕이라 하고, 조정이 유언에 의하여 장화왕비의 능에 합장하였다.

《삼국사기》의 왕력표(王曆表)에도 "흥덕대왕이 왕비의 무덤에 합장되었다"고 기록되어 있는 것을 보면 지금 월성군 안강읍 육통리에 있는 흥덕대왕릉이 바로 그것임에 틀림이 없는 것이다. 이 왕릉은 특히 신라의 왕릉 중 가장 완성된 형식의 무덤으로 알려져 있으며, 어쨌든 흥덕대왕의 죽음으로 신라의 조정에서는 일찍이 볼 수 없었던 피의 전쟁, 즉 장미의 전쟁이 시작되었던 것이었다.

흥덕대왕의 장례식이 끝난 뒤 상대등 김균정은 화백(和白)을 소집하였다.

화백은 신라만이 가지고 있던 독특한 회의제도로 《수서(隋書)》 '신라전'에는 "국정의 중요한 문제는 여러 신하들이 모여서 상세하게 회의하여 결정한다"고 되어 있는데, 이와 마찬가지로 화백회의는 각 부의 장관들인 대등들이 모여 국정 전반에 걸쳐 정책을 논의하는 중앙귀족의 회의체였던 것이다. 이러한 귀족세력들을 대표하고, 통솔하는 동시에 회의를 주재하는 의장이 바로 상대등이라는 관직이었으므로 자연 흥덕대왕의 장례식 후 소집된 회의의 의장은 김균정이었던 것이다.

이들은 적장자(嫡長子)가 없이 죽은 흥덕대왕의 후사로 상대등 김균정을 만장일치로 추대하였다.

화백회의는 결의 형식으로 만장일치제를 채택하고 있어 한 사람이라도 반대하면 결정되지 못하였는데, 김균정을 흥덕대왕의 다음 왕으로 추대하는 데에는 전혀 의의가 없었다. 왜냐하면 상대등은 왕의 유고시 왕위를 대신하는 당연직이었고, 또한 김양이 적판궁(積板宮)에서 열리는 화백회의장 앞에 서서 한 손에 칼을 들고 시위하면서 들어오는 군신들을 위협하였기 때문이었다.

김양이 미리 계획하였던 대로 시중 김명이 참석하지 않은 화백회의에서 만장일치를 통해 상대등 김균정을 대왕위에 추대하는 것은 식은 죽 먹기보다 쉬운 일이었던 것이다.

이때 소수의 군신들은 흥덕대왕의 사촌인 상대등 김균정보다 김균정의 형이었던 김헌정(金憲貞)의 아들인 제융(悌隆)이 장자 우선의 원칙에 따라 마땅히 다음 대왕위에 올라야 한다고 주장하기도 했으나 곧 대세론에 휩쓸려 침묵하게 되었으며, 무엇보다 무력으로 위협하는 김양의 기세에 눌려 제대로 반론조차 못하였던 것이었다.

그리하여 병진년(丙辰年), 서력으로 836년 1월. 상대등 김균정은 마침내 왕위에 오르게 되었던 것이다. 이때의 상황을 《삼국사기》는 다음과 같이 기록하고 있다.

> 김양이 김균정의 아들 아찬 우징과 균정의 매서(媒壻)인 예징(禮徵)과 함께 균정을 받들어 왕위에 추대하고, 적판궁에 들어가 족병(族兵)들로 하여금 숙위하게 하였다.

신라에서는 새 국왕이 탄생하면 백성은 모두 궁궐 앞에 모여 만세를 부르는 풍습이 있었다. 흥덕대왕의 뒤를 이어 새 국왕이 탄생했다는 말을 전해 들은 서라벌의 국인은 서로 다투어 뛰어나와 적판궁 앞에서 만세를 부르기 시작하였다. 김양은 만에 하나 있을지 모를 불의의 사태를 대비하기 위해 사병들을 거느리고 숙위하고 있었는데, 많은 백성들이 만세를 부르는 모습을 보자 마음이 흐뭇해졌다.

그러나 그때였다.

갑자기 우렁찬 만세소리가 끊겼다. 동시에 수많은 백성들 사이로 말을 탄 한 떼의 군사들이 나타났다. 그들은 칼과 갑옷을 입은 완전무장을 하고 있었다. 선두에 선 무장의 모습을 본 순간 김양은 놀라 하마터면 혼비백산할 뻔하였다. 바로 마땅히 염장의 손에 죽었어야 할 김명이 멀쩡하게 살아서 말을 타고 쳐들어오고 있는 것이 아닌가. 그뿐인가. 그의 등 뒤로는 그의 효장인 배훤백과 김양의 장인인 이홍뿐 아니라 수많은 군사들이 궁궐을 에워싸며 포위하고 있지 않은가.

"무엇을 놀라고 있느냐. 이 쥐새끼 같은 놈아."

궁문을 숙위하고 있던 김양이 자신을 보고 크게 놀라자 김명이 껄껄 소리내어 웃으며 말하였다.

"그동안 도대체 어떤 놈이 내 목숨을 노리고 있는가, 그것이 궁금하여 일부러 죽은 체 소문을 내었더니 내 목숨을 노린 자가 바로 네놈이란 사실이 이제야 밝혀지는구나."

이로써 김명 대신 인용사의 왕사였던 두광스님이 목숨을 잃었다는 불확실한 소문이 한갓 소문이 아니라 사실이라는 것이 밝혀진 것이었다. 이에 김양은 다음과 같이 말하였다고 《삼국사기》는 기록하고 있다.

"새 인군이 이 궁궐 안에 계신데 너희들이 어찌 감히 이렇게 거역할 수가 있겠느냐."

이 말을 들은 김명이 다시 껄껄 웃으며 말하였다.

"새 임금이라니. 누가 새 인군이란 말이냐. 시중인 내가 없이 결정한 화백회의가 무슨 적법한 것이란 말이냐. 이는 불법이니 내 반드시 이를 바로잡고 말 것이다."

김명의 군사는 기세가 등등하였다. 김명의 군사는 물샐 틈 없이 적판궁을 포위하고 있었다. 김양은 군사를 궁문에 배치하고 막고 있었지만 한마디로 중과부적이었다.

김명은 누군가 자신의 목숨을 노리고 있다는 사실이 밝혀지자 짐짓 죽은 체하면서 쥐도 새도 모르게 효장 배훤백을 비롯한 사병들을 모집하는 한편 이읏고 대왕이 돌아가셨다는 말을 들은 순간 자신의 목숨을 노린 자의 정체가 김양이라는 사실을 확인하고 거병하여 대내로 쳐들어온 것이었다.

"길을 비켜 궁문을 열어라. 앞을 막는 자는 누구든 참해버릴 것이다."

김명이 칼을 빼어들고 소리쳐 말하였다. 그러나 김양은 꿈쩍도 하지 않고 말하였다.

"옛말에 이르기를 인군의 큰 자리는 본래 인모(人謀)로 되는 것이 아니라 하늘이 내는 것이라 하지 않았던가. 그러니 하늘이 내신 새 인군이 여기 계신데, 어찌하여 감히 무례하게 궁내로 쳐들어올 수 있단 말인가. 너희들이 반역이라도 하겠다는 것인가."

김양의 말을 들은 김명이 껄껄 큰 소리로 웃으며 말하였다.

"하늘이 새 인군을 내렸다고. 이야말로 하늘과 사람이 함께 분노할 천인공노의 반역인 것이다. 도대체 누가 상대등을 새 인군으로 뽑았단 말인가."

그러자 옆에서 이를 지켜보고 있던 이홍이 앞으로 나서서 말하였다. 이홍은 자신의 사위인 김양이 궁문을 가로막고 버티고 서 있자 보다못해 나선 것이었다.

"자네가 웬일인가. 자네야말로 이곳에서 어찌 모반을 하고 있는 것인가. 상대등보다 제융 공께서 항렬이 높으셔서 마땅히 왕위를 물려받을 후사임을 모르고 있었단 말인가."

그제서야 김양은 김명의 일당이 자신들의 정통성을 주장하기 위해서 제융을 허수아비로 추대하고 있음을 확연히 알게 되었다. 제융은 상대등 김균정의 형인 김헌정의 아들이었으나 정치에는 전혀 관심이 없었던 선비에 불과하였다.

김명이 빠진 화백회의에서도 제융의 이름이 간간이 오르지 않은 것은 아니었으나 이는 어디까지나 소수의견에 지나지 않았던 것이다. 제융은 원성대왕의 손자인 아찬 김헌정의 아들이었으나 오직 책 읽기만 좋아하던 백면서생에 불과하였던 것이다.

그러던 제융을 김명 일당이 옹립한 것은 그의 부인이 김충공의 딸이었던 문목(文穆)으로 바로 김명의 누이였던 것이다. 아직 시중위에 오른 것이 1년밖에 되지 않았으므로 스스로도 낯이 서지 않았던 김명은 우선 자신의 매형인 제융을 추대하여 내세움으로써 정통성을 주장하고 있었던 것이다.

장인인 이홍의 말을 듣는 순간 김양은 비로소 그들의 음모를 상세하게 파악할 수 있음이었다.

순간 김양은 활을 들어 장인 이홍의 투구를 향해 화살을 쏘았다. 화살은 정통으로 이홍이 쓴 투구의 끝에 매달린 술을 꿰뚫었다. 이는 설혹 장인이라 할지라도 용서하지 않겠다는 김양의 결연한 의지를 만천하에 드러내 보인 것이었다. 그러고 나서 김양은 이렇게 말하였다.

"옛말에 이르기를 군욕신사(君辱臣死)라 하였소. 인군이 치욕을 당하면 신하는 죽음을 무릅쓰고 설치(雪恥)한다는 뜻이 아니겠소이까. 장인께오서도 궁궐 안으로 들어서기 위해서는 오직 이 사위의 한 몸을 죽이고 넘어 들어가는 방법 하나뿐이나이다."

그러고 나서 김양은 다시 활을 들어 밀려오는 군사들을 10여 명 쏘아 죽였다. 김양의 결의가 바위처럼 굳은 것을 안 김명은 군사들에게 진격을 명하였다. 김양은 궁문에 버티어 서서 적병들을 닥치는 대로 베었으나 이내 김명의 부하인 배훤백이 쏜 화살에 맞아 말 위에서 굴러 떨어졌다.

《삼국사기》에 의하면 이때 김양은 배훤백이 쏜 화살을 다리에 맞았다고 전해지고 있다. 말에서 굴러 떨어진 김양을 부축하여 염장은 궁궐 안으로 피신하였다. 궁궐 문은 굳게 닫혔으나 이내 궁 안은 담 안으로 쏘아 날린 김명 군사들의 불화살로 화기가 충천하고 있었다.

염장은 김양의 넓적다리에 박힌 화살을 빼었다. 상처에서는 붉은 피가 콸콸 솟구치고 있었다. 행여 들어 있을지도 모르는 화살의 독을 빼내기 위해 상처에 입을 대고 피를 빨아들인 염장이 말하였다.

"나으리, 어서 이 자리를 피하셔야 합니다."

이미 상황은 끝이었다. 김양이 거느린 족병들은 전의를 상실하고 있었고, 궁궐 안은 완전히 불바다였다.

"인군은 어디 계신가."

김양은 피를 흘리며 말하였다. 그러자 염장이 자신의 등을 대며 말하였다.

"나으리, 소인에게 업히십시오."

궁궐 안은 아비규환이었다. 김양을 업은 염장은 궐내로 들어갔다. 궐내에는 새로 인군에 오른 김균정이 옥좌에 앉아 있었다. 옥좌는 임금만이 앉을 수 있는 어좌로 정식으로 왕위에 올랐으나 불과 이틀 만에 왕위에서 물러나게 되는 자신의 운명을 한탄하고 있음일까.

김균정은 어좌에 앉은 채 김양을 맞았다.

"대왕마마."

김양이 소리쳐 말하였다.

"빨리 옥체를 피하셔야 하나이다."

그러자 김균정이 웃으며 말하였다.

"피하다니, 도대체 어디로 피할 수 있단 말이냐."

김균정은 물끄러미 김양을 쳐다보며 말하였다.

"피해야 할 사람은 내가 아니라 바로 위흔이다. 나야 이미 나이가 많으니 살 만큼 살았고, 너는 아직 젊었으니 반드시 살아서 후일을 도모해야 할 것이다."

그러고 나서 김균정은 다음과 같이 말하였다고 《삼국사기》는 기록하고 있다.

적편은 수가 많고 우리는 군사가 적으니 형세를 도저히 막아낼 수 없다. 그러므로 공은 거짓 물러가 후일을 계획하라.

김양이 반발하려 하자 김균정은 김양에게 물건을 하나 내어주었다. 김양은 그 물건을 받아보았다. 그것은 옥대(玉帶)였다. 예부터 신라에서 임금을 상징하는 보물 중의 하나로 천사옥대라고 불리기도 하던 국보 중의 하나였다.

신라의 호국을 상징하는 국가적인 보물로는 황룡사의 장육상(丈六像)과 황룡사의 9층탑 그리고 천사옥대를 일컬어 신라삼보라 하였는데, 진평왕 1년(579)에 하늘에 사는 상황이 보낸 천사로부터 전해 받은 것으로 알려진 천사옥대는 10위 62과로 된 긴 허리띠로 이후부터 왕의 신성성과 권위를 돋보이게 하는 국보 중의 하나였던 것이다. 이후부터 신라에서는 새로운 왕이 즉위할 때마다 하늘이 천사옥대를 내릴 정도로 신성한 임금이라는 것을 만천하에 공포하기 위해서 이 옥대를 착용하는 것이 필수적인 조건이었던 것이다.

김균정으로부터 옥대를 물려받자 김양은 순간 마음이 바뀌었다. 김균정의 말대로 이곳에서 비참하게 개죽음을 당하느니 옥대를 전수받고, 거짓으로 물러가 후일을 도모하는 편이 훨씬 상책이라는 생각이 들었던 것이다.

김양은 자신의 허리에 옥대를 찬 후 염장에게 말하였다.

"나를 업고 어디든 도망쳐라."

염장은 김양을 업었다. 김양의 갑옷과 투구를 벗기고, 염장의 부하 이소정은 선두에 서서 혈로를 뚫었다. 그러나 염장의 무리는 겹겹이 포위된 김명의 군사에게 생포되었다. 생포된 군사가 이홍의 군사였던 것은 그나마 다행이었다. 수상한 적병이 생포되었다는 말을 들은 이홍은 직접 말을 타고 와서 국문하였는데, 염장의 등에 업힌 김양의 모습을 본 순간 그는 한눈에 그가 자신의 사위임을 알아보았다.

김양은 온몸에 독이 퍼져 염장의 등에 업힌 채 혼절하여 있었고, 활을 맞은 다리에서는 붉은 피가 계속 흘러내려 그의 얼굴은 이미 죽은 시체와 다름없어 보였다. 어차피 자신의 손으로 죽이지 아니하더라도 사위는 이미 죽어 있는 송장이었던 것이다.

"보내줘라."

이홍은 군사들에게 명령하였다. 이로써 김양은 구사일생으로 살아날 수 있었던 것이다.

《삼국사기》에는 김양은 이때 포위망을 뚫고 북천(北川) 백률사(栢栗寺) 부근인 한기로 도망쳤다고 기록하고 있으며, 얼마 후 김균정은 난병들에게 옥좌 위에서 무참하게 칼에 찔려 죽었다고 기록되어 있는 것이다.

이로써 김균정을 옹립하여 성공하였던 김양의 반정은 불과 삼일천하로 끝을 맺게 되었다.

김양이 비참한 소식을 전해 듣게 된 것은 다음 날 아침 백률사 근처에서였다.

김균정이 적병들의 칼에 맞아 비참하게 시해당하고, 시신마저 불타 한 줌의 재가 되어버렸다는 말을 전해 들은 김양은 무릎을 꿇고 울었다고 전해진다.

그는 이러한 모든 비극이 자신 때문에 일어난 일이라고 자책하고 있었다. 그는 하늘을 보면서 호읍(號泣)한 후 손을 들어 하늘에 뜬 백일(白日)을 가리키며 맹세하였다.

"천지신명께 고하나이다. 반드시 이 원수를 갚기 전에는 절대로 눈을 감지 못할 것이나이다."

그 이후부터 김양의 종적은 오리무중이 되었다. 《삼국사기》에는 그후의 김양에 대해서 다음과 같이 짤막하게 기록하고 있을 뿐인 것이다.

> 태양을 가리켜 복수를 맹세한 후 김양은 아무도 모르게 산야에 숨었다. 그리고 때가 오기를 기다렸다.

한편 김균정을 죽이고 조정을 장악한 김명의 무리들은 자신들이 계획했던 대로 제융을 왕위에 즉위시켰으니, 그가 바로 신라의 제34대 임금인 희강왕(僖康王)이다.

자신의 의지와는 상관없이 김명의 일파들에 의해서 허수아비로 추대된 희강왕은 즉위하자마자 김명을 상대등으로, 이홍을 시중으로 임명하였고, 천하의 실권은 왕이 아닌 두 사람에게 집중되었다.

그러나 희강왕은 왕위에 올랐으나 왕으로서의 정통성을 확보하지 못하고 있었다. 새로 즉위한 임금이면 반드시 허리에 차고 있어야 할 옥대가 발견되지 않고 있었기 때문이다. 하늘에 살고 있던 상제가 천사의 힘을 빌려 내려준 천사옥대. 그 옥대를 허리에 차지 않고서는 아무도 희강왕을 대왕으로 인정치 않으려 했던 것이다. 김명은 부하들을 시켜 샅샅이 궁 안을 뒤져보도록 명하였다. 그러나 그 어디에서도 옥대는 발견되지 않고 있었다.

민심을 달래기 위해서 희강왕은 왕위에 오르자마자 사형수를 제외한 모든 죄수들을 대사하여 풀어줬으나 동요하던 인심은 여전히 가라앉고 있지 않았다.

이때 김균정의 아들 김우징은 아직 경주에 남아 있었다. 김명을 비롯한 일당들은 충분히 김우징을 제거할 수 있었으나 민심이 두려워 차마 그를 죽이지 못하고 있었다.

백성들은 김명이 불의에 의해서 김균정을 대내에서 시해하고 불태워버렸음을 잘 알고 있었던 것이다. 따라서 김균정의 아들인 김우징마저 죽인다면 더 많은 인심의 모반이 생길 것을 두려워한 김명은 차마 그를 죽이지 못하고 있었던 것이다.

김우징은 도리어 억울하게 죽은 아버지에 관한 원한의 말을 퍼뜨리고 있었다. 아버지가 불에 타 죽을 때 하늘로부터 받은 천사옥대도 함께 불타 천기를 거슬려 하늘의 노여움을 사게 되었다는 내용이었다.

"죽입시다."

분노한 이홍이 김명에게 말하였다.

"화근의 뿌리는 아예 제거해두는 것이 상책이라고 생각됩니다. 옛말에 이르기를 화생어홀(禍生於忽)이라 하였습니다. 이 말의 뜻은 재앙은 소홀히 여기는 곳에서부터 일어나는 것이라는 말이 아니겠습니까. 김우징은 소홀히 여길 수 없는 화계(禍階)입니다. 그를 반드시 죽여야만 후한이 없을 것입니다."

《삼국사기》에는 이러한 두 사람의 분노에 대해서 다음과 같이 상세하게 기록하고 있다.

아찬 김우징은 앞서 아버지 균정의 죽음에 대해서 원한의 말을 천하에 퍼뜨리니, 김명과 이홍은 이를 듣고 몹시 분노하였다.

자신을 제거하려는 김명과 이홍의 계략을 눈치 빠른 김우징이 모를 리 없었다. 그리하여 그해 5월 김우징은 모든 가족들을 거느리고 몰래 왕성을 빠져나왔다.

그가 도망쳐온 곳은 오늘날의 양산과 김해 사이에 있는 낙동강 포구로서 황산진구(黃山津口)라 불린 곳이었다.

김우징은 이 포구에서 자신을 따라온 잔병들과 함께 강을 거쳐 망망대해로 도망쳐나갔다.

망망대해.

아득히 넓고 끝없이 펼쳐진 바다 한가운데로 나서자 김우징은 기가 막혀 물속으로 뛰어들어 죽고 싶을 정도였다.

불과 몇 달 사이에 아비는 왕위에 오른 지 사흘 만에 난병에게 시해당하고, 그뿐인가. 불에 태워져 시신조차 찾아볼 수 없는 한 줌의 재가 되었다.

궁을 지키던 김양은 어디로 종적을 감추었을까. 김양의 빙부가 김명의 책사인 이홍이고 보면 김양은 벌써 항복을 하고, 이미 적편에 붙어 배신하였음에 틀림이 없을 것이다.

쥐새끼 같은 놈.

김우징은 평소 김양에 대해 편애하였던 아버지와는 달리 그에 대해 별로 좋은 감정을 가지고 있지 않았다.

일찍이 수년 전 김양이 한밤중에 찾아왔다 돌아갔을 때 아버지 김균정은 이렇게 말하지 않았던가.

"…… 나는 이제 더 이상 오래 살고 싶지 않고, 더 이상의 지극한 환락도 필요치 않느니라. 이만하면 살 만큼 살았고, 누릴 만큼 누렸음이다. 그러나 너는 아니지 않느냐. 너는 아직도 충분히 젊고, 젊음의 한때가 아닐 것이냐. 그러니 만일의 일은 반드시 대비해두어야 할 것이 아니겠느냐. 위흔이를 무주의 도독으로 전임시키거라. 위흔이는 영특하고 걸출한 아이니 언젠가는 너를 도와 반드시 결초보은할 것이니라."

그리하여 김우징은 아버지의 명을 받들어 김양을 무진의 도독으로 영전시키지 아니하였던가. 그런데 결초보은이라니.

김우징은 수평선을 바라보며 탄식하여 말하였다.

이렇게 된 것도 따지고 보면 김양 때문이 아니었던가. 김양은 아버지 김균정을 도와 왕위에 옹립하였던 핵심인물이었으며, 또한 궁궐을 지키는 시위병을 지휘하던 군장이었던 것이다. 그는 사전에 김명을 암살하여 제거하였다고 큰소리를 쳤지만 김명은 보다시피 펄펄 살아 날뛰고 있지 아니한가. 따라서 이 모든 참극은 아버지가 영특하고 걸출한 아이라고 칭찬하였던 위흔, 즉 김양 때문인 것이다.

수서양단(首鼠兩端).

구멍에서 머리만 내밀고 좌우를 살피는 쥐새끼의 모습. 두 마음을 가지고 기회를 엿보고 있는 쥐새끼의 모습이 바로 김양의 모습이 아닐 것인가.

내가 바로 머리만 내밀고 좌우의 눈치만 살피는 김양 때문에 이처럼 비참하게 도망가는 신세가 되고 말았구나. 바다로 나아가는 배 안에는 김우징의 가족들과 서너 명의 근신들뿐이었다. 그러나 도대체 어디로 도망쳐나아갈 수 있단 말인가.

그때 김우징의 머릿속으로 떠오르는 인물 하나가 있었다. 그것은 청해진 대사 장보고였다.

그렇다.

이 망망대해에서 도망쳐갈 곳은 장보고가 대사로 있는 청해진뿐이다. 다행히 장보고가 청해진의 대사로 갔을 때 그를 천거한 사람이 바로 당시 시중이었던 아버지 김균정. 그러므로 장보고는 아버지로부터 입은 은덕을 설마 모른 체하지는 않을 것이다.

김우징의 배는 즉시 뱃머리를 돌려 남해로 빠져나아가 청해진을 향해 달려가기 시작하였다.

《삼국사기》에는 이때의 상황을 짤막하게 다음과 같이 기록하고 있을 뿐이다.

> 희강왕 2년 5월.
>
> 우징은 화가 미칠 것을 두려워하여 처자와 함께 황산포구로 달아나 배를 타고 청해진 대사 궁복에게로 가서 의지하였다.

김우징이 밤새 도망쳐 청해진으로 찾아가 장보고에게 몸을 의탁하였다는 소문을 들은 김명은 불과 같이 노하였다. 김명이 김우징을 눈엣가시처럼 생각하여 당장에라도 죽이고 싶어하면서도 차마 죽이지 못하였던 것은 김명의 누이 흔명(昕明) 때문이었다.

상대등 김균정은 상처한 후 후처를 얻었는데, 이 여인이 바로 김충공의 딸이자 김명의 큰누이였던 흔명부인이었던 것이다.

김명이 옹립하여 희강왕이 된 제융도 김명의 누이였던 문목왕후의 부군이고 보면 김명에 의해서 시해당한 김균정도 김명의 매형이고, 새로 왕위에 오른 제융도 똑같은 매형이었던 것이었다.

남편이 난병에 의해서 죽자 흔명부인은 자신의 남동생 김명을 찾아가 울면서 말하였다.

"네가 어찌 한 아비 속에서 나온 골육으로서 내 남편을 죽일 수가 있단 말이냐."

김우징은 자신이 낳진 않았지만 호적상으로는 흔명부인의 아들. 김명은 차마 누님의 남편이었던 김균정과 그의 아들인 김우징을 동시에 한꺼번에 죽일 수는 없었던 것이었다. 그러나 때가 되면 제거하여 훗날의 화근을 없애겠다고 생각하고 있었는데, 어느 날 갑자기 김우징이 쥐도 새도 모르게 도망쳤던 것이었다.

그것도 청해진 대사 장보고에게 몸을 의탁하였다는 것이었다.

장보고.

그는 이미 신라의 조정에서도 함부로 할 수 없을 만큼 막강한 힘을 갖고 있었다. 선왕으로부터 인정받은 1만 명의 군졸들을 거느리고 바다를 진수하고 있었을 뿐 아니라 당나라와 왜에 이르는 남해의 전 바다를 장악하고 막강한 선단을 통해 엄청난 재화를 벌어들이고 있었던 최고의 권력자였던 것이다. 뿐 아니라 그가 다스리고 있었던 청해진은 신라의 법령이 미치지 않는 치외법권지대인 별개 왕국이었던 것이다.

"대왕마마."

김명은 자신이 직접 대왕마마 침전으로까지 쳐들어가 소리쳐 말하였다.

"김우징을 청해진에 몸을 의탁케 한 것은 아찬 예징과 그의 무리들 때문이나이다. 당장에라도 그들을 붙잡아 참형에 처하옵소서."

예징은 김균정의 매서(妹壻)로서 일찍이 함께 힘을 모아 김균정을 옹립하였던 천적이었다. 김명에 의해서 뜻하지 않게 왕위에 오른 제융, 즉 희강왕은 권력에는 뜻이 없었던 백면서생. 침전에까지 칼을 차고 들어와 협박하는 김명의 말에 엉겁결에 승낙은 하였으나 차마 예징을 죽일 수가 없었던 것이었다.

이때 마침 나라에서는 큰 경사스런 일이 있었다.

왕자 김의종(金義琮)이 당나라에서 귀환한 것이었다. 선왕이었던 흥덕대왕 말년에 당나라의 문종에게 보내어 숙위케 하였던 김의종이 신라로 돌아왔으며, 또한 그 뒤를 이어 숙위하던 김충신(金忠信)에게는 금채(錦彩)를 내려 양국간에 우호를 치하하였던 것이다.

금채라 하면 비단을 채색하는 이금(泥金)이나 금가루를 뜻하는 것으로 삼국통일 이후 서로 혈맹관계에 있던 당나라가 비록 쿠데타에 의해 새로운 왕이 즉위했지만 이를 승인하겠다는 뜻을 간접적으로 드러내 보인 경하스런 일이었던 것이다.

더욱이 당나라는 왕자 김의종을 신라로 돌아올 때 문종이 내리는 관작까지 가지고 온 것이었다.

그리하여 6월.

궐내에서는 성대한 주연이 벌어지게 되었다. 주연이 벌어지게 되어 있던 장소는 안압지. 동궁에 속한 연못으로 삼국을 통일한 문무대왕이 이 지상에서의 무릉도원을 만들기 위해서 조성한 정원이었다.

김명은 바로 그 주연에서 아찬 예징과 또한 그의 일당인 양순(良順)을 제거하기로 거사 날짜를 잡고 있었던 것이다.

삼국통일을 이룩한 문무대왕이 고구려와 백제의 문화를 흡수하여 통일신라의 황금문화를 여는 그 첫 번째 시도로 완성한 안압지.

그 안압지에서 마침내 6월 12일. 새 임금의 즉위를 경하하는 성대한 주연이 열리게 된 것이었다. 김명은 옷 속에 갑옷을 입었으며, 또 칼을 감추고 있었다. 김명의 부하인 배훤백도 옷 속에 완전무장을 하고 있었으며, 이홍 또한 칼을 차고 있었다. 원래 임금이 있는 궐내로는 그 어떤 군신도 무장을 하고 입궐할 수 없는 법. 지휘병을 관장하는 무장이 이를 만류하였으나 김명이 눈을 부릅뜨고 소리쳐 말하였다.

"네가 감히 내 앞을 가로막느냐. 네놈이 궁궐을 보호하는 무장이라면 나는 또한 인군을 보호하는 군장이다. 군장이 어찌 칼을 내려놓을 수 있겠느냐."

김명은 이 안압지에서 곧바로 김예징과 김양순을 체포하여 현장에서 참형에 처할 계획을 세우고 있었던 것이다. 그러나 하늘 아래 비밀은 없는 법. 김명의 이러한 계획을 미리 알고 김예징과 김양순은 바로 그 전날 왕경을 도망쳐 배를 타고 청해진으로 망명하였던 것이다.

《삼국사기》에도 이들의 동향을 다음과 같이 기록하고 있다.

> 6월. 균정의 매서인 아찬 김예징과 아찬 김양순은 함께 도망쳐 김우징에게로 갔다.

철통같이 군사로 에워싼 후 함정을 파고 그들을 기다렸으나 마침내 김예징을 비롯한 일당들이 오히려 도망쳤음을 귀띔받은 김명은 분기가 탱천하였다. 특히 그는 자신의 경고를 무시한 무능한 희강왕에 대해 분노가 폭발하였다.

이 무렵 귀족들 사이에서 크게 유행했던 놀이가 있었는데, 이것은 주사위놀이였다.

1975년 3월부터 2년 간에 걸쳐 실시된 안압지 발굴조사에서도 출토된 14면체의 주사위에는 각 면마다 네 자씩의 명문이 운각되어 있는데, 이는 귀족들이 놀 때 주사위를 던져서 나오는 상면(上面)의 문구대로 행동하는 놀이였던 것이다.

오늘날에도 남아 있는 주사위에는 다음과 같은 문구들이 새겨져 있다.

"한 잔 마시고, 크게 웃기(飮盡大笑)"

"석 잔 술을 마시고 한꺼번에 가기(三盞一去)"

"스스로 노래 부르고 스스로 술 마시기(自唱自飮)"

"임의로 노래 청하기(任意請歌)"

귀족들은 술을 마시면서 주사위를 굴려 그 면에 나온 명령대로 행하면서 모처럼 취흥이 도도하였다. 이때 자리에는 김대렴(金大廉)이 있었는데, 그는 일찍이 입당회사(入唐廻使)로 당나라로 갔다가 차의 종자를 가져다 지리산에 심었던 원로대신으로 김균정과 절친한 사이였다.

여러 군신들이 원로대신 김대렴에게 주사위를 던질 것을 건의하였다. 그러자 김대렴은 웃으면서 주사위를 던졌는데, 상면에 나온 것은 다음과 같은 주문이었다.

"코끼리 모양을 하고 코 때리기(象人打鼻)"

이것은 참으로 우스꽝스러운 주문이었다. 김대렴은 비록 노대신이었으나 취흥을 깨지 않기 위해서 코를 잡고 마루 위를 맴돌면서 자신의 코를 때리고 있었다. 대왕을 비롯한 여러 군신들이 크게 웃으면서 즐거워하였으나 화가 난 김명은 여전히 낯을 붉힌 채 울그락 불그락하였다. 분위기가 심상치 않자 많은 귀족들이 김명에게 주사위를 던지라고 권유하였다. 김명은 안 하겠다고 거절하였으나 재삼재사 권유가 잇따르자 일어나 주사위를 집어들고 주위를 돌아보며 이렇게 말하였다.

"주사위를 던져 나오는 문구가 그 어떤 것이라 할지라도 내가 이를 행하겠소이다. 이에 대해 이의가 없소이까."

"물론이나이다."

그러자 김명은 주사위를 던졌다. 다른 사람이 보기 전에 김명은 주사위를 집어들고 상면에 새겨진 문구를 보았다. 그는 이홍에게 술을 따르게 한 후 연거푸 석 잔을 들이켰다. 많은 귀족들은 주사위에 나온 주문이 벌주 석 잔을 거푸 들이키는 문구라고 생각하고 있었는데 갑자기 뜻하지 않은 일이 벌어진 것이었다. 술 석 잔을 다 마신 김명이 벌떡 일어나 뚜벅뚜벅 김대렴 앞으로 다가갔다.

"대감."

김명은 소리쳐 말하였다.

"대감의 목을 주시오. 주사위에는 이렇게 써 있었소이다. '술 석 잔 마시고 적의 목을 베어라' 라고 말이오."

김명의 말은 청천벽력과 같은 소리였다. 주사위의 14면 중 그 어디에도 '술 석 잔 마시고 적의 목을 베어라(三盞斬首)' 란 문구는 새겨져 있지 않음을 주연에 참석하고 있던 모든 귀족들은 알고 있었던 것이다.

더구나 김대렴은 김명의 적이 아니었다.

김대렴은 흥덕대왕 3년(823) 당나라에 사신으로 갔다가 귀국할 때 차의 종자를 가지고 와 흥덕대왕이 지리산에 심게 하였던 외교관 출신의 노대신이었던 것이다.

오늘날에도 유명한 경상남도 하동군 쌍계사에서 재배된 차는 이때 김대렴이 심은 차의 종자로 김대렴은 '차의 아버지' 라고 불리던 원로 귀족이었다. 그것을 모르는 김명이 아니었다.

그런데도 김명이 목을 벨 반적으로 김대렴을 지목한 것은 그가 죽은 상대등 김균정의 오랜 벗이었기 때문이며, 도망친 김우징과 김예징 등 천적에 대한 분노를 풀고 이들을 방치한 희강왕의 무능에 대해 경고를 내리기 위해서이기도했다. 이를테면 속죄양으로 삼은 것이었다.

"허니, 대감은 목을 주시오. 주사위에 나와 있는 주문대로 대감의 목을 베어야겠소."

김명이 눈을 부릅뜨고 호령을 하자 흥겨웠던 주연은 단번에 싸늘하게 변하고 말았다.

"뭣들 하고 있느냐. 어서 대감을 끌어내지 못하겠느냐.""

김명이 명령을 하자 숙위하고 있던 배훤백이 다가가 김대렴을 포박하였다. 김대렴은 몸을 부들부들 떨고 있었으나 그 어떤 군신들도 이를 만류하지 못하고 있었다. 어좌에 앉아 있던 희강왕도 바라만 보고 있을 뿐 속수무책이었다.

그때였다. 자리를 박차고 일어서 소리치는 사람이 있었다.

"왜들 이러십니까."

사람들은 모두 그를 바라보았는데 그는 김흔이었다. 그는 얼마 전까지 강주(康州, 지금의 진주)의 대도독이었다가 아찬에 올라 상국(相國)을 겸하고 있었던 귀족이었다. 김흔은 김양의 사촌 형이지만, 그럼에도 불구하고 김명은 김흔을 마음속 깊이 존경하고 따르고 있었던 인격자였다.

김명이 김흔을 흠모하고 있었던 것은 김명의 아버지 김충공이 생전에 그를 '정신이 밝고 빼어났으며, 그릇이 깊고 크다(精神明秀器宇深沈)' 고 칭찬하고 있었으며, 따라서 김충공의 천거에 의해 당나라의 조공사로 들어가 뛰어난 활약을 벌였기 때문인 것이었다.

"오늘은 대왕마마 어전에서 즉위를 경하하는 연회를 베푸는 흥겨운 잔칫날이요. 어찌하여 이 좋은 날 끔찍한 참화를 일으키려 하시나이까."

김흔이 나서서 가로막자 김명이 크게 웃으며 말하였다.

"상국은 나서지 마십시오. 자고로 적은 밖에 있는 것이 아니라 안에 있는 것이오. 옛말에 이르기를 의관지도(衣冠之盜)라 하였소. 조복을 훔쳐 입은 도둑이란 말로 대감은 실로 관복을 훔쳐 입은 도둑인 것이오."

김흔이 재차 말렸으나 김명은 막무가내였다. 배훤백이 김대렴을 포박하고 밖으로 끌어내었다. 주연에 참석하였던 귀족들의 흥이 파하여 이미 파장이 되었으나 김명이 다시 주사위를 집어들고 이홍에게 웃으며 말하였다.

"자, 다음 차례는 대감이오. 그러니 어서 주사위를 던지시오."

이홍은 서슴지 않고 주사위를 집어들었다. 그는 보란 듯 마루 위에 주사위를 굴렸다. 주사위가 멎자 상면에는 다음과 같은 명문이 나타났다.

"스스로 노래 부르고 스스로 술 마시기(自唱自飮)"

그러자 이홍은 스스로 술잔에 술을 따라 한꺼번에 들이킨 후 이렇게 말하였다.

"주사위에 나온대로 술을 한 잔 크게 마셨으니 이제는 크게 노래를 부르겠소이다."

그러고 나서 이홍은 연못가로 내려가 화려하게 피어난 꽃 한 송이를 꺾어 들었다.

이홍은 꽃 한 송이를 꺾어 들고 자리로 돌아와 춤을 추면서 노래를 부르기 시작하였다. 이홍이 부른 노래는 다음과 같았다.

부인께서 암소 잡은 나의 손을 놓게 하시고
나를 부끄러워하시지 않으신다면
붉은 바위 곁에 피어난 꽃을
꺾어 부인께 바치오리다.

이는 예부터 내려오는 신라의 향가로 남녀의 사랑을 노래한 연가였다. 원래 이 노래는 신라 33대 성덕왕 때 한 늙은 노인에 의해서 불린 향가로《삼국유사》에 실려 있는데 그 유래는 다음과 같다.

성덕왕 때 순정공(純貞公)이 강릉태수로 부임할 때 해변에서 점심을 먹게 되었다. 그 곁에는 높이가 1천 길이나 되는 돌산 봉우리들이 병풍처럼 바다에 닿아 있었는데, 그 위에 철쭉꽃이 만발하여 있었다.

순정공의 부인 수로가 그 꽃을 보고 좌우의 종자들에게 꽃을 꺾어 바칠 사람이 없냐고 묻자 모두가 사람의 발길이 닿을 수 없어 불가능하다고 대답하였다. 이때 마침 그 곁으로 암소를 끌고 가던 노옹이 수로부인의 말을 듣고 바위로 올라가 그 꽃을 꺾어들고 부인에게 바치며 노래를 불렀던 것이었다.

이로부터 그 노래는 〈헌화가(獻花歌)〉로 불리게 되었는데, 수로부인은 우리나라 역사상 최고의 미인.

《삼국유사》에서는 수로부인의 미모를 다음과 같이 표현하고 있다.

"원래 수로부인은 절세의 미용(美容)이었다."

그로부터 이 노래는 남자가 자신의 사랑을 고백하는 노래로 신라에서 대유행하고 있었으며, 바위 위에 피어난 철쭉꽃을 바치는 행위는 구애로, 그 꽃을 받아들이는 여인의 행위는 성애를 은유하는 사랑노래로 널리 퍼져나가 있었던 것이었다.

노래를 마친 이홍은 꺾은 꽃을 들고 어좌 옆에 앉아 있는 문목왕후 앞으로 다가갔다.

이홍은 그 꽃을 왕비 앞에 두 손으로 올려 바쳤다. 이를 본 귀족들의 마음은 조마조마하였다. 〈헌화가〉를 부르며 왕비에게 꽃을 바치는 행위는 실로 오만불손한 행위였던 것이다. 대왕마마의 정비에게 꽃을 바치는 것은 신하로서는 감히 할 수 없는 방자한 행동이었던 것이었다.

그때였다.

김대렴을 포박하여 사라졌던 배훤백이 돌아왔는데 그는 접시 위에 김대렴의 참수된 머리를 올려놓고 있었다. 김명은 김대렴이 앉았던 빈자리에 그 머리를 놓은 후 소스라쳐 놀란 군신들에게 껄껄 소리내어 웃으며 말하였다.

"반적이 사라졌으니 이제부터 진짜 주연이 시작되었소이다. 자, 마음놓고 마음껏 술 마시고, 마음놓고 노래하고 춤을 추시오."

성난 김흔이 자리를 박차고 일어서 나가고 모든 귀족들이 혼비백산하여 우왕좌왕하였다.

이를 본 문목왕후가 혼절하였으며, 희강왕은 황망히 안압지를 떠났다.

그날 밤.

희강왕은 왕비에게 울면서 말하였다.

"내가 아무래도 자리를 보전하지 못할 것 같소이다."

《삼국사기》에는 희강왕이 "스스로 온전치 못할 것임을 알았다"고 기록하고 있다. 그는 자신이 김명에 의해서 허수아비 왕으로 추대되었음을 알고는 있었으나 언젠가는 김명에 의해서 자신의 목숨조차 온전치 못할 것이라는 불길한 예감을 비로소 느끼게 되었던 것이다.

희강왕이 울면서 탄식하자 문목왕후가 달래며 말하였다.

"김명은 제 아우이니 제가 한번 달래보겠습니다."

부인의 말을 들은 희강왕이 머리를 흔들며 말하였다.

"이미 상대등은 제 누이의 남편인 김균정을 시해했소이다. 상대등이 원하는 것은 김대렴 대감의 목이 아니라 실은 내 목인 것이며, 또한 상대등이 원하는 것은 내 목이 아니라 인군의 자리인 것이오."

희강왕의 불길한 예감은 곧 현실로 드러나게 된다. 신라왕조 사상 일찍이 볼 수 없었던 피바람이 다시 불어닥치게 된 것이다.

한편 이 무렵 김양은 어디서 무엇을 하고 있었을까.

김양이 숨었던 산야는 기록에 의하면 백률사(栢栗寺) 일대라고 한다. 오늘날에도 남아 있는 백률사는 경주시 동천동 금강산 기슭에 있는 사찰이다.

이 절에는 대비관음상(大悲觀音像)이 있었는데, 영험하고 신이(神異)가 많기로 유명한 불상으로 그 유례가 《삼국유사》에 상세하게 기록돼 있을 정도였던 것이다.

그 대비관음상은 아마도 임진왜란 때 불에 타버렸을 것이고, 그 대신 국보 제28호인 금동약사여래입상이 유명한데, 지금은 경주박물관에 보관돼 있는 이 불상은 현존하는 통일신라시대 최고의 금동불상인 것이다.

김양이 숨어 때를 기다렸던 산야는 바로 이 백률사 경내였던 것이다. 김양은 김명이 이끄는 군사들과 맞서 싸우다 배훤백이 쏜 화살을 다리에 맞았는데 그가 맞은 화살에는 독이 묻어 있었다.

매년 7, 8월이 독약 채취의 절정기로 당시 화살은 그 화살보다는 화살에 묻어 있는 맹독이 더욱더 치명적이었던 것이다.

다행히 화살을 맞은 순간 염장이 화살촉을 빼내고 상처부위에 입을 대고 피를 빨아내 응급조치를 함으로써 즉사는 면하였으나 곧 온몸으로 독이 퍼져나가 김양은 가사상태에 빠져버린 것이다.

김양이 몸을 피한 백률사는 경주의 북산인 금강산에 위치한 사찰로 그 절의 주지는 평소에 김양과 안면이 있었던 월여(月如)스님이었던 것이다. 주지는 일단 남의 눈을 피하기 위해 김양의 머리를 깎고 법의를 입혀 스님으로 만들었으나 김양은 곧 전신이 통통 붓고 의식을 잃은 산송장이 되고 말았다.

이홍도 도망치는 사위 김양이 어차피 죽은 목숨이라 여겨 살려 보내줄 정도였다. 치명상을 입고 있던 김양이 기적적으로 소생한 것은 야생초 때문이었다.

월여스님은 사찰 뒷산에 자생하고 있는 차전초(車前草)를 구해다 입에 가득 넣어 씹은 후 매일같이 상처부위에 짓이겨 발랐던 것이었다.

차전초는 흔히 질경이라고 불리는 잡초였다. 해마다 봄철이면 산속에 지천으로 자라나는 질경이는 흔히 나물로 먹으면서 춘궁을 벗어나곤 하는 구황초(救荒草)였는데, 이 풀잎에는 화농을 막고, 독을 제거하며, 고름을 빨아내는 신비한 약효가 있었던 것이다.

이 차전초가 김양의 온몸에 퍼진 독을 빨아들여 해독하였기 때문일까. 김양은 사흘 만에 의식을 되찾았으나 온몸은 여전히 퉁퉁 붓고 마비상태에 빠져 꼼짝할 수가 없었다.

그동안 온 신라에서는 김양이 적판궁을 지키다가 난병의 칼에 맞아 살해됐으며, 그의 시신도 궁이 탈 때 함께 소실돼 흔적도 없이 사라졌다는 소문이 파다하게 퍼져나가고 있었던 것이다.

그것이 벌써 2년 전의 일.

김양을 이곳까지 업고 피신하였던 염장과 이소정은 고향인 무주로 도망쳐버리고 김양은 홀로 백률사에 남아 중 아닌 중노릇을 하면서 2년 간 절치부심하고 있었던 것이다.

절치부심(切齒腐心).

몹시 분노하여 이를 갈고 속을 썩인다는 뜻으로 김양은 단 하루도 복수를 맹세하지 않는 날이 없었다.

마비가 되었던 몸은 차츰차츰 풀려 1년이 지난 후에는 다시 예전처럼 완전히 회복되었으나 김양은 여전히 산야에 숨어 염불을 외며 목탁을 두드리고 있었다.

김양은 비록 산야에 숨어 있었으나 긴박하게 돌아가는 정세를 날카롭게 주시하고 있었다.

김균정을 시해하고 자신을 몰아낸 김명 일당은 마침내 제융을 옹립하여 왕위에 즉위시켰다. 그러나 제융은 오랫동안 왕위에 머무르지 못할 것이다.

김양은 잘 알고 있었다.

실제로 왕위에 오르고 싶은 사람은 제융이 아닌 김명인 것이다. 김명은 자신이 왕위에 오르고 싶은 권력에 대한 욕망으로 김균정을 죽이지 않았다는 명분을 얻기 위해서 임시로 제융을 허수아비로 내세운 것뿐이다.

왕망(王莽).

중국 전한 말의 정치가. 갖가지 권모술수를 써서 사실상 선양혁명(禪讓革命)을 일으켜 황제의 권력을 빼앗았던 야심가. 9세의 평제(平帝)를 옹립하여 황제에 오르게 하였으며, 자신의 딸을 황후로 삼아 정치를 한 손에 쥐었으나 나중에는 황제까지 독살하고 '왕망이 황제가 되라' 는 하늘의 의사표시로 간주되는 날조된 우물을 발견함으로써 민심을 모았던 가황제(假皇帝).

그러나 왕망은 마침내 오행참위설을 이용하여 실제로 황제가 되지 않았던가.

마찬가지로.

김양은 불을 보듯 분명하게 알고 있었다.

지금은 김명이 허수아비인 희강왕을 내세우고 자신은 가왕(假王)으로만 만족하고 있으나 불원간 김명은 희강왕을 독살하고 자신이 실제 왕으로 즉위할 것이다.

왕망은 민심을 조작하지 않았던가. '안한공(安漢公) 왕망은 황제가 되라' 는 붉은 글씨가 새겨진 흰 돌이 우연히 발견된 것처럼 꾸미지 아니하였던가.

김명은 왕망처럼 선양혁명을 일으키려고 하고 있는 것이다. 따라서 머지않아 조정에서는 또 다른 피비린내 나는 혈투가 벌어지게 될 것이다.

김양의 예견은 적중되었다.

모든 대신들로부터 존경을 한몸에 받고 있던 원로귀족인 김대렴이 어전에서 벌어진 주연에서 참수되어 목이 베어졌다는 비보가 전해진 것이었다.

또다시 때가 오고 있다.

김양은 아침저녁 백률사의 관음상 앞에서 불경을 외면서 회심의 미소를 짓고 있었다.

김명이 죽이고 싶은 사람은 김대렴이 아니라 희강왕인 것이다. 머지않아 김명은 희강왕을 죽이고 스스로 왕위에 오를 것이다.

그렇게 되면 결과는 분명해지는 것이다. 스스로 황제가 되었던 왕망이 마침내 장안의 미앙궁(未央宮)에서 부하에게 찔려죽듯 비참하게 멸망하게 될 것이다.

왜냐하면 김명이 왕위에 오른다는 것은 천도를 거스르는 일이므로. 칼로써 왕위에 오른 사람은 반드시 칼로써 망하게 되는 법이다. 김명이 희강왕을 죽이고 왕위에 오른다면 그는 이미 두 번이나 왕을 죽이고 왕위에 오르는 천인공노의 죄를 저지르는 것이다.

옛말에도 있지 아니한가.

천망회회소이불루(天網恢恢疎而不漏).

즉 하늘의 그물은 코가 넓어서 걸릴 것이 없어 보이지만 결코 빠뜨리는 일이 없다는 뜻이 아닐 것인가. 즉 '선은 반드시 흥하고, 악은 반드시 망한다'는 뜻이 아니겠는가.

더구나 김균정의 아들 김우징뿐 아니라 그의 일당인 예징과 양순은 청해진으로 망명하여 대사 장보고에게 몸을 의탁하고 있지 아니한가.

나도 언젠가는 때를 기다려 염장을 비롯한 잔병들을 거느리고 청해진으로 들어가 그들과 힘을 합칠 것이다. 힘을 합쳐 태양을 두고 맹세하였던 대로 원수를 갚고 김균정의 아들 김우징을 왕위에 즉위시킬 것이다.

싸움은 아직 끝이 난 것이 아니다. 이제부터가 시작인 것이다.

그런데 바로 이 무렵 뜻하지 않은 일이 김양에게 일어나게 되었다.

어느 날 갑자기 김양의 아내인 사보부인이 딸을 데리고 백률사에 나타난 것이었다.

김양으로서는 전혀 생각지 않았던 뜻밖의 일이었다. 물론 사보부인은 겉으로는 관음상 앞에서 불공을 드린다는 핑계로 행차하였으나 실제로는 절에 은둔해 있는 남편을 만나러 온 것이었다.

김양은 아내와 딸을 만나자 크게 놀랐다. 어떻게 해서 승복을 입고 중 아닌 중노릇을 하면서 숨어 있는 자신의 존재를 아내가 눈치챘을까 하는 충격 때문이었다.

아내가 자신의 은신처를 알고 있다면 김명을 비롯한 불구대천의 원수들도 자신이 숨어 있음을 이미 알고 있다는 사실이 아닐 것인가.

그제서야 김양은 자신이 염장에게 업혀 도망칠 무렵 장인 이홍의 군사에게 발각되어 현장에서 참형에 처해질 위험 속에 있었다는 사실을 뒤늦게 아내로부터 전해듣게 되었던 것이다.

그러므로 이홍은 알고 있었다.

김양이 도망칠 곳이야 북산인 금강산 일대에 불과할 것임을. 김양이 죽어 시체가 된다 하더라도 금강산에 묻힐 것이요, 다행히 살아 목숨을 건진다 해도 금강산에 있는 백률사 일대를 벗어나지 못할 것이다.

이홍은 은밀히 사람을 보내어 백률사의 동정을 살피다가 마침내 사위 김양이 살아 있음을 확인하고 수레에 태워 사보부인과 딸을 보냈던 것이다.

"아버님께오서는 서방님께오서 더 이상 숨어 계시지 마시옵고, 한시 빨리 조정으로 들어오시라고 말씀하셨나이다."

한적히 떨어진 암자에서 사보부인은 김양에게 말하였다. 김양은 잘 알고 있었다. 장인 이홍은 김균정을 죽이고 제융을 왕위에 오르게 하는 데 일등공신으로 시중위에 올라 있음을. 따라서 이홍이 권력서열의 제2인자인 시중위에 있는 한 숨어 있던 백률사에서 벗어나 이홍에게 의탁한다면 목숨을 부지할 수 있음을.

"아버님께오서는 서방님께오서 조정에 들어오시면 전과는 묻지 아니하옵고 서로 힘을 합쳐서 경국의 대업을 도모하시자고 하셨습니다."

경국의 대업.

나라를 다스리는 큰 사업. 김양은 아내를 시켜 전한 장인 이홍의 야심이 무엇임을 이미 꿰뚫어보고 있었다. 장인이 말하는 경국의 대업은 다시 왕위를 찬탈하자는 유혹이 아닐 것인가.

그날 밤.

김양은 모처럼 아내와 딸과 더불어 외딴 암자에서 밤을 보내게 되었다. 그러나 김양은 좀처럼 잠을 이룰 수가 없었다.

빙장 이홍은 자신의 딸이자 김양의 부인인 사보를 시켜 최후의 통첩을 해온 것이다.

우리는 네가 숨어 있는 곳을 알고 있으니 이 통첩을 받아들인다면 목숨을 부지할 수 있을 것이지만 만약 이 통첩을 받아들이지 아니한다면 그땐 군사를 풀어 백률사를 포위하고 잡아들이겠다는 최후의 선택을 물어온 것이었다.

김양은 심란하여 좀처럼 잠을 이룰 수가 없었다. 아내의 말을 받아들여 이홍에게 투항한다면 당장에는 목숨을 부지할 수 있겠지만 언젠가는 김명에게 척살되어 버려질 것이다.

그렇다면 남은 방법은 단 하나, 날이 밝기 전에 백률사를 도망쳐 또 다른 곳으로 피신하는 방법뿐인 것이다.

자신이 도망갈 곳은 오직 하나. 그곳은 김균정의 아들인 김우징이 망명해 있는 청해진뿐이다. 그러나 또한 김양은 잘 알고 있었다.

아버지 김균정과는 달리 김우징은 자신을 별로 좋아하고 있지 않음을. 김우징은 이 모든 비극이 김양 자신 때문이라고 생각하고 있을 것이다.

또한 의심이 많은 김우징은 김양이 어떻게 그 혼란의 와중에서 죽지 않고 살아남았을까 하고 의심할 것이다.

더구나 김양의 빙장이 반적 이홍이라는 사실을 김우징은 정확히 알고 있음이 아닐 것인가. 설혹 김양이 무사히 청해진까지 도착해 몸을 의탁한다고 하더라도 무슨 음모를 갖고 온 첩자라고 생각할 것임에 틀림이 없을 것이다.

진퇴유곡(進退維谷).

앞으로 나아갈 수도, 뒤로 물러갈 수도 없는 궁지. 김양은 순간 자신이 바로 그 궁지에 빠지게 되었음을 깨닫게 되었다.

앞으로 나아가 장인 이홍에게 몸을 의탁하여도 죽을 것이고, 뒤로 물러가 청해진에 망명해 있는 김우징에게 돌아간다 하더라도 의심을 받아 죽을 것이다. 그러니 어찌할 것인가.

그 순간.

물끄러미 촛불을 바라보면서 상념에 잠겨있던 김양에게 문득 떠오르는 생각이 있었다. 이 사면초가의 궁지를 벗어날 수 있는 방법이 아주 없는 것은 아니다. 그것은 김우징으로부터 의심을 받을 수 있는 화근을 아예 제거하는 일이다. 김우징이 김양을 의심하는 것은 그가 이홍의 사위라는 사실이며, 그 때문에 환란에서도 살아남았으리라고 의심하고 있는 것이다.

옛말에 이르기를 의심하는 마음이 있으면 있지도 않은 귀신을 낳는다고 하지 않았던가. 따라서 의심하는 마음이 있으면 무서운 망상이 일어나 올바른 판단을 그르치게 된다는 말이다.

김양은 자신의 무릎을 내리치면서 생각했다. 한나라의 고조 유방으로부터 반역의 의심을 받은 한신은 자신을 죽이기 위해서 입궐하라는 명령에 불안을 느끼자 그의 근신은 이렇게 충고하지 않았던가.

"종리매의 목을 쳐서 가져가신다면 폐하께서도 노여움을 풀고 기뻐하실 것입니다."

근신의 말을 듣고 한신은 자신에 대한 불신을 없애기 위해서 종리매의 목을 가지고 유방을 배알하지 않았던가.

그뿐인가. 진나라의 시황제를 살해하려던 형가(荊軻)는 시황제의 신임을 얻기 위해서 깊은 생각 끝에 진나라의 장군으로 연나라에 망명해 있던 번어기의 목을 잘라 그것을 선물로 삼아 시황제를 만날 수 있지 않았던가.

그렇다. 김양은 고심 끝에 결론을 내렸다.

백일을 두고 복수를 맹세하였으므로 이대로 조정으로 돌아가 장인에게 용서를 빌고 구차하게 생명을 연명할 수는 없다. 그렇다면 남은 방법은 오직 하나. 날이 밝기 전에 백률사를 도망쳐 청해진으로 탈출하는 것뿐이다. 그러나 그 전에 할 일이 있다. 한신이 유방의 신임을 얻기 위해 종리매의 목을 베고, 형가가 시황제의 신임을 얻기 위해 번어기의 목을 자르듯 내게도 김우징의 의심을 벗어나버리기 위해서 반드시 가져가야 할 목숨이 있다.

그것은.

바람도 없는데 깜빡이며 타오르고 있는 촛불을 바라보면서 김양은 생각하고 또 생각하였다.

그것은 바로 저곳에서 잠들어 있는 아내의 목숨인 것이다. 아내 사보는 반적 이홍의 딸. 김양 자신이 이홍과 무관한 관계임을 입증하는 유일한 증거는 아내 사보와 인연을 끊는 일인 것이다. 내가 만약 아내 사보의 목을 베어 그 목을 갖고 김우징에게 갈 수 있다면 김우징은 자신을 추호도 의심하지 않을 것이다.

생각이 여기에까지 미치자 김양은 타오르는 촛불로 가까이 다가가 밑둥에 칼로 금을 그었다. 그러고 나서 망설이지 않고 잠든 아내를 흔들어 깨웠다. 밤은 깊고 별빛조차 없는 어둠뿐이었으며 방 안에는 오직 촛불 하나만 어둠을 밝히고 있을 뿐이었다.

"부인께서 하신 말씀 곰곰이 생각해보았소이다. 장인께오서 한시 빨리 조정으로 들어와 서로 힘을 합쳐서 경국의 대업을 도모하자는 말씀, 밤새도록 생각해보았소이다. 그러나 심사숙고해본 결과 그렇게 할 수는 없다고 결론을 내렸소이다. 뿐만 아니라 날이 밝기 전에 나는 이 백률사를 떠나 다시 숨기로 결심하였소이다. 이미 장인어른의 가는 길과 내가 가는 길은 서로 달라 같은 하늘을 이고 살 수 없는 불구대천의 원수가 되고 말았소이다."

사보부인은 묵묵히 김양이 하는 말을 들었다. 애초부터 사보부인은 김양이 자신을 사랑하고 있지 않음을 잘 알고 있었다. 남편이 사랑했던 여인은 따로 있음이었다.

김양이 마음속으로 사랑하고 있던 여인은 정명으로 바로 김양의 원수인 김명의 누이였던 것이다.

일찍이 김양의 조부였던 종기가 김충공과 더불어 혼약을 맺었으나 김양의 집안이 김헌창의 반란에 연루되자 이 혼약은 자연 깨어졌으며, 그 대신 김양의 사촌 형인 김흔의 정실부인이 되었던 것이었다.

빼어난 미인이었던 정명.

사보부인은 남편의 마음속에는 자신이 아니라 정명이 자리잡고 있음을 잘 알고 있었던 것이다.

남편 김양의 입에서 흘러나온 말.

같은 하늘을 이고 살아갈 수 없는 불구대천의 원수. 그 원수가 바로 자신의 아버지 이홍이 아닐 것인가.

"부인께오서는 이 말을 알고 계시오?"

김양은 붓을 들어 종이 위에 글씨를 써 내렸다. 사보는 김양이 쓴 글씨를 쳐다보았다.

"大義滅親"

사보가 자신이 쓴 글씨를 읽어내리자 김양이 물어 말하였다.

"이 글자는 무엇이오?"

"대의멸친이라 하나이다."

"그러하면 이 말의 뜻은 알고 있소이까."

"옛 춘추시대 때 공자 주우가 모반하여 이복 형인 환공을 시해하고, 스스로 군후의 자리에 올랐을 때 충신으로 이름났던 대부 석작은 자신의 아들 석후가 주우를 도와 반역을 일으키자 두 사람에게 '천하의 종실(宗室)인 주왕을 예방하여 천자를 배알하고 승인받는 것이 좋을 것이다' 라고 유혹한 후 두 사람을 진공에게 보냅니다. 그후 밀사를 보내어 진공에게 이렇게 말한 데서 비롯된 말입니다.

'가까운 날에 귀공께 가는 주우와 석후는 군주를 해친 역적입니다. 바라옵건대 역적을 필히 처단하여 대의를 바로잡아주옵소서.'

이같은 석작의 전갈을 듣고 진공은 주우와 석후 두 사람을 곧 처형하였습니다. 이를 보고 사람들은 '대의가 골육의 친(骨肉之親)을 멸했다' 고 말하였습니다. 대의멸친이란 바로 여기에서 나온 말입니다."

사보부인은 또박또박 대답하였다. 명석하고 영민한 평소의 성격 그대로 사보부인은 막힘이 없었다.

사보부인의 말은 사실이었다.

아버지 석작은 대의를 위해 골육의 친을 멸하고 자신의 아들 석후까지 죽여버렸던 것이었다. 여기에서 국가나 사회의 보다 큰 대의를 위해서는 혈육의 정도 돌보지 않는다는 '대의멸친' 이란 성어가 태어난 것이었다.

"그렇소이다."

김양이 대답하였다.

"부인의 말씀대로 대의를 위해서는 아버지가 자신의 아들까지 멸친하였나이다. 공자 주우가 모반하여 이복 형 환공을 시해하고 스스로 군후의 자리에 오른 것은 대의가 아니라 불의이기 때문이나이다. 마찬가지로 김명이 상대등을 시해한 것 역시 불의이나이다. 주우의 심복 석후가 주우를 도와 반역하였던 것도 불의였던 것처럼 장인어른이 김명을 도와 반역하였던 것도 불의 중의 불의이나이다. 하오니 어찌 내가 장인의 뜻을 따를 수 있겠소이까."

잠시 말이 끊겼다. 두 사람은 아무런 말도 없이 계곡을 향해 쏟아져 내리는 밤바람 소리를 듣고 있었다. 오랜 침묵 끝에 사보가 입을 열어 정적을 깨뜨렸다.

"하오면 제가 감히 묻겠사오니 정히 답하여 주시겠사옵니까."

"여부가 있겠습니까."

"좀 전에 서방님께오서는 저의 아버님을 가리켜 함께 같은 하늘을 이고 살 수 없는 불구대천의 원수라 말씀하셨습니다. 저는 서방님의 정처이나이다만 또한 골육인 아버지의 딸이기도 하나이다. 하오니 다시 묻겠습니다. 저는 함께 같은 하늘 아래서 살아갈 수 없는 원수입니까, 아니면 나으리와 생사고락을 함께 할 조강지처이옵니까."

사보는 똑바로 김양의 얼굴을 쳐다보며 물었다. 조금도 물러서거나 망설임이 없는 당당한 눈빛이었다. 한참을 묵묵부답하던 김양은 마침내 입을 열어 대답하였다.

"부인께오서 물으시니 대답하겠나이다. 부인은 더 이상 내게 있어 조강지처가 아니나이다. 부인은 내게 있어 같은 하늘을 이고 살아갈 수 없는 원수의 딸일 뿐이나이다."

결코 두말이 있을 수 없는 결정적인 일언이었다. 그러나 사보부인의 표정은 조금도 변하지 않았다. 사보부인의 표정은 여전히 차갑고 얼음처럼 냉정하게 가라앉아 있었다.

"그러면 다시 묻겠습니다. 이번에도 정히 대답하여 주시겠습니까."

"여부가 있겠습니까."

김양은 다시 대답하였다.

"제가 불구대천 원수의 딸이라면 대의를 위해 저를 멸친하시겠습니까."

김양은 단숨에 대답하였다.

"물론이나이다."

그것으로 모든 말이 끝난 셈이었다. 더 이상 무엇을 묻고 더 이상 무엇을 더 대답할 수가 있겠는가.

이때 가까운 절에서 범종소리가 들려오기 시작하였다.

"댕댕댕."

지옥에 있는 중생들을 위해 울려 퍼지는 종소리와 함께 새벽 예불을 알리는 법고소리도 들려오고 있었다. 그러자 김양은 일어서며 말하였다.

"새벽 예불에 참예할 시간이니 이만 물러가겠소이다, 부인."

김양은 물러가기 전에 방 한구석에 잠들어 있는 딸을 물끄러미 바라보았다. 이제 겨우 대여섯 살의 딸의 모습을 보자 김양은 가슴이 무너지는 듯하였다.

김양은 누구보다 자신의 딸 덕생(德生)을 사랑하고 있었던 것이다. 2년 만에 본 덕생은 많이 자라 이미 아이의 경계를 벗어나 있었다.

새벽예불에 참예한다고는 하지만 그것은 한갓 핑계일 뿐 이것으로 또 한 번의 이별이었다. 언제 또다시 만날 것을 기약할 수 없는 이별이었으므로 잠든 딸아이의 얼굴을 만지는 김양의 손이 가늘게 떨리고 있었다. 딸과의 이별을 나눈 김양은 사보부인을 쳐다보며 이렇게 말하였다.

"불을 켜놓은 촛불 밑둥에 이미 금을 그어놓아 두었소이다. 날은 곧 밝을 것이나이다."

김양은 뜻 모를 말 한마디를 남기고 사라졌다. 사보부인은 꼼짝도 하지 않은 채 앉아서 김양이 마지막으로 던지고 간 말을 새기고 있었다.

'촛불 밑둥에 금을 그어두었다' 는 말은 '촉각장중(燭刻場中)' 이란 말로 예부터 과거를 보는 과장 안에서는 글 짓는 시간을 제한하기 위해서 불을 켜놓은 초에 선을 긋는데서 비롯된 말이었던 것이다.

즉 그어놓은 선에 촛불이 닿을 무렵이면 시간이 끝났으니 더 이상 글을 지을 수 없다는 일종의 제한시간을 가리키는 방법이었던 것이다.

남편 김양의 말은 미리 촛불의 밑둥에 금을 그어두었으니 그 금에 촛불이 닿을 시간까지 마음을 결정하여 이를 실행에 옮기라는 준엄한 뜻이었다.

이미 남편은 말하지 않았던가. 자신은 함께 하늘을 이고 살아갈 수 없는 원수의 딸이며, 또한 대의를 위해서는 반드시 멸친해야 할 장애물이라고 말하지 않았던가.

그러므로 '촛불 밑둥에 금을 그어두었다' 는 남편의 말은 정해진 시간 안에 스스로 목숨을 끊어 자결하라는 명령이 아닐 것인가.

사보는 불현듯 품속에서 은장도를 꺼내 들었다. 은장도는 은으로 만든 작은 칼로 평소에는 장식용으로 차고 다니는 노리개였으며, 유사시에는 자진하여 죽을 수 있는 패도이기도 하였다.

김양의 말대로 촛불의 밑둥엔 한눈에 알아볼 수 있을 정도로 날카로운 선이 그어져 있었다. 그렇다면 남편 김양은 자신을 깨우기 전부터 정해진 시간 안에 자신을 죽일 것을 결심하고 있었던 것이 아니었을까. 사보는 잘 알고 있었다.

남편 김양은 권력의 화신인 것이다. 그러므로 원수 이홍의 딸인 자신이야말로 남편의 입신양명을 가로막는 걸림돌인 것이다.

죽어라.

촛불 밑둥에 미리 금을 그은 남편의 속마음은 바로 그것인 것이다. 정해진 시간 안에 스스로 목숨을 끊어 죽어버려라.

이 무렵 김양은 백률사의 법당을 나서고 있었다. 법당 앞 돌 위에는 이상한 발자국 하나가 남아 있었다. 이에 대해《삼국유사》에는 다음과 같이 기록되고 있다.

> 계림의 북산은 금강령이라고 한다. 산 남쪽에 백률사가 있고, 그 절에 대비의 상이 하나 있는데, 그 만든 시초는 알 수 없으나 자못 영험이 있었다. 혹은 말하기를 이것은 중국의 신장이 만든 것이라는 소문이 있다. 속설에는 부처님이 일찍이 도리천에 올라갔다가 돌아와 법당에 들어갈 때 밟았던 돌 위에 새겨진 발자국이 지금까지 온전히 남아 있는 것이라고 한다…….

김양은 부처님이 새겨놓은 발자국이라고 일컬어지는 흔적을 밟으며 소리내어 중얼거려 말하였다.

"부처님의 가피로 무사히 도망칠 수 있도록 도와주소서. 나무아미타불 관세음보살."

김양은 승복을 입은 그대로 법당을 나와 산문을 나섰다.

아직 동은 트고 있지 않았지만 어둠 속에는 희미하게 새벽의 여명이 스며들어 있어 시야는 가리지 않고 있었다. 될 수 있는 대로 날이 밝기 전에 백률사에서 멀리 떨어진 곳으로 도망쳐 벗어나야 할 것이다. 그래야만 이홍의 군사들로부터 체포되지 않을 것이다.

김양은 잘 알고 있었다.

아내 사보는 자결하여 죽을 것이다. 평소 김양은 아내의 성격에 대해 잘 알고 있었다. 애초부터 서로간의 애정은 없었던 정략적인 혼인이 아니었던가.

김헌창의 난으로 풍비박산이 된 김양으로서는 경주의 신흥귀족 세도가였던 이홍의 막강한 권세가 필요하였으며, 이홍은 또한 태종 무열왕의 직계후손인 김양이 가지고 있는 명예가 필요했던 것이다. 아내 사보는 이러한 정략혼인의 속죄양이었던 것이다.

그러나 김양은 어두운 산길을 빠르게 걸어 내리면서 생각하였다.

아내 사보는 자결하여 죽는다고는 하지만 딸 덕생은 어찌될 것인가. 이제 겨우 다섯 살의 어린아이가 아닐 것인가. 어미가 자결하여 죽어버리면 딸 아이는 고아가 되어버릴 것이다. 아비가 있다고는 하지만 언제 또다시 만날 수 있을 것인가. 기약조차 할 수 없는 도망자의 신세가 아닌가.

그러므로 아비가 있다 하더라도 덕생은 아무도 돌보지 않는 천애의 고아가 될 것이다. 설혹 아비인 김양이 간다온다 말도 없이 한순간에 사라져버리고 어미인 사보가 자결하여 죽었다 하더라도 옛정을 봐서 월여 스님은 덕생을 거둬줄 것이다.

산기슭에 이르자 갑자기 인근 마을에서 새벽을 알리는 닭울음소리가 들려왔다. 2년 만에 산문을 떠나 또다시 세속의 화류항으로 뛰어드는 셈이었다.

승복에 방갓을 쓰고 탁발을 나서는 중처럼 자신의 신분을 위장하고 있었으나 죽음에서 기적적으로 소생하여 또다시 죽느냐 사느냐는 용호상박의 격전장으로 뛰어드는 김양의 가슴은 새로운 흥분으로 소용돌이치고 있었다.

내 반드시.

김양은 이를 악물고 결심하였다.

돌아올 것이다. 흙먼지를 날리면서 권토중래하며 돌아올 것이다.

바로 이 순간.

백률사의 암자에서는 사보가 물끄러미 촛불을 바라보고 있었다. 밤새 어둠을 밝히던 촛불은 이제 동트는 새벽이 가까워 김양이 미리 그어 놓았던 금을 향해 아슬아슬하게 타내려가고 있었다.

죽음은 무섭지 않음이었다.

어차피 한 번 오면 한 번 가는 게 인생으로, 태어났으니 언젠가는 반드시 죽을 것이다.

옛말에 이르기를 생기사귀(生寄死歸)라 하지 않았던가. 사람이 이 세상에 사는 것은 잠깐 머무르는 것이며, 죽음은 본집으로 돌아가는 것이라는 뜻으로 잠시 머물렀다가 집으로 돌아가는 죽음을 어찌 두려워할 것인가.

그러나.

사보는 차마 방 한구석에 곤히 잠든 어린 딸을 쳐다볼 수가 없었다.

어찌할 것인가. 이 한 목숨 죽는 것은 아깝지 않다 하더라도 저 어린 딸은 어찌할 것인가.

사보의 눈에서 눈물이 굴러 떨어지기 시작하였다.

어차피 지아비를 모신 아녀자는 남편을 하늘처럼 떠받들어야 하는 법. 남편의 입신에 걸림돌이 되지 않기 위해서 자신이 죽는 것은 당연한 일이라 하더라도 저 어린 딸은 어찌할 것인가. 이제 겨우 다섯 살인 덕생은 내 죽은 후 누가 먹이고, 누가 입히고, 누가 진자리 마른자리를 가려 눕혀줄 것인가.

아, 어찌할 것인가. 어찌할 것인가.

남편이 긋고 간 초의 밑둥 금까지 바짝 촛불이 타들어가고 있었다. 이제는 어쩔 수 없음이었다.

사보는 흐느껴 울면서 문득 낮은 소리로 노래를 부르기 시작하였다. 〈만가(輓歌)〉였다. 〈만가〉는 상여를 메고 갈 때 부르는 노래로 죽은 사람을 애도하여 부르는 노래였던 것이다.

호리는 누구의 집터인가.
혼백을 거둘 땐 잘나고 못남이 없네.
귀백은 어찌 그리 재촉하는고.
인명은 잠시도 머뭇거리지 못하네.

호리(蒿里)는 산동성 태산 남쪽에 있는 산으로 중국사람들은 사람이 죽으면 넋이 이곳으로 온다고 믿고 있는 망산(邙山)이었던 것이었다. 이 만가는 보통 사부서인(士夫庶人)의 장송곡으로 장례 때 상여꾼이 부르던 노래였는데, 노래의 가사가 죽음을 앞둔 사보의 가슴을 후벼파고 있었다.

"귀백은 어찌 그리 재촉하는고(鬼魄一何相督促)."

노래의 가사 말처럼 귀신은 왜 그리 죽음을 재촉하고 있음인가. 어차피 기다려 죽을 때가 되면 죽을 터인데, 촛불은 어찌하여 쉬지 않고 타들어가 죽음을 재촉하고 있단 말인가. 그리하여 인명은 잠시도 머뭇거릴 수가 없구나(人命不得小趾廚).

마침내 촛불은 김양이 긋고 간 선을 침범하여 타오르고 있었다. 이제 인생의 과장(科場)은 끝이 나버린 것이다.

더 이상 망설이지 않고 사보는 은장도를 집어들었다. 훗날에라도 김양이 돌아올 때면 자신의 결연한 의지를 보여주기 위해서라도 촛불에 그어진 선을 넘겨서는 안 된다고 사보는 생각했다. 그래서 입김을 후— 하고 불어 촛불을 껐다. 아직 동트기 전이라 방 안은 어두웠다. 딸이 잠들어 있는 방 안을 핏물로 물들일 수는 없었으므로 사보는 살그머니 방문을 열고 나와 마당에 서서 마침내 은장도를 들어 자신의 목을 찌르고 쓰러졌다.

사보의 생각은 그대로 적중된다.

그로부터 3년 뒤 김양은 백률사를 찾아 절에 안치된 아내 사보의 신위 앞에 진혼제를 올린다. 그때 김양은 자신이 긋고 간 초에 그어진 선이 촛불에 타지 아니하고 그대로 남아 있음을 확인하고는 통곡하고 울었다고 전해지고 있다.

또한 사보가 죽자 김양이 예상했던 대로 딸 덕생은 월여스님에 의해서 거두어져 경내에서 불우하게 자랐으나, 먼 훗날의 일이지만 신라 제46대 임금인 문성왕의 차비(次妃)가 되는 것을 보면 인생이란 참으로 새옹지마(塞翁之馬)인 것이다.

한편 김양은 경주를 벗어나 마진양(麻珍良)을 걷고 있었다. 마진양은 경주로부터 서쪽으로 60리 떨어진 곳이었다.

그사이 이미 해는 중천으로 떠올라 있었고, 8월 한여름의 무더위는 불가마처럼 끓어오르고 있었다.

김양이 가고 있는 목적지는 오직 하나.

그곳은 무주였다. 오늘날의 광주인 무주는 김양이 수년 간 도독으로 근무한 곳으로《삼국사기》에 기록된 것처럼 그곳에서 정무의 명성이 높았으므로 현지 주민의 도움을 받아 몸을 숨기고 있기에는 최적의 장소였던 것이다. 또한 무주에는 그의 심복인 염장과 이소정이 은신하고 있었으며, 또한 김양이 도독으로 근무하고 있을 때 지방토호였던 군장 김양순이 아직 세력을 떨치고 있는 곳이기도 했던 것이다. 그러므로 무주로 무사히 도망칠 수 있다면 김양은 그곳에서 잔병세력들을 모아 청해진으로 합류할 수 있을 것이다.

더구나 김양에게는 김우징의 마음을 사로잡을 만한 최고의 무기가 있지 아니한가.

천사옥대.

죽어가는 김균정으로부터 물려받은, 임금을 상징하는 신라삼보 중의 하나인 천사옥대가 있지 아니한가.

일찍이 진평왕 원년에 하늘의 천사가 궁전의 뜰에 내려와서 임금에게 말하기를 "상제가 나에게 명령하여 옥대를 전합니다" 하니, 임금이 무릎을 꿇고 받았던 천사옥대.

이 천사옥대를 지난 2년 간 자신의 허리에 차고 있으면서도 이를 한 번도 풀은 적이 없었다. 옥대가 없으면 아무리 김명이 제융을 옹립하여 희강왕이 되었다 하더라도 왕으로서의 정통성을 인정받지 못할 것이다. 또한 설혹 김명이 제융을 죽이고 스스로 왕위에 오른다 하더라도 이 옥대가 없으면 하늘로부터 인정받은 대왕은 아닌 것이다.

김양은 비록 승복으로 위장하고 있었지만 항상 허리에는 이 옥대를 두르고 있었던 것이다. 이 옥대만 있다면 김우징이 아무리 자신을 의심하고 있더라도 마침내 천하를 제패할 수 있게 될 것이다. 더구나 지난밤 김우징의 불신을 제거해줄 화근인 아내 사보가 스스로 자결하여 목숨을 버리지 아니하였던가.

나는 이제.

김양은 들길을 걸으면서 껄껄 웃으며 말하였다.

날개를 얻게 되었다. 천사옥대의 날개와 아내 사보의 죽음이란 두 개의 날개를 얻게 되었으니 마침내 훨훨 창공을 날을 수 있게 되었음이다. 김양은 중천에 뜬 태양을 쳐다보면서 크게 웃으며 말하였다.

"2년 전 삼일천하에서 도망쳐 백률사로 숨어들 때에는 태양을 가리키면서 울며 복수를 결심하였지만 이제는 마침내 유익조(有翼鳥)가 되었음이니라."

그때였다.

들길을 따라서 한 떼의 장례행렬이 다가오고 있었다. 공경귀인(公卿貴人)의 장례식이었는지 울긋불긋한 만장이 가득하였고, 상여를 멘 사람의 장렬도 웅장하였다. 상여 선두에는 방상(方相) 두 사람이 만가를 부르고 있었는데, 그 노래는 김양도 잘 알고 있는 〈해로가〉였다.

일찍이 유방이 즉위하기 전 전횡(田橫)은 부름에 의하여 낙양으로 길을 떠났으나 성을 앞두고 스스로 목을 찔러 자결한다. 전횡의 목을 가지고 유방에게 간 부하도 곧 뒤를 따라 자결하였고, 모든 부하들도 추모하여 자살한 후 그 이후부터 전횡을 기리며 부른 노래다.

애조 띤 목소리로 상여꾼이 부르는 노래의 가사는 다음과 같았다.

"부추 잎의 이슬은 어찌 그리도 쉽게 마르는가. 이슬은 말라도 내일 아침이면 다시 내리는데 사람은 죽어 한 번 가면 언제 다시 돌아올까나."

그 노래를 들은 순간 김양은 아내 사보가 자살하여 죽었음을 확신하였다. 죽은 사람과 친한 사람이라도 있었는지 장례행렬은 길가에서 상여를 멈추게 하고 전(奠)을 드리고 있었는데, 그 모습에서 김양은 꿈인 듯 생시인 듯 아내의 혼백이 상여 위에 앉아 있음을 보았던 것이었다.

그 순간.

김양은 무릎을 꿇고 울기 시작하였다.

장례행렬이 지나갈 때까지 김양은 들판에서 통곡해 마지않았는데, 그것은 죽은 아내에 대한 슬픔 때문보다는 문득 떠오른 낭혜화상의 참언 때문이었다.

일찍이 김양의 사촌형 김흔과 더불어 부석사로 낭혜를 만나러 갔을 때 낭혜는 김양에게 다음과 같은 단평을 내리지 않았던가.

"계집 세 명이 반드시 너를 구해줄 것이다."

그때 사촌 형 김흔은 "풀초 세 개가 반드시 너를 구해줄 것이며, 풀초 세 개를 통해 성을 이룰 수 있다"는 말을 들었었다. 이에 김양도 다시 묻지 않았던가.

"스님 그러면 저는 계집 셋을 통해 무엇을 이루겠습니까."

그때 낭혜화상이 내린 글씨 하나. 그것은 '세(世)' 자로, 풀어 말하면 계집 셋의 간(姦)을 통해 권세를 얻는다는 뜻이었던 것이다.

김양은 대성통곡을 하면서 생각하였다.

아내 사보도 세 명의 계집 중의 하나이니 그렇다면 나는 천하의 권세를 얻기 위해 아직도 두 명의 계집을 더 죽여야만 한단 말이 아닐 것인가.

아아, 가혹한 내 운명이여.

그렇다. 이렇듯 난세의 간웅 김양의 눈물은 아내에 대한 슬픔 때문이 아니라 자신의 기구한 팔자에 대한 회한 때문이었던 것이다.

4

희강왕 3년 정월. 서력으로 838년.

마침내 김명을 비롯한 이홍, 배훤백 등은 군사를 일으켰다. 이들은 힘을 합쳐서 제융을 옹립하여 왕위에 등극시켰으나 무능하고 심약한 왕이 마음에 맞지 않았던 것이었다.

이때의 기록이 《삼국사기》에 다음과 같이 나와있다.

> 3년 정월에 상대등 김명과 시중 이홍 등이 흥병작란(興兵作亂)을 일으켰다.

김균정을 죽이고 왕위에 오른 지 불과 2년. 그러나 그 2년 동안 조정은 하루도 편할 날이 없었다. 특히 시중 이홍은 김우징과 그의 부하인 예징 등이 도망쳐 청해진 대사 장보고에게 몸을 의탁하였다는 소문에 대해 불길한 예감을 갖고 있었다. 그들이 군사를 일으키기 전에 기선을 제압하여 조정을 장악하는 것이 최상책이라 믿고 있었던 것이다.

"상대등 나으리."

기회가 있을 때마다 이홍은 김명에게 재촉하여 말하였다.

"군사를 일으켜 왕을 몰아내고 자립을 꾀하여야 합니다 그렇지 않고서는 미구에 큰 화가 닥칠까 염려되나이다."

그러나 김명은 망설이며 말하였다.

"어찌 살아 있는 대왕을 신하들인 우리가 폐립할 수 있겠느냐."

그러면 이홍은 다음과 같이 말하곤 하였다.

"나으리 선대의 헌덕왕은 군사를 일으켜 대내로 들어와 왕을 시해하고 스스로 자립하여 왕이 되셨나이다. 또한 나으리께오서는 춘추전국시대 때의 5패(覇) 중의 하나인 환공(桓公)을 모르시나이까. 환공은 대란으로 형 양공이 살해되자 이복동생이었던 규(糾)를 몰아내고 스스로 군주가 되지 않았습니까. 그러나 환공은 포숙아의 진언으로 규의 옛 신하인 관중(管中)을 재상으로 기용하였으며, 그 이후 여러 제후들과 회맹하며 신뢰를 얻음으로써 마침내 전국 제일의 패왕이 될 수 있었나이다. 마찬가지로 '춘추의 5패' 라 일컬어지는 진나라의 문공(文公), 초나라의 장공(莊公), 오나라의 왕 부차(夫差), 월나라의 왕 구천(句踐) 등은 모두 이처럼 국가의 대의를 위해서 왕을 몰아내고 스스로 권력을 쟁취하여 왕위에 올랐던 패왕들이 아니고 무엇이었나이까."

"그러나 이들 패왕에 대해 맹자(孟子)는 다음과 같이 비난하고 있지 아니하냐. '이들은 모두 인의를 존중하는 왕도(王道)에 의해서 권력을 차지한 자가 아니라 무력과 권모술수라는 패도(覇道)에 의해서 실력을 간직한 자가 아닌가.'"

김명의 말은 사실이었다.

춘추시대 때의 유명한 다섯 명의 패왕에 대해서 유가의 제1인자였던 맹자는 정도가 아닌 사도, 즉 패도에 의해서 정권을 잡은 패왕들이라고 비난하고 있었던 것이었다. 김명은 자신이 군사를 일으켜 왕위에 오른다면 이것은 맹자의 비난처럼 왕도가 아니라 패도에 의해서 정권을 찬탈한 무도한 자라는 평가를 받게될 것을 두려워하고 있었던 것이다.

"하오나 나으리. 순자는 오히려 이들 패왕들이야말로 난세를 평정한 최고의 영웅이라고 말하였나이다."

전국시대 말기의 사상가 순자(荀子). 그는 공자를 스승으로 한 유가의 실천도덕을 바탕으로 하지만 그들보다 합리적이며, 보다 현실적인 사상가였던 것이다.

"나으리, 지금 조정은 전국시대 때보다 더 어지럽고, 도탄에 빠져 백성들은 신음하고 있나이다. 바로 이때야말로 순자의 말처럼 천하를 다스리는 패왕의 영웅이 나타날 때가 아니고 무엇이겠나이까."

물론 김명도 언제까지나 제1의 실력자인 상대등으로만 만족하지 못하고 있음이었다. 그러나 군사를 일으켜 김균정을 죽인 지 불과 2년 만에 다시 왕을 퇴위시키는 것은 명분에 맞지 않았던 것이었다.

그러나 뜻하지 않은 곳에서 왕을 퇴위시킬 명분이 생긴 것이었다. 바로 이홍의 딸 사보가 백률사의 경내에서 목에 칼이 찔려 죽어버린 사건이 일어난 것이었다.

이홍은 자신의 딸 사보가 자살한 것이 아니라 누군가의 반대세력에 의해 살해되었다고 굳게 믿고 있었다. 제1의 혐의자는 사위 김양이었으나 이홍은 궐내에 있는 근신들 중에서 모반하는 세력들이 사보를 죽였을 것이라고 확신하고 있었다.

그리하여 김명을 비롯하여 이홍 등은 무장을 한 채 궁궐로 들어가 왕에게 다음과 같이 말하였다.

"궐내 좌우에는 반드시 반역하는 무리들이 있습니다. 근신들 중에 숨어 있는 반적들을 미리 색출해내지 않고서는 반드시 큰 화를 입게 될 것이나이다."

왕으로서는 견딜 수 없는 고통이었다.

어떻게 있지도 않은 반역자를 근신들 중에서 색출해낼 수 있단 말인가. 그리하여 차일피일 시간을 미루던 사이에 마침내 정월, 김명과 이홍 등은 군사를 일으켜 궁궐을 완전히 포위하였다. 김명은 차례차례 대왕의 근신들을 하나씩 끌어내어 살해하기 시작하였다. 이른바 왕에게 심리적 압박을 가하는 양동작전이었던 것이다.

이에 희강왕이 울면서 왕비인 문목에게 말하였다.

"마침내 때가 왔소이다. 내가 아무래도 온전치 못할 것이외다."

이 말을 들은 문목왕후가 분연히 일어나 말하였다.

"상대등은 저의 동생이니 한번 설득하여 보겠나이다."

문목왕후는 자신이 직접 궁문 앞으로 나와 포위하고 있는 이홍에게 물어 말하였다.

"상대등은 어디 계신가."

이홍은 당연히 말에서 내려 신하로서의 예의를 갖춰야 함에도 불구하고 말 위에 올라앉은 채 웃으며 말하였다.

"상대등은 어찌하여 찾으십니까."

"상대등은 비의 남동생이다. 누이가 남동생을 찾는데 어찌 다른 이유가 있겠느냐."

그러자 이홍은 껄껄 웃으며 말하였다.

"왕비마마께오서는 김균정의 처 흔명부인도 상대등의 누이였음을 모르셨나이까."

이홍의 말은 무시무시한 선언이었다. 자신들이 죽인 김균정의 아내도 김명의 큰누이였던 흔명부인이었으니, 사사로운 골육의 인연으로 함부로 나서서 참견하지 말라는 일종의 협박이었던 것이다.

이홍의 이 말에 문목왕후는 더 이상 할 말이 없음이었다. 문목은 궁 안으로 돌아와 왕에게 말하였다.

"아무래도 사태를 돌이키기에는 일이 글렀습니다."

그러자 왕은 탄식하여 말하였다.

"옛말에 이르기를 권상요목(勸上搖木)이라 하였소. 이제 그들은 나를 원치 않는 권세의 나무에 오르게 해놓고 오른 나를 흔들어 떨어뜨리려 하고 있소이다."

말을 마친 왕은 마침내 궁중으로 들어가 목을 매어 돌아갔다. 이를 본 왕비도 스스로 나란히 목을 매어 숨을 거두니 불과 재위 2년 만의 일이었다.

《삼국사기》는 이 비극에 대해 다만 이렇게 기록하고 있을 뿐이다.

왕은 스스로 온전치 못할 것을 알고 드디어 궁중에서 목매어 돌아갔다.

김명을 비롯한 일당 등은 제융의 시호를 희강이라 하고 소산(蘇山)에 장사를 지냈다. 희강왕릉은 지금 경주시 내남면 망성리 산 34번지에 남아 있는 것으로 추정되며, 무덤은 다른 왕릉과는 달리 높이에 비해서 밑면이 넓은 봉토분(封土墳)으로 일반적인 민묘와 동일하여 아무런 특징조차 보이지 않음으로써 비참하게 죽은 왕의 최후를 짐작케 하고 있는 것이다.

장례를 치른 직후 김명은 스스로 왕위에 올라 즉위하였으니 이가 신라의 44대 임금인 민애왕인 것이다.

이에 대해《삼국사기》는 다만 다음과 같이 기록하고 있을 뿐이다.

민애왕이 즉위하니 성은 김씨, 위는 명으로 원성대왕의 증손인 대아찬 김충공의 아들이다. 왕은 일찍이 여러 번 벼슬하여 상대등이 되었던 바, 시중 이홍과 더불어 희강왕을 핍박(逼迫)하여 죽이고, 자립하여 스스로 왕이 되었다.

제5장 재상봉再相逢

1

민애왕 원년 2월. 서력으로 838년.

청해진에 조운선 한 대가 정박하였다. 신라의 전통적인 두대박이 쌍돛대의 범선이었다. 산동반도에서 출발한 무역선이었는데, 중국에서 싣고 온 도자기들을 부두에 내리고 있는 동안 승객 하나가 배에서 내렸다. 보통 신라 무역선은 지붕을 이은 두세 개의 선실이 있었으나 이 선실에는 보통 사신들이나 승려와 같은 높은 신분의 계급들이 타고 있었고, 일반승객들은 갑판 아래에서 머물 수 있었던 것이었다.

유사시엔 뱃전 난간에 방패를 세우면 일종의 전투선 형태인 방패선이 되는 배에서 내린 승객은 매우 남루한 행색을 하고 있었다.

그는 감개무량한 표정으로 뭍에 내린 후 묵묵히 자신이 딛고 선 땅을 내려다보았다.

이게 얼마 만의 고향 땅인가.

사내는 고향을 떠났던 햇수를 손가락으로 헤아려보았다. 그가 고향을 떠난 것이 20세도 안 된 청소년 때였고, 지금 그의 나이는 50세에 가까이 되었으니 30년의 세월이 흐른 것이다.

멋진 신세계 당나라에서 청운의 꿈을 이루겠다고 도당한 것이 812년 무렵의 일. 올해가 838년이니 정확히 26년 만에 고향 땅을 밟은 것이다.

그러나 청운의 꿈은 과연 이뤄졌는가.

떠날 때는 꿈에 부푼 청년이었으나 이제는 꿈도 희망도 없는 초로의 방랑객.

사내는 눈을 들어 고향의 산야를 살펴보았다. 그러나 격세지감이 있었다. 예부터 10년이 지나면 강산이 변한다고 하였으나 10년이 벌써 두세 차례 흘러가는 동안 뽕밭이 변하여 푸른 바다가 되었으며, 산이 변하여 푸른 벌판이 되었음이었다.

그의 고향 청해에 진영이 설치된 것이 흥덕대왕 3년 4월. 서력으로 828년이었으니 정확히 10년의 세월이 흐른 것이다.

불과 10년 사이에 한적한 어촌에 불과하던 사내의 고향은 거대한 번진으로 탈바꿈하여 있었다.

사내가 물질을 하며 뛰어놀던 조음도에는 엄청난 규모의 군영이 설치되어 있었고, 해안가였던 장좌리 일대에는 상가와 당나라와 일본, 멀리 대식국에서부터 몰려드는 각국의 상인들을 먹고 재울 수 있는 객관이 십리장가를 이루고 있었다. 장좌리 일대를 두 개의 지역으로 나누어 한쪽에는 청해진에 상주하는 1만 명의 군사들의 군영이 설치되어 있었는데, 자못 군세가 성하게 보였다.

사내는 군영과 맞은편에 급속도로 뻗어나가고 있는 상가를 천천히 걷기 시작하였다. 그로서는 한바탕 꿈을 꾸고 있는 느낌이었다.

입신출세의 푸른 꿈을 안고 당나라로 들어가 한때는 무공을 세워 많은 사람들이 부러워할 만큼의 높은 지위에까지 이르렀다. 그러나 지금 내 꼬락서니는 무엇이란 말인가. 비단옷을 입고 성공하여 고향으로 금의환향하고 싶었지만 지금의 내 꼬락서니야말로 완전히 거리를 떠도는 걸인의 모습이 아닐 것인가.

사내의 초라한 모습을 만당 최고의 시인 두목은《번천문집》에서 다음과 같이 묘사하고 있다.

> 이 무렵 그는 뒤엉켜서 관직에서 떨어졌으며, 굶주림과 추위에 시달리며 초라하게 살아가고 있었다.

두목의 표현대로 기한(飢寒)에 떨며 살아가고 있는 동안에 고향 청해는 눈부신 신기루가 되어버린 것이었다.

상가는 없는 물건이 없을 정도로 번화하였다. 지나는 행인들을 끌기 위해 북을 치고 나팔을 부는 취타(吹打)소리, 물건을 고르는 행인, 오가는 행인들을 유객하고 흥정하는 말다툼 소리.

사내는 우선 배가 고팠으므로 그 상가 속에 있는 육전 안으로 들어가 앉았다. 국밥 같은 간단한 음식과 술까지 곁들여 파는 육전 안도 발디딜 틈이 없을 정도로 혼잡하였다.

사내는 우선 술을 한 잔 들이켰다.

그가 앉은 자리에서 푸른 겨울바다가 보이고 바다 한가운데에는 본영이 있는 장도가 정면으로 보이고 있었다.

오랜 항해 끝에 마침내 고향에 도착하여 마신 첫 술이었으므로 한 잔에 벌써 취기가 올랐다.

"이보슈, 출출한데 목이나 축이고 가슈."

육전 앞에서 지나가던 행인들을 호객하던 술청어멈이 느닷없이 노래를 부르기 시작하였다.

달님아 높이 떠올라서 어긔야
내 님의 머리 위를 비치우시라
어긔야 어강됴리 아으 다롱디리
어느 저잣거리를 다니시는가요
어긔야 젖은 곳을 디디면 어쩔거나
어긔야 어강됴리 아으 다롱디리
어느 곳에나 다 놓아두고
어긔야 내 사랑 가는 곳에
달리 오는 일이 없도록 도와주소서
어긔야 어강됴리 아으 다롱디리.

한 잔 술에 취기가 오른 사내는 술청어멈이 부르는 노래를 귀기울여 듣고 있었다. 그 노래는 어릴 때부터 그의 귀에 익은 고향노래였다.

먼 옛날 백제의 왕국에서부터 전해 내려오던 유명한 가요였는데, 떠돌이 행상을 남편으로 둔 아내가 남편이 늦도록 돌아오지 않자, 높은 산에 올라가 밝은 달을 바라보면서 우리 서방님의 밤길을 밝혀주고, 행여 주색의 젖은 수렁에도 빠지지 않도록 도와주고, 돈벌이건 무엇이건 그만두고 내 곁으로 빨리 돌아오기만 소원하는 아내의 간절한 소망을 담고 있는 노래였던 것이다.

사내는 술청어멈의 낯익은 노랫소리를 듣자 자신이 비로소 고향에 도착하였음을 실감하였다.

"어긔야 어강됴리 아으 다롱디리."

사내는 술청어멈이 부르는 노래의 후렴을 소리를 내어 따라 불렀다.

그래.

사내는 중얼거려 말하였다.

지난 30년의 세월 동안 달이 비추지 않는 어두운 저잣거리만 걸어왔구나. 젖은 곳만 밟아왔구나.

허기진 배를 채우기 위해 국밥을 먹은 후 사내는 어느 정도 손님들이 사라지자 술청 앞 평상 위에 앉아 있는 술청어멈에게 물어 말하였다.

"말 좀 물읍시다."

술청어멈이 넋 나간 눈빛으로 사내를 쳐다보았다.

"청해진의 대사를 만나려면 어디로 가는 게 옳겠소이까."

어둠이 내리기 시작하자 밤바람이 쌀쌀하였다. 다소 풀린 날씨라곤 하지만 어쨌든 정2월이 아닌가.

어멈은 바닷가로 변한 상점의 문을 닫고 안으로 들어와서 다시 물어 말하였다.

"바닷바람이 세어나서 무슨 말인지 못 들었네."

"청해진의 대사를 만나려면 어디로 가야 하는지 내 물었소."

그러자 어멈은 어이가 없다는 듯 초라한 사내의 행색을 위아래로 훑어보며 말하였다.

"청해진의 대사를 만나시겠다고."

"그렇소이다."

"이보게 양반 나으리."

비꼬는 소리로 어멈이 말하였다.

"청해진의 대사라면 이곳에선 나랏님인데, 어찌 쉽게 만날 수 있겠소. 정히 만나고 싶다면 저 앞에 보이는 군영으로 가시오. 대사님은 군영 안에 계시니 군막을 지키는 병졸들에게 부탁하여 보든지."

"좋습니다."

의외로 선선히 사내는 밥값을 지불하였는데, 그것은 놀랍게도 개원통보(開元通寶)였다.

개원통보는 당나라에서 쓰는 대표적인 청동화(靑銅貨)로 국제항인 청해진에서도 통용되는 국제화폐였던 것이었다.

초라한 사내가 당나라의 화폐인 개원통보를 꺼내자 술청어멈의 표정이 달라졌다. 이 사내가 중국에서 온 사람임에 틀림이 없다면 행색은 비록 남루할지라도 품속에는 노자가 가득할 것이다.

"당나라에서 오셨소."

"그렇소이다."

당나라의 창업을 기념하여 만들었던 개원통보는 역대 왕조의 표적이 되었던 동전으로 당시 청해진에서는 웃돈을 주고 사용되던 오늘날의 달러와 같은 국제화폐였던 것이다.

"그러면 장사를 하러 오셨소이까."

그러자 사내는 씁쓰레하게 웃으며 고개를 저었다.

"그러면 무엇 때문에 이곳까지 오셨소이까."

사내는 대답 대신 술잔의 남은 술을 단숨에 들이켰다. 비록 행색은 남루했지만 기골이 장대해 훤칠한 장부의 모습이었다. 입가에 묻은 술을 손등으로 씻어내리고 나서 사내는 단숨에 말하였다.

"청해진의 대사 장보고를 만나러 왔소이다."

믿거나 말거나 할 말은 해야겠다는 듯 사내는 빙그레 어멈을 향해 웃어보였다. 사내의 입에서 장보고의 이름 석 자가 흘러나오자 어멈은 흠칫 놀라며 물어 말하였다.

"대사님이야 이곳에서는 나랏님이오. 그런데 어찌하여 대사님을 만나려 하시오."

"대사님이 바로 이 사람의 형님이오."

사내는 다시 빙그레 웃으며 말하였다. 이 사람이 지금 술에 취해 술 주정을 하고 있는 것이 아닐까. 유심히 얼굴을 살펴보았으나 술 취해 농짓거리를 하고 있는 표정도 아님이었다.

"그렇다면 장대사를 만나기 위해서 당나라에서 건너오셨단 말이오."

술청어멈이 다시 되물었다.

"그렇소이다. 장보고 형님을 만나러 오기 위해서 바다를 건너왔소이다."

사내는 분명히 대답하였다.

사내의 대답은 사실이었다.

의형제인 장보고를 만나기 위해서 바다를 건너 고향 청해진으로 돌아온 사내. 그 사내의 이름은 정년이었던 것이다.

일찍이 적산 법화원에서 함께 제대하여 장사를 하자던 장보고의 권유에도 장사는 천민들이나 하는 것이고, 자신에게는 무인의 길이 맞는다고 이를 받아들이지 않고 계속 군문에 남아 있었던 정년. 그 정년이 마침내 장보고를 찾아 고향으로 돌아온 것이었다. 이에 대해 두목은 《번천문집》에서 다음과 같이 기록하고 있다.

> 어느날 정년은 연수현의 수장 풍원규를 찾아가 다음과 같이 말하였다.
>
> "나는 동으로 돌아가서 장보고에게 걸식하려 한다."
>
> 이 말을 들은 풍원규가 대답하였다.
>
> "자네와 장보고의 사이는 어떠한가. 어찌하여 가서 장보고의 손에 죽으려 하는가."
>
> 그러자 정년이 말하였다.
>
> "추위와 굶주림으로 죽는 것은 전쟁에서 깨끗하게 싸우다 죽는 것만 못하다. 하물며 고향에 가서 죽는 것에 비할 수 있단 말인가."
>
> 그러고 나서 정년은 장보고를 찾아 떠났다.

두목이 《번천문집》에서 기록한 대로 '타향에서 굶주림과 추위에 죽는 것보다는 차라리 고향에서 싸우다 죽는 것이 낫다' 고 결심하고 돌아온 고향이었던 것이다.

그러나 도대체 어디로 가서 장보고를 만날 수 있단 말인가. 형 장보고는 그동안 술청어멈의 말대로 청해진에서는 나랏님보다 더 귀한 사람이 되고 말았다.

정년은 어리둥절해하는 어멈을 뒤로하고 육전을 나왔다.

어멈이 가르쳐준 대로 장보고가 머무르고 있다는 장도의 군영은 석양빛을 맞고 붉게 물들어 있었다.

정년은 품속에서 물건 하나를 꺼내들었다. 그것은 형 장보고와 헤어진 후 십수 년 동안 한시도 품에서 떨어뜨리지 않고 있었던 신표였다.

일찍이 법화원에서 법회를 열었던 낭혜화상이 준 불상. 그러나 그 불상은 불두와 몸체가 따로 떨어져 있던 불구의 몸이 아니었던가. 몸체는 장보고 자신이 갖고 불상의 머리는 정년에게 내어주면서 장보고는 이렇게 말하지 않았던가.

"이것을 소중히 보관하고 있어라."

정년은 불상의 머리를 보면서 생각하였다. 그때 정년은 장보고에게 다음과 같이 말하지 않았던가.

"하오나 형님. 아우가 이 불두를 가져가면 이 불상은 두 동강이가 되어 온전한 몸이 아니라 불구의 몸이 아니겠나이까."

그러자 장보고는 대답하였었다.

"마찬가지가 아니더냐. 아우인 네가 내 곁을 떠나 군인의 길을 가겠다니 이 형도 온전한 몸이 아니라 불구의 몸인 것이다. 그러니 언젠가는 내게 돌아오너라. 돌아와서 함께 힘을 합치자꾸나. 네가 없는 나는 머리가 없는 불상과 마찬가지니, 나는 언제까지나 너를 기다리고 있을 것이다."

피치 못할 사정으로 헤어지는 사람들끼리 부신의 신표로 사용되던 부절. 그때 정년은 맹세하여 말하였었다.

"다시 만날 그때까지 아우는 이 불상의 머리를 부절로 소중히 간직하고 있겠나이다."

그 신표가 바로 이 불상의 머리인 것이다. 이 불상의 머리만 형님에게 전하여줄 수만 있다면 장보고는 이 아우가 바다를 건너 이렇게 자신을 찾아왔음을 알 수 있을 것이다. 그러나 어떻게 이 불상의 머리를 형님에게 전할 수 있단 말인가.

그 무렵 청해진의 군영은 한층 삼엄한 경계태세를 취하고 있었다. 그것은 지난해 5월, 김우징이 화가 미칠 것을 두려워하여 근신을 데리고 배를 타고 청해진으로 망명하여 몸을 의탁해온 이후부터였다.

또한 한 달 뒤인 6월. 아찬 예징과 아찬 양순까지 도망쳐 청해진으로 망명해오자 장보고는 전군에 명령을 내려 비상경계태세를 한층 강화하였던 것이었다.

물론 장보고는 이제껏 신라조정에 대해서는 중립적인 입장을 취하고 있었다. 그러나 난을 피해 도망쳐온 김우징을 모른 채 방관할 수는 없었던 것이었다. 왜냐하면 김우징과 그의 아버지 김균정은 청해에 진영을 설치할 때 큰 은덕을 입었던 은인이었기 때문이었다.

그러나 김우징은 신라의 조정으로 보면 반역의 화근. 따라서 언제 신라로부터 관군이 쳐들어올지 몰라 전군에 비상사태를 선포해두고 있었던 것이었다.

정년은 물끄러미 군영에 있는 장도로 들어가는 다리를 쳐다보았다. 다리 건너에는 군막이 있었고, 그 군막 앞에는 무장을 한 파수병들이 보초를 서서 오가는 사람을 일일이 검색하고 있었다.

순간 정년의 머릿속으로 떠오르는 문구가 하나 있었다.

불립호혈 부득호자(不立虎穴 不得虎子).

이 말은 겨우 36명의 장사를 이끌고 흉노를 대패시킨 전설적인 후한의 장군 반초(班超)가 남긴 말이다. '호랑이 굴에 들어가지 않고서는 호랑이 새끼를 잡을 수 없다' 는 말로 '위험한 곳에 직접 들어가 맞닥뜨리지 않고서는 원하는 것을 쟁취할 수 없다' 는 뜻을 지닌 문장이었던 것이다.

특히 이사도의 난을 평정할 때 장보고와 정년이 언제나 정예군의 최선방에 설 때마다 되새기던 말이었던 것이다.

그렇다. 정년은 불상의 머리를 들고 결심하였다

호랑이를 잡으려면 호랑이 굴로 들어갈 수밖에 없듯이 형님을 만나려면 저 군영 안으로 들어갈 수밖에 없을 것이다.

정년은 다리 위를 걸어 군막 앞으로 다가갔다. 군문을 지키고 있던 근위병이 정년이 다가오자 창과 칼을 들어 길을 막고 소리쳐 말하였다.

"게 섰거라, 넌 누구냐."

정년은 침착한 목소리로 말하였다.

"대사님을 만나러 왔습니다."

군병들은 날카로운 눈빛으로 정년을 노려보았다.

"무엇 때문에 대사님을 만나려 함이냐."

"전해드릴 물건이 있어서이나이다."

"그 물건이 무엇이냐."

군병이 묻자 정년은 들고 있던 불상의 머리를 내밀었다. 그 물건을 받아본 군병이 한심하다는 표정으로 정년에게 소리쳐 말하였다.

"이것은 한갓 돌덩어리가 아니더냐. 이놈이 지금 여기서 한갓 장난

질을 치고 있단 말이냐."

군병은 그 불상의 머리를 힘껏 손을 치켜들어 바닷물 속으로 집어 던지려 하였다. 순간 정년의 몸이 바람처럼 날아 군병의 손에 들린 불상을 빼앗는 한편 군병의 몸을 일격에 쓰러뜨려 버렸다.

50세에 가까운 정년이지만 두목의 표현에 의하면 싸움을 잘하여 능히 대적할 만한 자가 없었던 천하장사가 아니었던가.

정년이 일격에 군병을 쓰러뜨리자 수많은 병사들이 달려들었다. 정년은 비록 맨손이었으나 무기를 든 대여섯 명의 군사들은 전혀 상대가 되지 못하였다. 쓰러뜨린 병사에게서 빼앗아 든 창을 들고 좁은 다리 위에서 한꺼번에 덤벼드는 군병들을 단숨으로 상대하는데 마치 춤을 추는 것 같았다.

그러자 군영 안에서부터 수십 명의 군사들이 쏟아져 나왔다. 정년이 비록 천하장사이긴 하였지만 다리 위의 좁은 공간에서 한 떼의 군사들을 상대하기에는 중과부적이었던 것이었다.

정년은 곧 군사들에게 포위돼 체포되었다. 그는 곧바로 군영 안에 있는 감옥에 갇혔다.

그날 군영을 지키는 군장은 장보고의 효장이었던 이순행이었는데, 그는 부하들로부터 소란을 보고받고 그 전말에 대해 물어 말하였다.

"도대체 무슨 일이냐."

그러자 군문을 파수하던 수장이 대답하였다.

"초라한 행객 한 사람이 군문 앞을 찾아와 대사님을 만나 뵈오려고 하였나이다."

"단지 그뿐이더냐."

그런 사소한 일로 수십 명의 군사가 한꺼번에 출동하였는가 하는 문책으로 이순행은 화가 나서 말하였다.

"하온데 수십 명의 군사들이 한번에 달려들어야만 간신히 포박할 수 있을 정도로 힘이 장사라 하였나이다."

"도대체 무엇 때문에 그놈이 대사님을 만나려 하였던 것이라더냐."

"그자가 대사님에게 전해드릴 물건이 따로 있어서였다고 하더이다."

"전해드릴 물건이 있다고."

이순행은 뭔가 심상치 않은 것이 있음을 깨달았다.

"그 물건이 무엇이라더냐."

그러자 수장이 정년으로부터 압수한 물건을 이순행에게 바쳐 올렸다. 이순행은 그 물건을 받아 들었다. 그것은 불상의 머리였다. 비록 몸체와는 떨어져 나왔지만 그것은 분명히 불두였던 것이었다. 보잘것 없는 이 불상의 머리를 전해주기 위해서 그 행객은 수십 명의 군사들과 단신으로 전투를 벌이고 마침내 그 죄과로 체포되어 투옥되었단 말인가.

이순행은 머리를 갸우뚱거리며 의아하게 생각하였다.

바로 그 무렵.

장보고는 군영에서 성대한 잔치를 벌이고 있었다. 그것은 며칠 전 김양이 한 떼의 군사를 이끌고 청해진으로 들어왔기 때문이었다. 이때의 기록이《삼국사기》에 다음과 같이 나와 있다.

> 민애왕 2년. 김양은 군사를 모집하여 청해진으로 들어와 아찬 김우징을 배알하였다.

김우징은 처음에 김양을 믿으려 하지 않았다. 김양이 미리 생각했던 대로 이 모든 비극이 김양 때문에 비롯된 것이고, 또한 김양이 살아 남은 것은 반적 이홍의 사위 때문이라고 의심하였으나 아버지였던 김균정의 매서인 예징이 간하였다.

"김양을 의심하지 마십시오. 김양은 아버지로부터 전해 받은 천사옥대를 소중히 보관하고 가져왔나이다."

예징의 말은 사실이었다.

김양이 배신을 꿈꾸고 입신양명을 원했다면 김균정으로부터 전해 받은 천사옥대를 이곳까지 가져왔을 리는 만무하였던 것이었다. 천사옥대가 없다면 아비 김균정을 죽이고 왕위에 오른 희강왕도, 새로이 왕위를 노리는 김명도 왕으로서의 정통성을 보장받지는 못할 것이기 때문이었다.

"하지만 이는 모두 간계일지도 모른다. 일찍이 손자는 병법에서 이르기를 천리 길을 원정하여 백성들을 부리는 것보다도 하루에 천금을 소비하여 군사비를 쓰는 것보다도 한 명의 생간을 부리는 편이 훨씬 더 효과가 있다고 말하지 아니하였더냐. 그러므로 김양은 짐짓 김명이 보내는 생간일지도 모르지 아니하겠느냐."

생간(生間).

이는 문자 그대로 살아 있는 간첩이란 뜻으로 손자가 첩자의 종류를 향간(鄕間)과 내간(內間), 반간(反間)과 사간(死間) 등 다섯 가지의 간첩으로 나눈 데서 비롯된 말이다.

간첩.

손자는 그가 쓴 병법에서 "실정을 먼저 안다는 것은 귀신에게 물어서 될 수 있는 것도 아니며, 일의 경험을 통해서 추리될 수 있는 것도 아니며, 법칙에 따라서 헤아릴 수 있는 것도 아니며, 반드시 사람을 통하여 들음으로써만 적의 실정을 알게 되는 것"이라고 말한 후 그 사람이야말로 바로 간첩이라고 설파하고 있었던 것이다.

그러므로 김양을 김명이 보낸 첩자라고 생각했던 김우징의 판단도 무리는 아니었던 것이었다.

"하오나 나으리."

예징이 대답하였다.

"이미 김양의 아내 사보는 목숨을 끊었나이다. 김양의 아내 사보는 반적 이홍의 딸이었으나 목숨을 끊어 김양은 이미 이홍과는 아무런 관계가 없는 절연한 사이가 되고 말았나이다. 한때는 김양이 부인의 목숨을 끊었다는 소문이 자자하였더이다.

이를 전해들은 이홍이 한때 사위였던 김양을 체포하여 그 생간을 씹어 복수를 하려 한다는 소문 역시 파다하게 퍼져나가고 있나이다. 하오니 김양을 반적이 보낸 간첩이라고 생각하는 것은 천부당만부당한 말씀이나이다."

예징의 충고 또한 사실이었다.

반적 이홍의 딸인 사보가 죽음으로써 김양과 이홍의 인연이 끊긴 것이라면 더 이상 김양을 의심할 이유가 없었던 것이었다. 더구나 처자와 근신 몇 명만 거느리고 청해진에 도망쳐 와 장보고 대사에게 몸을 기탁하고 있었던 김우징으로서는 수많은 병사들을 이끌고 합류한 김양의 존재야말로 천군만마를 얻은 것 같은 큰 원군이었던 것이다.

이때의 기록이 《삼국사기》에 다음과 같이 나와 있다.

……김양이 소식을 듣고 모사와 병정들을 모집하여 2월 중에 해중으로 들어와 김우징을 만나보고 함께 거사할 것을 모의하였다.

이처럼 김양을 간첩으로 의심하고 있던 김우징의 마음을 움직일 수 있었던 것은 천사옥대보다도 아내 사보의 죽음이었으니 김양이야말로 세 명의 계집을 통해서만 천하의 권세를 얻을 수 있다는 낭혜화상의 참언대로 기구한 운명을 타고난 간웅이었는지 모른다.

그리하여 바로 그날 밤.

군영에서는 군사를 이끌고 합류한 김양을 축하하는 주연이 벌어지고 있었던 것이다. 그러나 이러한 축하의 기쁨도 잠깐, 주연이 벌어지자마자 곧 서라벌로부터 비보가 날아든 것이었다.

그것은 김명을 비롯하여 이홍, 김귀(金貴), 김헌숭(金憲崇)일당들이 궐내로 쳐들어가 근신들을 죽이니 왕과 왕비가 온전치 못함을 알고 목매어 죽었으며, 그뿐 아니라 김명은 스스로 찬위하여 왕위에 올랐다는 흉보가 날아든 것이었다.

불과 2년 사이에 김명은 두명의 대왕을 죽이고 스스로 왕위에 오르는 일찍이 신라 역사에서 볼 수 없었던 전인미답의 잔인무도한 행위를 저지른 것이었다.

이 소식을 전해들은 김우징이 술을 마시다 말고 피눈물을 흘리면서 이렇게 통곡하여 말하였다.

"아비가 반적의 손에 죽음을 맞았으니 지금껏 김명은 함께 하늘을 이고 살아갈 수 없는 불구대천의 원수였소이다. 하지만 이제 새 대왕마저 김명의 손에 죽음을 맞게 되었으니 이는 반드시 죽여야만 하는 철천지원수인 것이오."

철천지원수(徹天之怨讐).

원한이 하늘에 사무칠 만큼 크나큰 원수.

이때 김우징은 장보고에게 울면서 다음과 같이 말하였다고《삼국사기》는 기록하고 있다.

> 김명은 임금을 죽이고 자립(自立)하여 왕이 되었고, 이홍도 함부로 군(君)과 부(父)를 죽였으니 이들은 하늘을 함께 이고 살아갈 수 없는 원수입니다. 그러므로 원컨대 장군의 병력에 의해서 임금과 애비의 원수를 갚을 수 있도록 반드시 허락하여주시옵소서.

김우징이 울면서 통곡하자 모처럼 흥겨웠던 주연은 일시에 썰렁해지고 말았다. 그러자 옆에 있던 김우징의 모사이자 근신이었던 예징이 입을 열어 말하였다.

"대사 나으리, 일찍이 고구려에서는 연개소문이 왕을 시해하고 스스로 막리지(莫離支)가 되어 권력을 잡고 전횡하자 당주는 친히 정벌을 결심하고 이렇게 말하였나이다.

'본(本)을 버리고 말(末)로 나가며, 고(高)를 버리고 하(下)를 취하며, 근(近)을 버리고 원(遠)으로 가는 것은 삼자가 모두 불상(不祥)이다.

연개소문이 임금을 시해하고 또 대신들을 모두 죽였으니 한 나라의 백성이 목을 늘이고 구원을 기다리고 있다. 짐이 정벌에 나서 고구려를 공격하는 것은 바로 이것 때문이다.'

그리고는 친히 말을 타고 친정에 나섰나이다. 연개소문이 여러 대신들과 왕을 죽였으나 스스로는 왕위에 오르지 아니하였으니, 이는 스스로 왕위에 오른 김명의 잔인무도한 행위보다도 오히려 못한 것이나이다.

그럼에도 불구하고 당주는 친히 궁시(弓矢)를 차고 손수 우의를 말안장에 매고 동정에 나섰던 것이나이다. 하오니 대사께오서는 장군의 병력에 의해서 임금과 아비의 원수를 갚도록 허락해달라는 아찬 나으리의 청을 물리치지 말아주옵소서."

예징의 변설은 심금을 울리는 곳이 있었다.

그러나 장보고는 묵묵히 술잔을 들어 술을 마셨을 뿐 아무런 대답이 없었다.

그는 지금까지 그 어떤 정변에도 불구하고 중립적인 태도를 견지하고 있었던 것이다.

장보고는 청해의 진영을 신라의 조정과는 무관한 자주적인 치외법권 지대로 만들려 하고 있었던 것이다.

장보고가 청해진을 이처럼 만들 수 있었던 것은 그가 이미 중국에서 경험했던 대로 번진의 지배 통치방법을 그대로 받아들인 때문이었다.

그러나 장보고는 뼈저리게 느끼고 있었다. 산동성 전역을 점유하고 지배하였던 고구려 유민 이정기의 평로치청이 불과 55년 만에 멸망할 수밖에 없었던 것은 지나치게 정치에 간섭하여 중앙 조정과 갈등을 빚었기 때문인 것이었다.

만약 평로치청이 중앙정부에 중립적인 태도를 유지하였더라면 아마도 연년세세 독립적인 왕국으로 번영을 누릴 수 있었을 것이다.

직접 무령군에 뛰어들어 이사도의 평로군을 무찔렀던 장보고는 번진의 장점과 단점을 속속들이 파악하고 있었으므로 청해진을 국제적인 무역항으로 만드는 한편 신라 조정과는 일정한 거리를 두어 멀지도 가깝지도 않은 중립적인 태도를 고수하고 있었던 것이었다.

불가근불가원(不可近不可遠).

너무 가까우면 데이고, 너무 멀면 추운 것이 바로 권력의 속성이었으므로 가깝지도 멀지도 않은 중간 사이에서 독자적인 태도를 유지하는 것이 바로 장보고의 통치철학이었던 것이다. 그러므로 장보고는 김우징의 청원을 선뜻 받아들일 수가 없었던 것이다.

바로 그때였다.

연회장 밖에서부터 무장을 한 군장 하나가 걸어 들어왔다.

"무슨 일이냐."

연회장 안으로는 무장을 한 채로 군장이 들어오는 법이 없었으므로 장보고가 날카롭게 물어 말하였다. 그러자 이순행이 대답하였다.

"웬 행객 하나가 대사 나으리를 뵙자고 하면서 한바탕 소란을 피우다가 포박되어 옥에 갇혀 있나이다."

이순행의 보고를 듣자 장보고가 낯을 찌푸리며 말하였다.

"단지 그뿐이더냐."

어찌하여 그런 사소한 일로 군장을 한 채 연회장에 들어왔느냐는 장보고의 문책에 이순행은 빠르게 대답하였다.

"그런데 그자가 대사 나으리께 전해드릴 물건이 따로 있다 하였나이다."

"그 물건이 무엇이라더냐."

이순행은 압수한 물건을 장보고에게 바쳐 올렸다. 무심코 그 물건을 들어올린 장보고는 한순간 크게 놀라 몸을 움츠렸다. 그리고는 품속에서 무엇인가를 꺼내들었는데 그것은 불상의 몸체였다.

"그것이 무엇이나이까."

김양이 큰 충격을 받은 듯 몸을 떨고 있는 장보고를 향해 물었다. 그러자 장보고가 자신의 품에서 꺼낸 물건을 김양에게 건네주었다. 그것은 선정인의 수인을 하고 있는 작은 불상이었는데, 이상하게도 목이 부러져 불상의 머리가 떨어져나간 불구의 신체였다.

"어찌하여."

김양이 의아한 얼굴로 물어 말하였다.

"머리가 없는 불상을 간직하고 계시나이까."

김양이 묻자 장보고가 크게 웃으면서 이렇게 말하였다.

"일찍이 당나라에 있을 때 법화원에서 만난 낭혜화상이 내게 주신 수호불이오. 화상께서 주실 때부터 이 불상은 불두와 몸체로 두 동강이로 떨어져 있었는데, 화상께서는 내게 이렇게 말씀하셨소이다. '이 불상을 그대에게 주겠으니 몸은 버려도 좋으니 머리만은 반드시 소중히 간직하시오.'

그러나 나는 지금까지 머리가 없는 몸체뿐인 불상만을 이처럼 품속에 보관하여 왔을 뿐이오. 하지만 바로 이 순간에 이르러서야 불상의 머리를 되찾을 수 있게 되었소이다."

장보고는 이순행으로부터 받은 물건을 김양에게 내주면서 말하였다.

"한번 맞춰보시오."

장보고가 내준 물건은 작은 불두였다. 먼저 장보고가 준 몸체 위에 불두를 맞추자 한 치의 빈틈도 없이 꼭 맞았다.

"그렇소이다."

장보고가 빈 잔에 술을 가득 따르면서 말하였다.

"오늘에 와서야 이렇듯 내가 온전한 내 분신을 되찾은 것이외다. 지금까지는 몸체만 있던 불구의 이 한 몸이 오늘에 와서야 머리를 되찾아 온전한 하나의 몸이 되었나이다."

장보고 입에서 흘러나온 말은 뜻 모를 내용이었다. 그러나 좌중의 이러한 분위기를 아는지 모르는지 장보고는 자작하여 따른 술잔을 단숨에 비우면서 소리쳐 말하였다.

"얼른 가서 이리 모시고 오지 못하겠느냐."

이순행은 어리둥절하였다. 도대체 누구를 모시고 오라는 말인가. 그 초라한 행색의 나그네. 한바탕 소란을 피워 감옥에 갇힌 죄수를 이리로 모시고 오란 말인가.

"누굴 말씀이시나이까. 대사 나으리."

이순행이 재차 묻자 장보고가 대답하였다.

"이 물건을 가져온 사람을 말이다. 빨리 모시고 오지 못하겠느냐."

명령을 받은 이순행이 대답하고 사라지자 장보고가 좌중을 바라보고 크게 웃으며 말하였다.

"이제부터 나는 여러분에게 나의 고굉을 보여드리겠소. 아니 이제 여러분은 나의 진면을 보게 될 것이오."

고굉(股肱).

문자 그대로 팔과 다리를 뜻하는 말로 자신의 분신처럼 가장 아끼는 신하를 이르는 용어였던 것이었다. 김우징을 비롯하여 연회에 모인 사람들은 장보고가 말하는 그의 팔과 다리와 같은 분신이 도대체 누구일까 하는 호기심으로 숨을 죽이고 연회장 밖을 지켜보고 있었다. 마침내 연회장 밖으로부터 한 사람이 나타났는데 한눈에 보아도 남루하기 짝이 없는 떠돌이 행객의 모습이었다.

그러나 더욱 놀라운 것은 행객이 나타나자 장보고가 보인 행동이었다. 장보고는 신발도 신지 않은 맨발로 연회장을 뛰어내려 친히 행객을 맞아 두 손으로 얼싸안은 것이었다.

"어디 좀 보자."

장보고가 행객을 부둥켜안고 그 얼굴을 들여다보며 말하였다. 두목도 《번천문집》에서 이 무렵의 정년을 "뒤엉켜서 굶주림과 추위에 시달리며 간신히 살아가고 있었다"고 기록하고 있었으므로 간신히 살아 돌아온 정년은 아마도 비렁뱅이와 같은 모습이었을 것이다.

그러한 걸인을 다정히 맞아들이는 장보고의 모습을 모두 의아하게 쳐다보고 있었던 것이다.

"형님, 그동안 안녕하셨소이까."

행객이 선 자리에서 무릎을 꿇고 예를 올리자 이를 받은 장보고는 강제로 잡아 연회장 위로 끌어올리면서 이렇게 말하였다.

"여러분 방금 죽었던 아우가 살아왔소이다. 여러분 방금 나의 팔다리가 돌아왔고, 방금 나의 잃었던 두경(頭頸)이 돌아왔소이다."

이때의 장면이 《번천문집》에 다음과 같이 기록되어 있다.

정년이 드디어 바다를 건너가서 장보고를 찾아보니 장보고는 술을 대접하여 극히 환대하였다. 술자리가 끝나기도 전에 신라국의 사자가 이르러 '대신이 임금을 시해하여 나라가 어지럽고 임금의 자리가 비어 있다' 고 하였다.……

이윽고 정년을 맞아들여 자신의 옆자리에 앉히고 나서 장보고는 이렇게 말하였다.

"좀 전에 아찬 나으리께오서 나의 병력에 의지하여 임금과 아비의 원수를 갚게 해달라는 말씀을 듣고서도 내가 선뜻 대답하지 못하였던 것은 그러한 병력을 지휘할 만한 마땅한 군장이 내게 없었기 때문이오. 아무리 강성한 군사라 할지라도 이를 다스리고 통솔할 만한 군장이 없다면 이는 한갓 까마귀들의 모임인 오합지졸(烏合之卒)에 불과할 것이오.

그런데 마침 천하장군인 내 아우가 이렇게 살아 돌아왔소이다. 내 아우는 나와 같이 당나라에서 무공을 떨쳐 함께 무령군 소장의 지위에까지 이르렀던 영웅이오. 내 아우 정년이 있다면 반드시 나아가 승리를 이끌고 원수를 갚을 수 있을 것이오."

그러고 나서 장보고는 다음과 같이 말하였다. 장보고가 말한 내용이 《삼국사기》에 다음과 같이 기록되어 있다.

고인의 말에 의분한 이를 보고도 가만히 있는 것은 무용(無勇)한 사람이라고 했으니, 내 비록 용렬하나 명령에 복종하겠다고 하였다.

여기에서 '고인(古人)'은 공자를 가리키는 말로 《논어》의 '위정편(爲政篇)'에 나오는 다음과 같은 내용을 장보고가 인용하고 있음을 뜻하고 있는 것이다.

공자가 말하기를 "마땅히 제사를 지내야 할 혼령이 아닌 것을 제사하는 것은 아첨하는 것이다. 또한 옳은 일을 보고도 행하지 않는 것은 용기가 없는 것이다"라고 하였다.

공자의 이 말은 '해서는 안 될 일을 행하는 것'과 반드시 '해야 할 일을 행하지 않는 것'의 두 가지를 경계하는 것으로 그중 장보고는 '옳은 일을 보고도 행하지 않는 것은 용기가 없는 것이다(見義不爲無勇也)'의 문장을 인용하였던 것이다.

장보고의 선언에 좌중에 모인 모든 사람들은 환호작약하였다. 술잔에 술을 가득 부어 복수를 다짐하면서 모든 사람들은 천지신명께 임금과 아비의 원수를 갚을 것을 맹세하였다.

김양을 맞는 축하연회가 돌연 전투를 앞둔 출정식이 되어버린 역사적인 순간인 것이다. 이 역사적인 출진에 대해 두목은 《번천문집》에서 다음과 같이 기록하고 있다.

장보고는 드디어 군사를 나눠 5천 명을 정년에게 주면서 정년의 손을 잡고 눈물을 흘리며 다음과 같이 말하였다.

"그대가 아니면 화난(禍亂)을 평정할 사람이 없다."

장보고가 정년에게 나눠준 5천 명의 군사는 청해진에 주둔하고 있던 정병 1만 명의 절반에 해당하던 대군으로 이처럼 선뜻 자신의 군사의 절반을 나눠준 장보고의 용기에 두목은 이렇게 감동하고 있다.

"장보고가 정년에게 군사의 반을 나눠 임무를 맡긴 것은 성현도 감히 결단하지 못하였던 인의의 마음이 있었기 때문인 것이다."

어쨌든 결의형제를 맺었던 정년이 장보고에게 돌아옴으로서 전세는 새로운 국면을 맞게 되었으며 장보고는 마침내 장미전쟁 그 전면전의 소용돌이에 뛰어들게 되는 것이다.